來自地獄的臉書訊息

曾依達——著

目次

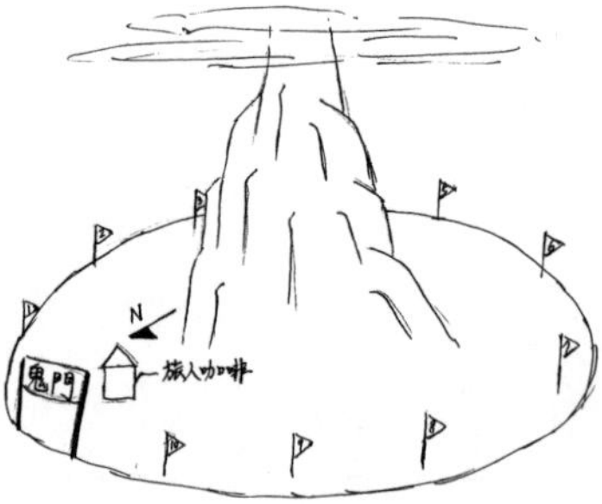
N
鬼門
旅人咖啡

楔子

一成不變的課堂生活，壓得一個個學子直不起腰。

國小時，父母老師說，為了美好的未來，你這六年要好好讀書。

國中時，父母老師說，上了好高中就能好好的玩，你這三年要好好讀書。

高中時，父母老師還是說，上了好的大學，你想玩什麼沒有？所以，結論是，你這三年要好好讀書。

幸好，天真浪漫的孩子們，總是能在課業壓力的空檔中，找到不少屬於孩子們才能有的樂趣。長大後再回想起來，常會讓自己哭笑不得。

例如，你打過「直通地獄的電話」嗎？

據說，在午夜十二點，拿起家中的電話，連撥十二個零，地獄的那頭，將會有人接起電話……接起電話後，然後呢？趕快掛掉？還是問一下接電話的是誰？抑或是問一下是否真有地獄存在？對方真是地獄接線生的話，可以透露這些嗎？如果想找往生的親人的話，不曉得是否可以打這支電話？又或者，我怎麼知道親人是否進到了地獄？說不定，他們去了天堂了！

好多好多的疑問，在小學一年級的馬以沫胸中慢慢發酵。當好奇心鼓脹至臨界值，即將從喉頭滿溢而出時，以沫得到了一個絕佳的機會。

那晚，一同遠行參加同學喜宴的父母，會在外留宿一晚，而以沫將會被送回奶奶家。根據以往的經驗，奶奶對於上床睡覺時間的掌控一向不嚴，一來是爺爺奶奶總是早睡，二來是心愛的孫女難得陪二老一晚，自然是百般的寵愛。

時近十一點，頂著沉重眼皮的爺爺奶奶終於上樓睡覺了。

「小沫，早點睡，電視別看太晚。」奶奶對著目不轉睛的以沫說，心裡一邊想著：「現在的小孩真幸福，有這種二十四小時都播著卡通的頻道可以看。」

「喔，好啦！」以沫反射性的回答，腦海裡卻想著：

「這些卡通頻道每到了深夜，就拿白天的卡通來重播，真是無聊。」

又看了一會兒的「海綿寶寶」，螢幕上「方方黃黃」的主角和粉紅色的配角正賣力的搞笑著，而以沫卻一點也沒有發笑。因為以沫下午已經將這集看過一次，而且，現在她的心思全集中在手錶上。

那只黑色的swatch手錶，是在剛學會看時鐘時，爸媽一起合送給她的禮物，她非常的喜歡。然而，在媽媽病逝後，以沫就不曾再將它拿出來戴了。

那只錶是swatch的陽春款手錶，錶面上只有時針和分針，沒有秒針。

「我要怎麼知道十二點整了呢？」以沫心想。

「是十二點整開始打？還是按下第十二個零時要剛好是十二點？」

「我手錶上的時間和奶奶家時鐘上的時間不同，要以哪一個為準啊？」疑問接二連三的從心湖裡冒出。

隨著時間的逼近，以沫決定先試再說。客廳角落瑟縮著綠色底座的電話，拿起白色話筒，以沫感覺到話筒裡傳來的拉長的「嘟」聲似乎微微顫抖著。

以沫再次看了手錶，兩根指針即將重疊。

「萬一真有人接起來怎麼辦？趕快掛掉？可是，萬一他有來電顯示，又打回來怎麼辦？會不會招來惡運啊？可是，我實在太好奇了。打過電話的同學總是聚在一起聊著這件事，沒打過的人總是被晾在一旁。」

指針重疊了，以沫以顫抖的手指按下了第一個「零」。

聽到話筒時傳來「嘟」的響聲時，以沫的身子微微的震了一下。她打起精神，將好奇心轉換成行動力，佐以同儕的壓力，再按下一個「零」。話筒再次傳來「嘟」的響聲，這次似乎沒有上次來得大聲。再按下一個「零」，又一個，再一個……

一直到按下第七個「零」，電話那頭傳來一個咬字清晰到令人感到突兀的女聲：「這是空號，請您查明後再撥，謝謝……」

「呿！」以沫啐了一口，然後悻悻然的掛上電話，不死心的再撥打一次。

依然是空號！

以沫在這次的經驗中得到了兩個結論：

一是，這類的傳說都是騙人的。

二是，那些總是聚在一起，把自己說得很勇敢的同學們，其實並沒有那麼勇敢。

這次的「冒險」經驗，讓以沫長大不少，就像是電玩遊戲裡的角色一般，在提升了一個等級之後，各方面的能力都獲得增加，並且，還學到了一個「新技能」：辨別流言。

然而，以沫卻怎麼也想不到，幾年之後，這個想法竟然被徹底顛覆。因為，她接到了來自地獄的訊息，在臉書（Facebook）系統裡。

1 母歿

馬以沫是個國一女生，今年十三歲。

媽媽不高，以沫卻幸運的「突破」了媽媽的身高，長到了一六〇公分，可能是爸爸的身高較高吧。身材偏瘦的她，窄窄的肩膀，留著一頭及肩的直髮，髮式總是簡單，清湯掛麵。只有在需要運動的時候，她才會綁起俐落的馬尾。

清秀的五官，加上削瘦的身材，讓長輩每次見到她時，總會忍不住多問一句「有沒有好好吃飯啊」。

從小，恩愛的父母及小康的家境交織出她幸福的童年。

在班上，成績頂尖，運動尚可的她，雖說不上是學校的風雲人物，至少，在校內是小有名氣的優等生。

她在成績單上最常得到的評語是：熱心助人、品學兼優。

然而，這一切變了，在她小學六年級時，媽媽因為癌症去逝。

以沫的媽媽走得很快，發現時，胃癌已屆第三期。在多次精密的檢查後，爸爸的眉頭皺得更緊了。

最後，媽媽決定放棄治療。

「爸爸和醫生要我接受治療，可是媽媽不想，媽媽想在最後這段時間走得有尊嚴，你不要怪爸爸和醫生不救媽媽，好嗎？」對以沫說這段話前，以沫緊緊的握著小小的拳頭，生氣的問爸爸「為什麼媽媽的病還未痊癒就回家來了」。

小小的拳頭雖然鬆開了，但以沫的心裡卻更加的氣憤。

「媽媽總是叫我要堅持，為什麼她這麼輕易就放棄了呢？」每當以沫想起媽媽時，總會這樣向爸爸抱怨，而爸爸總是眼眶泛紅，微微的搖搖頭。以沫總是搞不清爸爸的意思。是「不要再說了」嗎？還是「我也不認同媽媽的做法」？或者是「我也不知道該怎麼回答你」呢？或者是有其它的原因呢？因為我們家付不起醫藥費？還是媽媽怕吃藥和打針？

往後，以沫只要見到網路流行用語「不要放棄治療」，心裡總會感到一股酸楚，然後，心中會升起一道怒火。

「為什麼要放棄治療？」有時作「你為何要放棄治療？」後面也可以加個「呢」，是ＰＴＴ的一句流行用語，一般用來嘲諷人有毛病、沒救了等等。雖然從意思來看「酸人」的意味很強，但因為後來用習慣了，語氣反而沒有這麼強，而是帶點趣味性。甚至還產生簡稱「何棄療」，意思相同。

「『放棄治療』是讓你們掛在嘴邊玩的嗎？」

看著媽媽一天天消瘦的病容，而班上的同學、周遭的親友們卻一個個如常的過著生活，過著幸福快樂的生活，以沫的心裡實在難以調適。

好多次，班上熱鬧的進行活動時，以沫在心裡大喊著：

「我媽都要死了，你們怎麼還能那麼開心？」

「你最近怎麼怪怪的？」甚至，當別人這麼問她時，她也不知從何回答起。

一次，兩次，三次，她終於爆發了：

「很煩欸，別再問了行不行？」話一出口她就後悔了。

看著女同學淚汪汪的雙眼，以沫很難過，但她卻拉不下臉來道歉，因為，她從其他同學的眼裡瞥見了責備和不諒解的眼神，同學們都覺得以沫反應過度，同學們都覺得以沫將氣出在關心她的人的身上。

以沫很想道歉，但同學們的責備來得更快更猛，一道道尖銳的責難眼神向她投來，將她好不容易才鼓起的勇氣刺穿。

「你們怎麼都不替我想一想？」以沫難過的呆坐在座位上，一整天都是如此。

媽媽的喪禮很簡單，這是媽媽希望的。

來的都是至親好友。

「要節哀……」

「你還這麼小……媽媽就……」

「要記得好好吃飯，有事記得打給阿姨……」

「看開一點，日子還是要好好過下去的……」

一波又一波的同情海浪，一道又一道的開導洪流，沖洗得父女兩人只好關上五官的雷達，以求不被這洶湧的波濤給打沉。

喪禮後，兩人再次回歸日常生活。爸爸和以沫分擔了家務，洗碗、洗衣、打掃、倒垃圾。偶爾，家住附近的阿姨會過來看看他們兩人，幫他們打理一下沒注意到的細節，如沒裝好的垃圾袋、沒掛好的隔熱手套之類的。每天下班，爸爸買回晚餐，和放學回家的以沫同吃，如遇以沫補習或爸爸加班，兩人則各自解決。

家，看似平順的運作著，可是，以沫心裡很清楚，這個家少了一點什麼，在媽媽離開他們的同時，也從家裡帶走一些東西，然後，留下一道，甚至是多道難以填補的缺縫。

以沫和爸爸一天幾乎交談不到三次，一次是晚餐，一次是睡前，一次是早上出門上學前。有時，兩人一起晚餐時，也都不發一語，靜靜的吃著，靜靜的埋怨著。

以沫在學校也遇到了困難。

她開始憎惡同學。

「我熱心為班上做了那麼多事，我總是幫助老師和同學，為何在我最需要他們的同時，他們卻都不關心我，不體貼我？」以沫總是這樣埋怨著。

於是，她再也提不起勁幫助同學，在她的心裡一直有個聲音告訴她：「你的同學都是忘恩負義的人。」

再也不想幫忙老師處理班務，因為，她心裡的聲音告訴她：「老師只是在利用你而已，一旦你沒了利用價值，她才不管你的死活呢！」

以沫越來越孤僻，越來越不喜歡和同學相處，總是讓自己躲在不見光的角落，一個人鑽著牛角尖。

2 決裂

和里易的決裂，就發生在以沫的母親剛過逝後不久。

傅里易，功課平平，卻是個運動健將，每每代表班上參加跑步比賽，都能凱旋而歸。可是，他講話很直接、不拐彎抹角，有時甚至會讓人覺得「白目」，在班上的人緣還算過得去。有些神經較大條的同學們，下課時間會圍在他的座位旁，和他有一句沒一句的說笑著。

兩人能成為好朋友，連以沫自己都覺得很驚訝。

以沫個性較為內向，但認真負責。里易雖然性格較為散漫，但不拘小節且愛說說笑笑。

兩人會走得近，是因為小學三年級時，兩個人同被老師選為資源回收桶的負責人。里易負責「鋁箔包、寶特瓶」，而以沫則負責「鐵鋁罐」。在往返資源回收場的路上，兩人總要說些什麼來打發時間。然而，不論兩人如何找話題，總是引不起另一方的熱烈回應。

終於，有一天，里易提起了足球比賽，兩人才算找到了共同的話題。從此，兩人常常聚在一起，討論前幾天的比賽中，球員的發揮如何如何，教練的調度怎樣怎樣。

「你也喜歡看英超？」里易驚訝的問。「英超」是英格蘭超級足球聯賽的簡稱。

「是啊！跟著爸爸看的，不知不覺就喜歡上了。」以沫一邊將手上的鋁箔包壓扁，一邊說。

「女生喜歡看足球！你真是個異類，哈哈！」里易興奮的說著。

「不喜歡看的才奇怪，足球真的很有趣，而且場上有很多帥哥。」

可以和別人分享自己內心的熱愛，是件幸福的事。

兩人漸漸的熟絡，越談越多，慢慢的，彼此互相產生了影響。以沫變得較活潑外向，而里易也變得更為細心沉穩。直到那天……

以沫請完喪假，剛回到學校的第一天，里易試著讓以沫打起精神，所以準備了不少笑話，一個一個的說給以沫聽。

但，心情糟透了的以沫根本聽不進去，更別說是要笑得出來。看著以沫的神色慘淡，里易準備說最後一個笑話，一個他自己覺得最好笑的笑話。

「這個笑話再不能讓她笑的話，我就別再說了。」里易心裡想。

笑話進行到一半，一個好事的同學插嘴道：

「傅里易，你覺得她有在聽嗎？你是在對牛彈琴吧！」說完，好事者三人組哈哈大笑。

里易不理會他們，耐心的將笑話講完，果不其然，以沫還是一點反應也沒有，望著窗外發呆。

「你看，我就說吧！」好事者三人組再次發出了令人難堪的笑聲。

「她是牛，一頭大笨牛，你是在對牛彈琴。」

「以沫，別理他們，我們走。」里易拉著以沫的衣袖，想帶她到走廊上去透透氣。

「少煩我。」一想到老天爺為何那麼不公平的只帶走她的母親，以沫正強忍著眼眶的淚水。剛才里易的笑話和好事者三人組的嘲諷她一概沒聽進耳裡。可是，早在里易動手拉她的衣袖前，那些嘈雜難聽的笑聲早已搔弄著以沫的憤怒。

「這些笑聲如此猥瑣卑劣的傢伙，為什麼總能活得這麼無憂無慮，而我卻必須接受這種處罰？」憤恨在以沫的心裡快速的滋長著，很快的，憤恨的爬藤覆滿了理智，以沫大聲的吼著：

「少煩我。」

里易驚訝的看著以沫，而好事者三人組也呆若木雞，臉上的笑容彷彿被急速冷凍一般僵硬。

教室內的同學紛紛轉過頭來注視著事態的發展，有些更竊竊私語著。

「哈，你看，她叫你少煩她，哈……」好事者三人組中的其中一人率先打破沉默。

教室裡的眾人紛紛轉向里易，大家都在等著他的反應。而里易則是低下頭，想再對著以沫說些什麼。

「少煩我。」以沫再次大吼，里易首當其衝。

週遭竊竊私語聲越來越多，有些說著好事者三人組的不是，有些說著以沫的不該，有些則說著里易不該去煩以沫。

這下里易也火大了，他拍了一下以沫的桌子，然後站直身子說：

「不過就死了個媽媽，你在了不起些什麼？」

這下，連好事三人組都嗅到了危險的氛圍，一齊不安的面面相覷，像是在尋求逃脫的時機。

原先一直望著窗外的以沫，這時緩緩的將視線轉到了里易身上。

「你說什麼？你有種再說一遍？」

「說一遍？十遍我都說給你聽。」

以沫忽然從座位上跳了起來，撲向里易，而里易也不是盞省油的燈，兩人在地上扭打成一團。

最後，兩人被罰站在辦公室裡，雙方家長都是明理人，來到教師辦公室後，先是訓斥了自己的孩子，然後忙著向對方家長賠不是。

里易的媽媽在得知了里易對以沫說的「不過就死了個媽媽」的那句話後，羞愧得差點沒跪下地去，拼命的向以沫的爸爸道歉。

「沒關係，沒關係……」以沫的爸爸也拼命的說著沒關係，只是聲音越來越小。

老師建議家長提早將兩人帶回，因為他們今天的心情「不適合」上課。

回家的路上，坐在原本屬於媽媽的副駕駛座上的以沫，一滴眼淚也沒流。一路上爸爸一句話也沒說。

回家後，晚餐時，餐桌上，兩個便當，兩杯手搖飲料。

「爸，你為什麼不罵我？」

「我知道你為什麼生氣，我也很生氣，可是，你心底應該很明白，你氣的不是里易，對嗎？」爸爸面無表情的說，看起來一點都不像「很生氣」。

「他那樣說，你為什麼不生氣？還對著她的媽媽說『沒關係』？」以沫在心中無聲的大喊著。以沫不懂爸爸所說的意思，她也不想去問，不想去懂。她覺得，這件事不怪里易要怪誰？我氣的明明就是傅里易。爸爸也很生氣，為什麼他不表現出來，這樣活著也太窩囊了吧？

從那天起，一直到畢業，以沫連一句話都沒有跟里易說過。跟爸爸說話，也是事件過後一個星期的事情了。

3 死訊

時間是心靈病症的最佳解藥。

時日一久，哀傷減了，悲慟淡了，以沫慢慢步出母歿的傷痛。成績頂尖的她，在升上國中時，順利的錄取了小有名氣的私校。

在那裡，她全心的投入學習，認識了不少態度積極的好朋友。

看到以沫漸漸調適過來，以沫爸爸的眉頭稍稍舒展了一些。

國一下學期，被選為班上英文合唱比賽負責人的以沫，正兢兢業業的在網路上搜尋可以做為比賽曲目的歌曲。

比賽的主題是「愛與和平」，原以為非常容易就可以完成的以沫，竟然花了三個小時還沒有頭緒。現在的流行歌壇，十首歌裡有九首是關乎愛情，而比賽題目的「愛與和平」中的「愛」，是「大愛」，是捨己為人的大愛，而不是男女之間的小情小愛，所以以沫找起歌來十分困難。

當紅的歌曲幾乎全是情歌，從暗戀、單戀、初戀、熱戀、狂戀到失戀，各色各樣都有。剩下的，不是曲子太難唱，就是不夠有名，無法朗朗上口，而全班的合唱曲，如果不能朗朗上口，比賽就註定了只有墊底一途。

正當以沫放棄搜尋，想明天到校後再跟英文老師討論的時候，她發現她的臉書裡有著一條新訊息，移動滑鼠，點了進去。

「這麼晚了，都快十二點了，還會有誰發訊息給我？」以沫心裡嘀咕著。

臭豬排：喂喂，出大事了，有人還醒著嗎？詳情見班版。--23：02

四十多分鐘前發的。

雖然學校分配給班上「官方」的班版，但以沫小學的同學為了趕流行，還是私自在臉書上創立了一個粉絲頁，用來當成他們的班版。畢竟，每天上臉書的人比較多嘛！而這個版上一直很熱烈，同學們的爸媽、同學們的朋友、同學們的親戚，甚至是學校的老師及主任偶爾都會上來逛逛。所以，雖然他們已經畢業，這個版面依然留著，成為大家交換彼此生活現況的重要工具。

以沫熟練的將滑鼠移向我的最愛列，點向了班版。

網頁迅速彈出，那再熟悉不過的版頭映入眼簾，「蟻網情深，六年乙班」，幾個彩色的大字歪歪斜斜的排列組合，宣示著那些曾經莽撞過的幼稚時光。

以沫將滑鼠上的滾輪拉了一下，網頁迅速的上捲，一張打有馬賽克的新聞照跳進畫面的正中央。

「這是啥？」

為了判斷這文章的重要性，以沫反射性的看向文章的下緣：

二二五個讚，和一二五則留言。

發表時間是晚上的十九點二十四分。到現在也不過四個多小時，竟然就有了兩百多個讚和一百多個留言。

以沫趕緊推動滑鼠，點了「繼續閱讀」，文章的下部大幅度的展開，就像是以沫的下巴一般，幾乎快掉到了鍵盤上。

這張截圖有點模糊，一輛卡車或沙石車之類的大車旁，一團黑黑藍藍的東西，躲在馬賽克後面，無力的癱著，而一旁輪胎嚴重變型的腳踏車，則像是要喚醒主人的般的緊挨著那團藍黑色的馬賽克。

喂喂，你們有看今天的晚間新聞嗎？還記得這則新聞嗎？

聽說，這個被大卡車撞到的國中一年級生我們認識，你們聽到了一定會大吃一驚。

文章到這裡就沒有了，沒頭沒尾的，以沫再次端詳了文章裡的照片，馬賽克的格子有效阻擋了血腥的畫面，卻擋不住點閱者的好奇心。

關於這種賣關子的文章，賣關子的這個人，往往最沒耐心。以沫再移動滑鼠點擊了「一二七留言」。

嗚，一下子留言又多了兩條。

果不其然，臭豬排迫不及待的在留言上給出了答案。

琪琪：什麼跟什麼？

六仔：別放這種圖上來，我現在正在吃飯

小小兵不冰：唉，這就是台灣，晚餐配「腥羶色」，你還不習慣嗎？

臭豬排：那是傅里易啦……

原本意興闌珊的以沫，此時竟不自覺的直起了身子，瞳孔放大的她，腦中閃過無數個念頭。

「是我曾經認識的那個里易嗎？這是在開玩笑嗎？那是傳里易的『那』是指撞到國中生的人嗎？還是『那』是指腳踏車？」以沬打起精神，抓了抓頭。

「我到底在想什麼？里易才國中一年級，怎麼會開卡車？難不成里易是腳踏車？我是瘋了嗎，人怎麼可能是腳踏車？只剩下一個可能……」以沬的腦袋一片混亂，一連串的問題像是跌落地面的牙籤盒，不僅盒蓋和盒身在地上止不住勢頭的翻滾，牙籤也四面八方跳散而出。

以沬的瞳孔重新聚焦，視線停在馬賽克後那團黑藍間雜的物體上。

「里易他們學校的制服好像是黑色夾克，藍色長褲。」

思緒重新運作的以沬，試著將一片狼藉的牙籤一根一根的收回盒中，操作滑鼠點擊了文章下緣的新聞鏈結。

今天下午，十七時二十三分，在市區的連外道路上，一輛沙石車撞上了一名國中一年級的男生。根據司機表示，當他行經這個路口時，一輛腳踏車闖紅燈衝出，剎車不及的貨車，直接撞上了毫無減速的腳踏車。腳踏車上的男孩陷入昏迷，被送往鄰近的醫院，現在正在加護病房急救中。警方將調閱路口的監視器畫面，釐清肇事責任……

以沬繼續檢視著下面的留言。

流星槌：天，不會是真的吧？

果醬好噁心：別開玩笑了

便祕64：喔耶，我認識的人上電視了

陽光宅女：樓上的，你很噁唉，我希望這樣上電視的是你……
果醬好噁心：什麼時候去看他？
天使：看他？加護病房，我們進不去吧？
什麼之塔：他這人，死了對大家都好
果醬好噁心：什麼之塔，你這麼說太過份了吧？他哪裡惹到你了？
什麼之塔：哪裡惹到我？他全部都惹到我了，全班都被他惹到了！
……
……

好不容易將留言「捲」完了一遍，大部份的留言都是表示驚訝，不然就是表示同情。然而，以上這兩個部份的留言最引起以沫的注意，這個「什麼之塔」以沫並沒有印象，而他又說里易惹到「全班」，所以，這個「什麼之塔」一定是里易的國中同學。

正當以沫再次催動滑鼠，準備點進「什麼之塔」臉書的塗鴉牆時，房門外傳來一陣催促聲。

「以沫，你還沒睡嗎？再不睡我要限制你使用電腦的時間囉！」是以沫的爸爸。

「是爸爸，他說到做到。」喃喃自語的以沫趕緊按下休眠鍵，捻熄了螢幕的按鈕，跑回房間飛快的跳上自己的床。

在心中默數了二十下之後，爸爸果然扭開了房門，向裡面探了探頭：

「趕緊睡，明天才會有精神。」

以沫只得壓下滿腔的好奇與不安，在床上翻來覆去了好一會兒後，才漸漸的睡著。

4 死因

隔天，以沫一整天都掛記著這件事。

電腦課時，電腦老師最後會開放十分鐘，讓提早完成指定作業的同學自由的上網瀏覽。平時，以沫總會利用這段時間上網看看線上漫畫。以沫在家裡並不是無法上網看漫畫，而是這十分鐘，雖然只有短短的十分鐘，竟然能在學校觀看平常上課時所不被允許觀看的漫畫，感覺非常特別，有一點點叛逆的感覺，有一點點使壞的味道。

這天，以沫並沒有上網瀏覽漫畫，她打開了自己的臉書，點向國小時的班版「蟻網情深」。關於里易車禍的那篇文章，又增加了將近一百則的留言，而「什麼之塔」卻沒有再出現過。

以沫點向什麼之塔的塗鴉牆，看著他歷來的PO文及朋友，想要發現點蛛絲馬跡，卻發現什麼之塔的貼文大多是遊戲的邀請文。

這種人，就是該死……

這一篇引起了以沫的注意，以沫點了進去後，嚇了一跳，不只因為文句很粗俗，回應的內容更是令以沫倒抽了一口寒氣。

什麼之塔：傅里易那個噁心的傢伙，他真是夠了，真想把他活活打死……

兔子幫：害得老師流產了，他的手段真的很惡劣
李思毅：老師這一進醫院靜養，要多久才能回來啊？那代課的數老可真機車
王王王：你總要讓導師好好養養身子吧，畢竟她才剛流產
天才小李：要是流產的是數老該有多好……
東方左：你白痴啊！數老是男的……

下課鐘響了，同學們紛紛關機離開電腦教室，以沫帶著更多的疑問，依依不捨的離開了教室。

好不容易，終於捱到了放學，一回到家，發現爸爸還沒回來，以沫飛奔進房間，摁下了電源鍵後，轉身從衣櫃中隨手抓了一件長袖棉質上衣和運動棉質七分褲，衝入浴室中，開始嘩啦嘩啦的盥洗。

在爸爸回來之前，她必須盡量爭取時間，好讓自己能仔細的調查一下。

對於里易，雖然以沫在畢業前拉不下臉再跟他說話，但，其實以沫一直暗中注意著里易的生活。里易就是個普通人，是個和大家都差不多的平凡人，每天正常的上、放學，做著自己想做的和不想做的事。

「也許是我將他當成我最好的朋友，所以才會對他的話那麼生氣吧！」

現在，以沫覺得自己好像沒有對里易那麼的生氣，或者說，他覺得里易當初說的話並沒有那麼嚴重，那不過是句氣話。

「不過就死了個媽媽，你在了不起些什麼？」

以沫的心中多種感覺交纏，像條七彩的幸運手環，牢牢的環扣在手腕上。以沫自己也搞不清楚，自己到底是因為漸漸的忘了媽媽的好，所以對這句話的氣憤減輕？或是，因為自己長大成熟了，所

以不再那麼容易動怒？或是，是因為聽到里易的不幸，所以在心裡將里易曾犯過的錯「減刑」？更或者，真如里易所說的，自己當時實在太「了不起些什麼」了，所以忽略了其他人對自己的關懷與照顧。

不管是哪一種，以沫的心裡都感到不太自在，就像沐浴後，手腕上溼溼滑滑的幸運繩，冰冰涼涼的纏在心頭。

再多抹了幾下頭，以沫將毛巾隨手披在一旁的椅背上，開始動起滑鼠。

以沫的策略很簡單，先針對「什麼之塔」所發表的「狀態」做檢視，如果發現了和里易相關的文章，則看看還有些什麼樣的人留言，然後，再到那些人的塗鴉牆上去檢視。希望能在多重覆幾次這樣的動作後，能拼湊出一些蛛絲馬跡。

檢視了幾個人的塗鴉牆後，以沫覺得狀況有些複雜，她隨手從一旁的書包中抽出了數學筆記本，然後在筆記本的最後一頁畫起了關係圖，誰和誰可能是同學，哪些可能是同學的朋友，甚至哪些帳號可能是老師。

半個小時後，頭昏腦脹的以沫放開了手上的滑鼠，半癱躺在電腦椅的網狀椅背上。這時，她聽見鑰匙插進鑰匙孔的聲音，以沫觸電般的從椅子上彈起，笨手笨腳的揹起書包，按熄了電腦螢幕的開關，抄起了電腦桌上的數學筆記本，然後，躡手躡腳的溜回自己的房間。

「我回來了。」爸爸對著以沫的房間說。

「你回來了啊！」以沫從房間走出來，裝乖的說。

「怎麼？你剛才又用電腦了？」爸爸露出似笑非笑的表情。

「我……」以沫臉上的驚訝成份遠多於自責。

「溼漉漉的毛巾在電腦旁的椅背上，而且，你的頭髮還沒吹乾。」以沫的爸爸偏頭向電腦桌的方向，那是他習慣性的動作，他總覺得用手指去指東西是不太禮貌的行為，以沫也不知不覺的承襲了這個動作。

「對不起，有些朋友間的事情，我急著想查。」以沫不知是否該對爸爸全盤托出。

「長大了，我知道你會自己控制，但是，頭髮要先吹乾，健康優先。」爸爸在轉過身去從塑膠袋中拿出便當時，又補了一句：

「等下作業完成了，可以多用一下電腦。」

「喔，好。」以沫的心裡暖暖的，爸爸信任她，相信她可以控管好自己的生活。

得到信任是一件很令人開心的事情，尤其是這個年紀的小孩們，得到父母的信任更會獲得巨大的成就感。這代表你平常的努力，父母們都看在眼裡，也代表著你的進步顯著，讓父母能夠放下擔心的有色眼鏡，不用對你週遭的式式樣樣人事物都染上一層「這可能會帶壞小孩」的色彩。

寫完作業後，以沫並不急著使用電腦，而是拿出了數學作業簿。翻到最後一頁，那密密麻麻又錯縱複雜的關係圖再度躍入眼簾。每一個圈圈代表一個人名，而圈圈與圈圈之間有著數不清的連接線，像是一捆聖誕節後被草率收起的電線燈，電線毫無章法的蜷曲著。這關係圖更像一幅迷宮，讓所有進入的人暈頭轉向。

以沫從筆袋裡拿出紅色和綠色的旋轉蠟筆，重新在圖表上再釐清一次關係，終於，在接近半個小時的努力後，她發現，大部份的線索都指向一個人，一個ID名字叫做「大姐頭」的人。

滿身橘皮：他真的很過份，如果不是大姐頭，他不知還會對老師說些什麼。

林明維：那天，大姐頭不知對他說了些什麼，好像要勸他，他竟然扭頭就走……

六天吃不飽：竟然幹這種下三濫的事，大姐頭說她要是早點知道，老師也許就不會出事了！

有好幾個人的塗鴉牆或留言上都出現了大姐頭這個詞，以沫也對這個ID名字有印象，因為，這個「大姐頭」留言範圍之廣，幾乎是以沫手中有的這二十幾個ID裡之最。而且，這個「大姐頭」的留言常常偏向辛辣嘲諷的路線，而她之後的留言，如果不是齊聲附和，就是談其它的事扯開話題，沒有人會直接反駁她，至少，在以沫看到的這些部份中沒有。

以沫來到客廳，爸爸正好看完英超比賽的重播，起身回房。

翻找了幾個網頁後，以沫點進了大姐頭的塗鴉牆，果然，有一篇言辭激烈的「狀態」，以沫之前漏看了。

大姐頭：

班導流產了，小孩沒了，都是傅里易的錯。

他竟然在班導的茶水裡加進了墮胎藥，還不承認，班導氣得連臉都綠了。

然後，你們知道的，過了一會兒，班導就開始覺得肚子不舒服……

然後，救護車就來了……

結果，那混蛋竟然還一副不關他事的樣子

大家都擠到走廊上去看班導被救護車接走的樣子，他竟然一個人坐在座位上，面無表情，根本就是冷血殺手然後，在第一七六則留言，出現了里易的傷訊。

流流流鼻水：傅里易被車撞傷了，聽說雖然還有生命跡象，但跟死了沒兩樣

「果然，這個大姐頭知道很多。」以沫重重的在「大姐頭」的ID名字上畫上了一個紅色的星星。

而且，以沫還有別的收獲。

第一點，在里易的傷訊被發佈後，「大姐頭」的留言忽然大量的減少，不只如此，和「大姐頭」十分要好的兩個同學，「貢丸世家」和「小芬達」兩人，留言也都減少，大都是「嗯」、「對」一類的簡短的回答，或者只是對別人的留言按個讚。從大姐頭的相簿看來，這兩人和大姐頭就算不是交情匪淺，在學校也一定常常膩在一起。

第二點是下面這則留言：

生命是一襲華美的袍：同學，老師們不在，你們要更加乖巧，不要趁機調皮

劉豬：會啦，國老，這我們知道的啦！

這個「生命是一襲華美的袍」是他們班的「國老」，「國老」就是國文老師的意思吧。「我們班倒是不流行這樣的叫法，看學生回覆他或者是她的留言時，語氣十分輕鬆，說不定這是個容易親近、容易對話的老師。」以沫心想，並在紙上添上了這個ID名字，並且也用紅色的旋轉蠟筆打上星號。

第三點，里易的國中生活好像過得很不好，他臉書上所發佈的狀態，回應的大多是國小同學，國中同學的回應很少，幾乎沒有。而狀態的內容常是消沉的想法與抱怨居多。

在經過反覆推敲後，以沫鼓起勇氣，決定先找大姐頭談談再說。

5 套話

不用上課的星期六早晨，冬陽暖暖的照著大地，這似乎是個出遊踏青的好天氣。以沫穿上了最有自信的衣服，畢竟，要和不認識的人見面，而且還要心懷鬼胎的套她們的話，氣勢上自然不能落於下風。

一件白色的襯衫打底，外面套著芥黃色的圓領毛衣，再配上藏青色的直筒丹寧褲，然後是白色半舊的帆布鞋。

毛衣和褲子是媽媽幫她選的，或者，應該說是媽媽送給她的禮物，令人感傷的臨終禮物。在最後的三個月相處中，媽媽幫以沫和爸爸挑選了不少生活用品及衣物。尤其是衣服，媽媽幫以沫買了一套十三歲的，一套十四歲的，一套十五歲的，一套十六歲的，一套十七歲的，好幾套十八歲的。雖然不知道以沫會長多高，但媽媽還是依照自己的推測買了。

「在爸爸找到新伴侶之前，你們父女倆可要帥氣過日子才行啊！」媽媽如是說。面露微笑的媽媽，拚命的想用自己最後的一點力量，多盡一些當媽媽的、當妻子的責任。

媽媽過世後，有好一陣子，父女兩人竟像事先達成默契似的，碰也不碰這些衣服，因為，這些衣服雖然充滿甜蜜與愛，卻太沉重。直到有一天，天氣突然轉涼，爸爸若無其事的擺了件薄外套在玄關上：

「早晚溫差大，別忘了外套，我擺門口，明天上學別忘了。」爸爸平淡的說。

以沫瞥了一眼玄關，有些驚訝，那是媽媽的臨終禮物，但她也以平淡的口吻回答：

「喔，好。」

衣服很輕薄，卻又極其保暖，完全沒有以沫想像的那股沉重感，反倒是有點淡淡的窩心。

「畢竟對方是和自己同年齡的女生，不打扮得正式一點不行。」這是以沫拿來說服自己的藉口，這個年紀的孩子，哪個不在意自己的外表呢？

「待會應該怎麼切入話題才好？如果太直接，會不會被瞧出端倪呢？」在約好的咖啡店門口，以沫一邊看著慢慢踱向約定時間的手錶指針，一邊回想著敲定這次見面的那晚。

以沫在臉書上發送了訊息給「大姐頭」，而「大姐頭」在問明以沫的用意後，表示她必須問問她的同學，如果有人願意陪她，她才要和以沫會面。

大姐頭：哈囉，在嗎？

已歿：嗯，請問結果？

國小時，以沫的名字就班上是被歸為好聽、有藝術氣息的一類，有別於一堆「萱」、「萍」、「佳」、「怡」之類的「菜市場名」。直到導師輔導學生填寫基本資料表時，有同學問：

「老師，家人資料這格，後面的『存』、『沒』是什麼意思啊？」

「喔，那個唸成『歿』啦，是指人已經過世了，例如，如果你的爺爺已經不在人世了，我們就會說『祖父已歿』。」老師認真的回答著同學的問題。

沒想到，同學間竟然出現了一些雜音，然後，雜音擴散開來，並開始間雜著一些笑聲。

「怎麼回事啊？」老師不解的問，擔心自己剛才的解釋是否有錯誤。

「馬以沫。」同學紛紛轉頭望向以沫，然後，幾秒鐘後大家才回過神來，「以沫」和「已歿」同音，大家同時爆笑出聲，除了以沫之外。

為了這個不吉利的名字，以沫和爸媽鬧了好一陣子彆扭。

媽媽過世後，以沫乾脆將自己臉書的ID名字從「以沫」改成「已歿」，反正，再怎麼小心翼翼的想避開不吉利、避開死亡，它還是會找上門來的。

已歿：你好，我是里易的國小同學

大姐頭：有什麼事嗎？

已歿：我想和你聊一聊里易

大姐頭：我和他不熟唉，你怎麼會想找我？你怎麼知道我的？

對方充滿防衛心，明明就發文把里易罵了個狗血淋頭，現在還說和里易不熟，看來只好使出殺手鐧了。

已歿：我是透過他的臉書知道你的啦，我看你很有正義感，所以直覺找你就對了

大姐頭：正義感?!我沒那麼好啦，只是，你要聊什麼？

已歿：國小時，我們在大吵一架之後，再不曾再講過任何一句話，聽說他在你們班上幹了件驚人的大事

大姐頭：是指墮胎藥那件事嗎？

已歿：那傢伙真的越變越可惡了嗎？

這個招式，是以沫從班上小團體間的傾軋過程中學來的。拉攏人與人關係最快又最直接的方式就是說別人的壞話，尤其是說雙方都討厭的人的壞話。以沫靠著能洞察這個道理的技能，躲過不少班上小團體間的彼此鬥爭。

只要有人對以沫說別人的壞話，以沫都不給回應，連「嗯」、「喔」之類的回應都不給，想拉攏她進小團體的人自然就會自討沒趣，自動「收口」。

不過，現在是特殊狀況，只好用一下這個下三濫的招數，畢竟，對方也不是什麼好人。

大姐頭：嗯，「貢丸世家」會陪我去
已歿：嗯，那時間地點呢？
大姐頭：我們學校旁的Meet Café如何？
已歿：這個星期六的早上九點，可以嗎？
大姐頭：可以

果然，貢丸世家和大姐頭是一掛的。

雙方並沒有互留手機，所以，以沫只好在店門口等，所幸寒流剛過，天氣稍稍回暖，微微砭刺肌膚的寒風，讓以沫能感受冬天的滋味，卻又不至於太難受。

忽然，冬陽像是被設置了定時關閉裝置的電暖爐，亮度慢慢的減弱，以沫抬頭，看見天空的一邊湧現厚厚的雲層。

「這下可好，可別下雨了。」以沫最討厭在雨中騎車，穿雨衣踩著腳踏車的踏板很是麻煩。

「哈囉，你就是『已歿』嗎？」對街傳來的女聲引起以沫抬頭。

「嗨！」以沫強打起精神，告誡自己等一下有場硬仗要打，而且，臉上的表情絕對不能洩露自己的心情。畢竟，她是大人們說的那種「一根腸子通到底」的「直腸子」性格，內心的想法及情緒總是藏不住的。

對街的兩個女孩，騎著帥氣變速腳踏車的女孩短髮，另一個騎著淑女車的女孩，有著及肩的長髮。兩人確認了左右來車，然後，她們過了馬路，將車停到了meet café門外的停車格上。

以沫趁著她們停車的時候偷偷的打量她們。

但是以沫不敢太過明顯，因為，她發現她們也在偷偷的打量自己。短髮的女孩是大姐頭，以沫已經在臉書上看過她們的照片。大姐頭先用眼神示意其中一格停車位，長髮女孩點頭後，將腳踏車停了進去。然後，大姐頭才將腳踏車停進另一個車位。

「果然，大姐頭在這個小團體中是屬於『發號施令』的地位。」以沫心想。

「你是『貢丸世家』吧！」以沫對著長髮女孩問，雖然在臉書的照片中先見過她的長相，不過，找不到任何開場白的以沫，還是問了。

「嗯，你好！」女孩看了一下大姐頭後，才對著以沫說。

這種感覺，令以沫覺得很難受，好像凡事她自己都做不得主似的，一旦有一點不順頭頭的心意，就會遭到排擠或冷落。

「嗯，兩位請跟我來，我有訂位了。」以沫轉身，走到前頭領著她們進店裡，以沫不用轉頭，就可以感覺到她們正在她的背後竊竊私語，交換著情報。

「不用客氣，像先前所說的，因為要麻煩你們提供我情報，所以早餐由我來請客。」以沫將菜單推到了對面座位的兩個女孩中間。

這裡的一份早餐由一百元到一百四十元不等，附餐有咖啡及果汁，如要加換其他飲料，要補差額。大姐頭點了份一百二十元的B餐，飲料選了果汁，而貢丸世家選了一百元的D餐，但是將附餐的熱美式咖啡換成了小女生間最受歡迎的卡布奇諾。

為了這次的會面，以沫動用了活動存款，那是平常省下的零用錢，準備用來購買國家地理頻道出版的圖鑑書的款項。每年的壓歲錢，都交由爸爸保管，在「必要的時候」才能動用。至於何時才是「必要的時候」，每次以沫問爸媽，爸媽總是回答「到時候就知道了」。

服務生來確認點單的時候，特別的多看了這三個小孩幾眼，因為，在星期天的早晨，來到店裡吃早餐的，大多是一家子一家子的客人，很少有像她們這樣的組合，三個看起來彼此不太熟，卻又好像要談些什麼嚴肅大事的國中小毛頭。

三人勉強的聊了聊學校近來的趣事，內容不外運動會、園遊會、英文合唱比賽之一類的。

等到三人吃完了早餐，大姐頭的果汁和貢丸世家的卡布奇諾上桌時，三人還是天南地北的漫談著，但是，等到服務生姐姐送上了以沫的摩卡時，氣氛開始有了變化。

有時候，大人往往忽略了，這個年紀的小孩，國中一年級生，人格中已有很大的部份開始社會化了，開始像大人了。

他們的不成熟，並不是每一項表現都比成人來得差，而是，他們有的部份極度不足，有些部份已經能跟得上成人的水準，甚至處理得比大人還好些。

氣氛倏的嚴肅了起來。

「抱歉，我向來直來直往，請容我直來直往的發問。」以沫沒動桌上的咖啡，就搶先說。

「嗯，你想問些什麼？」大姐頭用很標準的保守式回答，看來以沫得再加把勁。

「我想知道，傅里易上了國中後，到底都幹了些什麼好事！」以沫盡力讓自己看起來像個挾怨報復的小人。

大姐頭和貢丸世家兩人對視了一眼，然後，依舊由大姐頭發問：

「他在國小時對你做了些什麼事？」

「怎麼了？你們對這些事好奇？」以沫做出驚訝狀。

「嗯，這決定我們要告訴你多少。」好犀利的回答，殺得以沫有些招架不住。

雖然早在心中擬定方針，猜到對方可能會問自己國小時和里易發生的過節，但以沫做夢也想不到，對方竟然會這樣大膽、直接採用半逼問的方式。不過，以沫還是把準備好的說詞放上，她說明了在自己母親過世的時後，里易對自己說的那句傷人的話，然後把里易幫助自己的部份扣住不說，再誇張里易事後對自己的不理不睬。

果然，在說到里易對自己講出那句「你不過就是死了媽媽而已」的時候，對座的兩人同時倒抽了一口氣，以沫趁勢恨恨的咬牙啐了一口「混蛋」之類的話，接著，兩個女孩的防備似乎卸下了不少，尤其是貢丸世家。

「好吧，我們告訴你吧！」大姐頭終於鬆口了。

「洗耳恭聽。」以沫不敢流露絲毫喜悅的神色。

「那傢伙在班上是體育股長。」大姐頭頓了一頓。

「不錯，他的體育確實不錯。」以沫附和。

「體育是不錯，但是做人太失敗。」大姐頭白了以沫一眼，然後開始述說里易在各項賽事上人員的安排及選擇有多麼的不合理及不公平。

以沫耐著性子聽，並且不時的附和兩句，在這個話題終了時，以沫得出了一個結論，就是里易並不照著大姐頭的意思去安排班上的各項體育賽事的參賽人員，所以大姐頭處處在挑他毛病。

「尤其是最近，他更是誇張。」大姐頭做了一個用食指點著桌面的動作，像在數落不聽話的吵鬧小孩一般。

「誇張？」以沫驚訝，一半是裝出來的，一半是真心的。

「是啊，回家作業交不出來，小考沒唸，常常拿一二十分。」大姐頭做出嫌惡的表情。

「對啊，還常常和同學起衝突。」貢丸世家補了一句，卻得到了大姐頭的一個白眼，雖然很隱密，卻還是被眼尖的以沫給看見了。

「最近是指……一個星期？還是一個月？」以沫對著貢丸世家問。

「就是發生不幸事件的前一個月左右吧！」以沫明明是對著貢丸世家問的，回答的卻是大姐頭。並不是大姐頭搶著回答，而是貢丸世家根本就不敢回答了。看來，剛才的白眼起了「提醒」的效果。

「不幸的事？」

「就是老師流產的那件事。」大姐頭憤憤的說。

「里易的反常讓老師很生氣嗎？」以沫好奇的問。

「才不，我們導師她啊，根本就是偏袒那傢伙的。」

「偏袒？」

「是啊，那傢伙剛開始作業不交、小考不唸時，老師連罵他一句都沒有，總是把他叫到辦公室去，說是要加強輔導。」大姐頭又重覆了那個食指用力點著桌面的動作，接著說：

「可是，導師根本沒有處罰他。」

「你們班導人很好？」以沫問。

「才不是，她是我們這個年級的魔鬼導師，對生活常規的要求可是嚴格到不行。同學們要是沒寫作業、小考不唸，就會接到寫不完的罰寫，嚴重的還要接受『體能訓練』。」

「你們班導是年輕的還是老的？」

「三十幾歲，兩個小孩的媽了。」大姐頭擺出一副鞋子踩到髒東西的表情。

「是喔，後來呢？」

「尤其是後來的一個星期，那傢伙更誇張，常常上課遲進教室，有時乾脆把課蹺了。就算進了教室，心思也不在課堂裡。」

「這的確很反常，你們班導一定抓狂了吧？」見對方說得起勁，以沫持續敲邊鼓。

「才沒有咧！我們導師反而對他更好，連重話都沒對他說過一句，同學都覺得老師偏心。」

「同學都覺得？有很多同學都這麼覺得嗎？」以沫故意端正了一下身子，對著兩個人問。

「嗯，很多人都這麼覺得。」大姐頭斬釘截鐵的回答，而以沫望向貢丸世世家，卻發現她皺了一下眉頭。

「然後呢？」

「然後很多人開始傳言傅里易的家裡有錢有勢，導師不敢惹他。或者是那傢伙和導師之間有一腿，老師都護著他。甚至，還有人說老師肚子的孩子是傅里易的孽種之類的話。」

「這些台詞，都是從晚間的肥皂劇直接學來的嗎？難怪爸爸總是不喜歡我看那些八點檔的連續劇。」以沫在心底暗暗的慶幸，慶幸自己沒有被這些連續劇給汙染了。

又是「很多人」，以沫很在意這個詞。因為，很多的言語霸凌或是背後的中傷謠言，都會擁有「很多人」這個成份。

造謠者為了使聽者更加相信自己所捏造或誇大後的事實，常會在話中加進「很多人」這類的用法。這時，你只要問他「很多人」是指誰，通常他們就會顯露出一份很為難的樣子，開始在腦海中搜索著那些對他們來說不痛不癢，出賣了也沒有關係的名字。

「很多人嗎？有哪些人呢？」以沫小心翼翼的問。

「嗯，這個嘛……很多人就是了。」大姐頭的神色有異，不過她很快就調整過來了，用了一個喜歡言語霸凌者最常用的招式：

「幾乎有全班的一半了，對吧？」

大姐頭轉頭向貢丸世家徵求認可的時候，貢丸世家似乎嚇了一跳，遲了兩三秒鐘才點頭回應。

「你看，我就說吧！這事不管你問班上的誰，大家都會這樣跟你說。」

「所以，後來那件不幸的事是怎麼發生的？」

「這個，簡單的說，就是有一次，我們導師終於忍不住的罵了那傢伙一頓，她要傅里易振作起來，不要再像一灘爛泥一般。」

「唔……」以沫倒抽一口氣，這話也太直接了吧！

「然後，那傢伙很生氣，不知道哪裡弄來了避孕藥，在老師陪我們吃完中餐，出去洗環保筷的時候，將藥丟進了老師的水杯裡，企圖要讓老師流產。然後，老師在喝了那杯水後，下午，就開始出現了肚子不舒服的症狀，說是異常的『宮縮』。」

「公說？」以沫完全摸不著頭緒。

「是『子宮收縮』的簡稱啦！」

「然後？」以沫看向貢丸世家，貢丸世家一直低著頭，看著自己的手指。

「就像你知道的那樣，老師的肚子越來越痛，旁邊的老師覺得事情不妙，找來了學校的護士，護士初步的評估後，用校車將老師送到了醫院，結果，放學前，我們就聽到了老師流產的消息！」

「放學前就聽到了？」

「嗯，國老是導師的好朋友，那天的最後一節剛好是國文課。」

「那傅里易為什麼會發生意外呢？他是想到醫院去看老師嗎？」以沫試探性的問。

「才不是呢？那傢伙出事的地點和鎮立醫院的方向剛好相反，有人說，那傢伙想去看海，所以一放學就往海邊去了。」

「看海？」

「嗯，聽說他向常去海邊釣魚的同學問了路。」

「所以，也就是說，他在害得導師流產後，想一個人到海邊去。去幹嘛？」以沫偏著頭，百思不得其解。

「誰知道啊？他是個十足的怪人。」

「嗯，他真的不正常！」以沫趕緊恢復自己的角色，回到那個想聽傅里易幹了什麼壞事，然後在背後批評他的角色。

三人各自啜了幾口飲料，大姐頭的手機忽然響起，她裝成熟的舉起了手，手掌向前輕輕一推表達歉意，然後一邊接通了電話，一邊起身往店外走去，看來她的對話內容不想讓旁人聽到。

就在這個時候，以沫試著賭了一把！

「嗯……我真的很想知道傅里易到底發生了什麼事，如果你還知道別的事的話，請你告訴我好嗎？」以沫對著貢丸世家問。

「我……知道的就這麼多了……」聲音小到連螞蟻都聽不見。

「我不知道里易醒不醒得過來，如果他就這樣走了，這個版本的傅里易會讓我討厭他一輩子。」

貢丸世家似乎動容了，她偷偷的回頭看了看窗外的大姐頭，確定她還講電話時，她不動聲色的低聲說：

「晚點我們再聊，別用臉書，她會看我的臉書。」

「傳私訊不行嗎？」

「她連我的私訊都會看！」

「私訊？怎麼看？」

「她會直接拿走我的手機，直接開我的臉書，大家的手機總是隨時登入著。」

「你可以用完就登出啊！這樣她就無法看了。」

「她會在你面前，就叫你登入給她看。」貢丸世家雖然已經壓低了聲音，但她還是戰戰兢兢的。

「你們在聊什麼啊？該不會準備要結拜了吧！哈哈……」大姐頭忽然出現在兩人身旁。

「一副標準的霸凌者口吻。」以沫心想，臉上卻拼命的隱藏著厭惡，說：

「沒啦，就是覺得她的ID名字很有趣。」

「還不就是這臉，看起來像顆貢丸，你看，很像吧？」大姐頭說完又自以為幽默的笑了起來，以沫發現貢丸世家也跟著笑了，但是眼底一點笑意也沒有。以沫發現自己也跟著笑了，但是，自己的眼裡應該也是沒有半點笑意。

再閒聊了兩句，大姐頭就說家裡有事，必須先「閃人」了，這次的見面就這樣結束了。

Meet café裡，留下的是心靈筋疲力盡和腦袋貼滿疑問的以沫。

6 反常

「這個傳里易還真是叫人失望，是到了所謂的叛逆期嗎？」以沫心想著。

以沫不確定叛逆期的具體表現是什麼，有時她會覺得長輩們的嘮叨很煩人，這樣算是叛逆嗎？還是像里易這樣事事擺爛，功課不寫、小考不唸、上課不專心，這樣才算得上是叛逆嗎？

想著想著，以沫不自覺的將車騎到里易家。庭院的紅色木柵板大門，油漆是新漆上的，里易每年都會和手工藝極佳的爸爸重漆一遍。玫瑰穿出庭院右側的鐵欄杆。欄杆外，也許是日照比較充足，花開得又多又大，有紅色的、黃色的、白色的、粉紅色的，里易的媽媽是玫瑰狂熱者。而左側的欄杆則佈滿了像是仙人掌的植物，一條一條的穿出欄杆，侵佔了一小部份的路肩，像個極高大的學生誤坐了教室前排的低矮課桌椅，在逼不得已的情況下，只好將腳放到了走道上。

那是火龍果，聽說一開始是同事送給里易的媽媽，一個小巧可愛、約莫布丁盒大小的盆栽。火龍果的種子輕巧的從黑色的培養土裡長出，一株株碧綠的幼苗，讓人看了心曠神怡。然後，幼苗的葉子慢慢的變長變粗，還長出了細細的針狀物，有點兒像是長條型的仙人掌，當它們生機勃發的長到盆緣外，開始往下垂時，真是美極了。「果然是綠鑽，名符其實。」里易的媽媽那時還不知道同事口中的「綠鑽」盆栽，其實就是火龍果。

後來，當綠鑽被移植到里易家的前院花圃時，里易的媽媽還期待能有一片「綠鑽」可以觀賞，可是，卻沒想到，綠鑽竟然在短短的時間內快速長大。里易的媽媽竟然將原本做為擺飾用的小盆栽種成了這樣的龐然大物。

「快一年沒來過了，里易的家一點也沒變。」

以沫停下單車，因為她注意到了一個奇怪的部份，那就是里易的家門口被堆置了一些衣物、家具及個人隨身的雜物，看起來好像都是男人的用品。

以沫停下了單車，正好奇的打量著這堆物品。這些物品不像是被人放在這裡的，從它們的排列方式來看，它們更像是被「丟」在這裡的。

「啊？你是？」一道女聲由門內傳出。

以沫抬頭，她發現里易的媽媽正抬著一個箱子，她隨即摘下安全帽，說：

「里易媽媽你好，我是以沫，不知道你還記得嗎？」

「以沫，小沫嗎？我當然記得，你怎麼那麼久沒到我們家來，最近……嗯……家裡……嗯……你現在過得還好嗎？」雖然里易的媽媽沒有問出口，其實這跟直接了當的問出口沒有什麼不同。以沫仔細的想完之後，發現這種模糊的問法，其實是一種溫柔，讓她可以假裝聽不懂，可以選擇不用回答。

如果對方直接問，自己就有著非答不可的壓力。

「嗯，我和爸爸慢慢的調適過來了，不過，這真的很難。」以沫還是選擇直接回答，不過，這是以沫練就的一套標準答案，常人聽到這個答案都會回答說「這樣啊」、「辛苦了」之一類的話，通常不會再追問下去。

「里易如果這關撐得過去，你可以和他聊聊，幫幫他嗎？」里易媽媽眼眶泛淚。

「幫他？有什麼我幫得上忙的嗎？是功課嗎？」

「不，這有點難以啟齒，但，我不知還能找誰幫忙。」里易媽媽聲音哽咽了。

「如果我幫得上忙，我一定幫。」眼淚是塊巨大的敲門磚，以沫不得不開門。

「里易的爸爸丟下我們了。」

「丟下？」以沫並不是不懂「丟下」的意思，她只是太驚訝，里易的爸爸是旁人眼中的模範爸爸。

「他拋棄我們了，就這樣人間蒸發了。」里易的媽媽從哽咽模式轉進啜泣模式。

「那，傅爸爸知道里易受了重傷昏迷不醒嗎？」

「他怎麼會知道！我們見到他最後一面，是一個月前，他和往常一樣回到家裡，一樣洗了澡、喝了小酒，上床睡覺。然後，隔天早上，我們母子兩起床時，發現了餐桌上的字條，上面寫著『對不起，我離開了』。」

「離開了？」

「嗯，我和里易一開始以為他爸爸是在開玩笑，我們兩人在上班時間快到時，還將家裡整個找了一遍。在家裡找不到人的時候，我和里易還以為他爸爸只是提早出門去上班。等到他爸爸該下班回到家的時候過了，我們兩人才開始慌了。」

「然後呢？里易的爸爸不會真的離開了吧？」

「我們打到公司，聽說他當天早上打了最後一通電話到公司，他向老闆道歉，說他有自己想過的人生，要大家不要找他，他把工作上需要交接的業務通通準備好了，放在鐵櫃裡。看來，他是早早就預謀好了的。」

「從那天之後，整整一個月都沒有消息？」

「對啊，他一定是跟哪個野女人跑了。」生氣的里易媽媽瞥了一眼門口的那堆成年男性的雜物。以沫又安慰了里易的媽媽幾句，這時，里易的媽媽接到了醫院打來的電話，說是要簽幾份文件，要她過去一趟。

「里易的狀況還好嗎？」

「雖然還是昏迷不醒，但醫生說狀況穩定下來了，我才回到家來收拾一些盥洗衣物，準備帶到醫院去。」

「頭部的傷比較重嗎？」

「還有右腳小腿也骨折了，肋骨也裂了三根，醫生說被卡車迎面撞上只受這樣的傷算是運氣了，只是，早該醒來的他卻一直沒有醒來。」

「希望他能早點醒來。」以沫趁機問了里易的醫院和房號。

回家的路上，以沫發現自己似乎找到了問題的癥結，一個月前，里易的爸爸不告而別。同樣的，也是一個月前，里易的行為開始變得反常。

以沫的心裡昇起了一股同情，她曾經失去過至親，知道失去至親的痛苦，更何況是里易所要面對的這種狀況。

他是那麼的崇拜父親，而父親竟然丟下他和媽媽離開了，難道爸爸以前對他們的好都是假的嗎？都只是佯裝出來的嗎？

況且，天人永隔有著百分之一百的逼不得已，未亡人只要專心面對失去所愛之人的傷痛，努力復原。而至親仍然活著卻離開了自己，自己不僅要面對失去所愛之人的傷痛，勢必還多了很多的懷疑，懷疑自己到底是做錯了什麼，才會讓至親失望到離自己而去。

回到家，時間已經接近中午了，這個星期六休假的爸爸，想趁著難得的好天氣出門釣魚去，正慢條斯理的準備著釣具。

「看起來快要變天了。」以沫告訴爸爸。

「是嗎？看來今天還是不要出門好了。」

一起吃午飯時，父女倆的話題很少，兩人大部份時間都是靜靜的吃著飯。以沫心裡一直十分掙扎，到底該不該把里易的事拿出來和爸爸討論。最後，以沫還是決定暫時不要和爸爸討論這件事，因為，她不知道爸爸是否準備好了，可以對失去至親這件事侃侃而談，平淡面對。

就在這個時候，以沫接到了一個臉書的訊息。

貢丸世家：你不用對傅里易太失望

以沫不懂這句話的意思到底是什麼？不需對里易感到失望？里易的表現不錯，只是被扭曲了？或者是想勸以沫，以沫和里易只是朋友一場，該過去的就讓它過去？

但是，不管以沫如何追問，貢丸世家再也沒有回過以沫發送的訊息。

7 地獄來的訊息

加護病房外，以沫隔著玻璃窗，看著全身插滿管線的里易。

按下「enter」鍵，以沫發送訊息給里易。

已歿：好久不見了，我很後悔，當初，陷在情緒中的我沒能領會你的幫忙……

已歿：只是一直顧影自憐，總覺得自己是全天下最不幸的人

已歿：我今天早上見到你的媽媽，聽她說了你遇到困難的事……

已歿：至親離你而去的痛苦，我真的能感同身受

已歿：如果你能醒過來，一定要好好調適

已歿：我一定會陪你的

媽媽過世時，以沫也曾經同樣的向媽媽發過訊息，雖然知道不會有人回應，但是，心裡的情緒和不安，似乎會隨著文字一點一滴的從心底發送出去。

以沫將手機放到了口袋，正準備轉身離開，手機忽然發出提醒的聲響。以沫確認了一下，是臉書有一則新的訊息。

咦？沒有新訊息啊？訊息的最上面一欄是剛才發送給里易的。等等，這……太奇怪了吧！剛才發送給里易的訊息欄，應該會呈現灰色的底色才是，新的未讀訊息欄，底色應該會是白色……

以沫瞪大了雙眼，點進了訊息欄。

傅里易：你是以沫嗎？

以沫不可至信的轉身，再次確認了里易還躺在加護病床上。以沫再仔細的確認看看里易的手上是否有手機。

「說不定是里易已經醒來了，在跟我開玩笑。」看著病房內值班護士和醫生們嚴肅的忙碌著，以沫打消了這個念頭。

「說不定是有人盜了里易的帳號，可是，這也不對啊？他怎麼會知道ID名字已歿是我名字以沫的諧音，就算用猜的，也不可能兩個字都猜對吧？」以沫皺著眉，忽然，她想起什麼似的再度在手機上輸入文字。

已歿：你是大姐頭吧，看別人的臉書私訊已經很過份了，涉及隱私權的問題了，更何況你竟然盜里易的帳號，這真是太過份了

傅里易：你怎麼認識大姐頭？

已歿：別再裝神弄鬼了，我現在在加護病房外，我正隔著玻璃看著里易，我不知道貢丸世家跟你說了什麼，你要適可而止

傅里易：你也認識貢丸世家？

傅里易：你現在正看著在病床上的我？

這一連串語氣正經的問話，讓以沫更加混亂了，如果不是大姐頭或貢丸世家盜用了里易的帳號的話，那麼，現在到底是什麼狀況。

傅里易：你也許不相信，但，我遇到麻煩了，我現在能相信的人只有你了
已歿：我？為什麼？
傅里易：因為你是在我出事之後，唯一關心我的人
已歿：你到底是誰？
傅里易：我真的是里易
已歿：那你提出證明，傅里易最喜歡的線上遊戲是什麼？
傅里易：我人在地獄，我本不該在這的，我逃脫隊伍，現在只能東躲西藏
已歿：你，當我白痴嗎？
傅里易：我不玩線上遊戲的，有人靠近我了，而且手機快沒電了，先下了
已歿：這種事，太荒謬了吧

等了好一陣，對方不再回應。

已歿：你這種人真是太無聊了，竟拿性命垂危的人開玩笑，你一定會有報應的

對方依然沒有回應。

是真的有人在追他嗎？所以他無法回應。或是，這只是那個人的手法，想讓以沫相信他？說不

定，那個人現在正躲在這裡的某處，正偷偷看著這一切，取笑驚慌失措的以沫。

話說回來，里易還真的是個不玩線上遊戲的怪傢伙，每次同學們在討論線上遊戲時，里易總是意興闌珊的在一旁有一句沒一句的聽著。

「醒醒，馬以沫，那個盜里易帳號的人，只要曾和傅里易聊過天，就會知道他不玩線上遊戲。」以沫敲了敲自己的頭。

不過，那語氣實在太堅定了，堅定到令人覺得「很詭異！」這是以沫事後回想時，覺得最貼切的一個詞。

地獄？逃脫隊伍？手機？地獄還能用手機？

以沫馬上就勸自己打消了念頭，她小時候也曾鼓起勇氣打了「直通地獄的電話」，事後覺得自己蠢到爆。

這些問題雖然困擾了以沫一下下，但在回到家，一切回歸正常生活後，以沫一下子就忘掉了。不再有意外車禍，不再有垂危的舊識，只剩下明天的功課，還有即將到來的英文合唱比賽的事前準備。

但平靜無波的日子只持續到了第二天放學。

放學回家後的以沫，例行性的按下電腦的電源鍵，然後洗澡去了。洗完澡，吹乾頭髮後，她坐到了客廳的電腦前，點開臉書，他看到了紅紅的訊息提醒。

婉萍：記得帶查到的英文歌詞喔

婉萍：還有翻譯

婉萍是英文小老師，負責幫老師登記成績和收作業，而以沫是這次活動的負責人，所以兩個人最近的交集變多了。

看向下一個傳訊來的人，以沫皺眉了，因為，又是那個盜用里易帳號的人。

傳里易：怎麼？你還是不相信我嗎？這也難怪，連我自己都覺得自己是不是在作夢

傳里易：要怎麼樣你才會相信我呢？

傳里易：還有，我發現，每次我一使用手機就會暴露位置，每次傳訊息給你，我就要馬上關機，然後再躲到安全的地方

「還在玩，以為我會相信嗎？」以沫生氣的低咒著，正準備要跳出這個對話框。

傳里易：對了，你還記得那管送驗的烏龍茶嗎？這樣能證明我的身份了嗎？

對話蹦入眼簾，以沫在看清內容後，瞳孔失焦。

烏龍茶？什麼烏龍茶？送驗的？

國小時的記憶漸漸的鮮明起來，像是一張剛照出來的拍立得相片，全白的底片上，慢慢的浮出輪廓，然後是一個接著一個的細節。

那是國小五年級時。

走廊的角落。

「怎麼辦？我忘記做尿液篩檢了。」國小五年級的以沫正擔心。
「喔，那個啊，你裝水進去就好了。」里易一派輕鬆的說。
「怎麼行，那會被發現吧？」以沫小心翼翼，盡量壓低話音，怕被偶爾經過的同學聽見。
「怕什麼？這種人數這麼多的檢驗，都檢查得很隨便，所以，一旦檢體出現問題，他們一定會先要你重驗的，那時，你再真的把尿送檢就好。」
「真的嗎？」
「對啊，我上次就是這樣。」
「可是……」
「好啦，隨你，你想被罰跑十圈操場也行，我陪你跑就是了。」里易一派輕鬆的說。十圈操場對里易來說是「小菜一碟」，對以沫可就不是了。最後，以沫還是投機取巧的把水裝進尿液篩檢的試管內。
但是，完全透明的管子和同學的相比之下太過顯眼了，就像隔壁班的混血兒喬瑟夫，剛轉學來時，他的皮膚白皙，在滿是黃種人的學校內，顯得格格不入。
「怎麼辦？」以沫又擔心了起來，畢竟，她不常做違規的事。
「你和我都不是做壞事的那塊料，省了那些心思吧！」爸爸常常這樣對以沫說。
「不然，就這樣好了！」里易揚了揚手中的鋁箔包，那是一罐烏龍茶。
果然，在十滴烏龍茶的「加盟」後，試管的顏色變得跟大家比較接近了，也不那麼突兀了。就像喬瑟夫特意將自己曬黑後，和同學們的相處也變得容易多了。
後來，那次的尿液篩檢成功的被兩人矇混過去，甚至，複檢的名單中竟然沒有以沫的名字。
「什麼嘛？這檢查也太混了吧！」以沫有些氣憤的說。

「我就說吧。」里易得意洋洋的說。

「什麼事啊？好像很有趣。」一個同學湊過來問。

「沒有啦！」以沫轉頭看了里易一眼。

「嗯，沒事啦，在說昨天的卡通。」里易幫忙圓謊，畢竟，這不是件可以拿出來公然炫耀的事。

這件事從此成了兩個人之間的小祕密，從此之後，兩個更成了形影不離的好友。正因為幫人保守祕密是件困難的事，所以「能幫自己保守祕密」常是朋友間相互衡量彼此對自己「友情指數」的重要指標。

回想起這段往事，以沫又好氣又好笑，那時，他們兩人覺得一起幹了一件大事，開心得很。完全沒想到，如果以沫在那個時候身體健康亮了紅燈，又錯過了那次的尿液篩檢，後果可能會不堪設想。

但是，這件事應該只有他們兩人知道，應該不會有第三個人了吧？

以沫的心開始動搖：

「該不會傳訊息來的人真的是里易吧？如果傳訊息來的是里易，那麼，躺在加護病房裡床榻上的那個人又是誰呢？」

以沫撥了通電話給里易的媽媽，說是向她請安，在不著邊際的聊了幾句之後，以沫問：「對了，傅媽，里易他還好嗎？」

「嗯，還是沒有醒過來，醫生也說狀態變得不太樂觀。」傅媽媽的聲音聽起來很累。

以沫剛掛上電話，爸爸回來了。

晚餐時間，以沫難得的主動發話：

「爸，你相信有地獄嗎？」

「怎麼？為什麼問這個？」以沫的爸爸略顯驚訝。
「沒啦，只是隨便問一下。」
「你該不會做了什麼傷天害理的事吧？」爸爸皺著眉問。
「哪有，我才沒有。」
兩人之間又是一陣沉默。
爸爸忽然又開口：「我相信。」
「什麼？」以沫並不是沒有聽清楚爸爸所給的答案，這個問句是出於驚訝，沒想到爸爸會這麼嚴肅而且認真。
「人死了，都要下地獄。」
「所有的人？」
又是一陣沉默，桌上只剩下飯菜的咀嚼聲。
「嗯，你、我、大家都要。」爸爸放下了碗筷，以沫也放下了碗筷。
在以沫家，「吃飯皇帝大」，沒有什麼事能打斷吃飯，如果放下碗筷，就代表自己已經不再吃了。
接下來的這陣沉默，兩人都知道彼此想說些什麼，只是，這事太令人心痛，所以各自在心裡琢磨著該如何說話。以沫想問媽媽是否也到地獄去了，而爸爸則是想著如何回答這個問題。
「媽媽也去地獄了？」以沫輕聲的問。
「每個人都要去，去贖罪。」爸爸低著頭回答。
「那麼，沒有罪的人呢？」以沫注視著爸爸等著他回答。
「地獄的判官會審判每個人，如果沒罪的話，就會被引渡到天堂。」爸爸起身，開始收拾桌上的飯菜。

以沫本來還想問：「媽媽是否上了天堂？」可是，他怕從爸爸那裡聽到否定的答案。

回到房間後，以沫哭了。

她壓抑著自己，任憑眼淚不停的流下，卻不發出一點聲響。

她從來沒想過，她所深愛的媽媽竟然也曾做過錯事。爸爸呢？爸爸一定也曾犯過錯。這世界上沒有人是完美的，就連自己也不例外。

以沫知道自己常常犯錯，有時說個小謊，有時偷個懶，有時隨手丟片紙屑到車窗外，但她從來沒有想過，那樣令她敬愛的媽媽也曾犯過錯。這是憑常理就可推斷出的事實，只是，以沫到這個年紀來，才第一次認真的想過這個問題，媽媽也是人，只要是人就一定會犯錯。

以前的她，一直都沒有注意到這些事，或者是說，不願正視這些事。

用袖子擦乾了淚水，以沫來到客廳。爸爸不在客廳裡看著他最愛的足球轉播，想必和以沫一樣，也在房間裡暗自傷心吧！

以沫動了動滑鼠，休眠的電腦螢幕懶洋洋的亮了起來。

如果是假的，被騙又如何呢？頂多被人嘲笑。

如果是真的呢？里易現在正需要自己的幫忙。

「嘲笑」和「需要幫助的朋友」這兩個重物被放在以沫心裡的天秤上，很快，天秤傾向朋友的那一方。

已歿：我相信

已歿：告訴我發生了什麼

已歿：從那之後我就不再喝烏龍茶了，因為好像在喝……你知道的

8 真相？

隔天，以沫違反規定的將手機帶到學校。因為，昨天，就在她發訊息給里易不久後，她得到了里易的回覆。

傅里易：這支手機快沒電了，這裡的訊號斷斷續續，我必須四處尋找訊號較好的地方，而且，我發現，一旦我收發訊息，就會有「人」向我靠近，好像是來找這支手機的，現在，他們多次沒找到手機，好像發現是被人撿走了，原先還不太急，現在越來越急了。所以，我都先打好一大堆訊息，然後，發送後就必須再轉換地點，盡量不要被發現。

已歿：是嗎？所以，你是因為人在地獄，所以一直昏迷不醒？

已歿：不，應該說是「靈魂」在地獄，所以「人」一直昏迷不醒

已歿：也就是說，如果你被帶進地獄的話就會死了，所以你現在是在人間與地獄的通道中囉？

已歿：還有一件很奇怪的事，我查看了你發送訊息的地點，怎麼好像就在這附近啊？

已歿：還是有一點懷疑你是在騙我，你真的是里易嗎？

已歿：我是想幫助里易，所以才相信的，如果你濫用我的友情，你一定不會有好下場的

在廁所裡，以沫再次確認了昨天和里易的對話，她反覆的推想，總覺得這是一場騙局，可是，在理智之外，卻又有一種說不上來真實感。

上課鐘響了，以沫準備關機，如果手機在上課中響起，那就完了。上次班上同學違規偷帶手機，手機竟然還在上課響起，下場就是「自我反省書」一張。然後，由爸媽一同到學校來把手機領回去。那個同學的下場自然淒慘無比。以沫和就讀公立學校的同學交換過情報，私校在這方面管得比較嚴，有些身在公立學校的同學，下課使用手機是被默許的。

就在以沫準備關機時，突然，臉書訊息的提示聲響起。

本來就作賊心虛的以沫，在這違規即將結束，心防正鬆懈下來的時候，被這突如其來的聲響突擊，差點就「繳械投降」的把手機掉在地上。

「呼……」鬆了一口氣的以沫，拍了拍自己的胸口，讓自己的緊張平復一些。

這手機雖不新穎，卻是媽媽留給她的，媽媽過世後，以沫自己提出要繼承這支手機和這個門號。所以，直到現在，以沫有時還會接到一些廣告或推銷的電話，或是一些不知道媽媽已經過世的舊識打來的電話。不知道為什麼，接到這些電話時，她會覺得有點驚喜、有點溫暖。

傅里易：可以看得到我的地點？如果可以的話，注意我這次發訊息的地點，因為我就是從這裡來到地獄的。

這裡好像是其中一個入口，我看見其他人從這裡被帶進來，有點像是一個奇特的通道，要有特殊的方法才能打開。

電池的電力只剩35%。

還有，我的導師狀況還好嗎？她的小孩好像沒了！

以沫趕緊把握時機回問。

已歿：你真的對老師下藥？避孕藥？

這個問題，這兩天一直縈繞在以沫的心頭，她很想知道里易是否變得如此的惡劣。以沫原本是不這麼認為的，但在知道了里易的爸爸用這種方式離家人而去後，以沫開始懷疑這是否是真的。因為，人在遭遇重大的打擊後，往往會變得不太理智。

里易：下藥？這說來話長，簡單的說，有

已歿：簡單的說？說來話長？

里易：我應該沒時間了，我聽到他們的聲音了，幫我問問導師的狀況

已歿：好，要小心

又等了約三分鐘，里易沒有再傳訊息過來後，以沫才趕緊關掉手機，回到教室去，幸好，這節課是數學課，數學老師會晚一點進到教室。

晚上，以沫將手機保持連線，她的手機可以上網，但是每個月的額度只有五百MB的傳輸量，這是媽媽選擇的方案，月租費只要九十九元，一旦超出這個使用量，網速將會大打折扣。在以沫繼承手機的時候，爸爸並沒有做出更動。

因為不是「吃到飽」的方案，所以在使用的時候一直小心翼翼，除了有時必須在外使用一些通訊軟體和遊戲之外，以沫盡量使用免費的Wi Fi上網或是家裡桌上型電腦的有線網路。

「幸好這個月沒有胡亂使用額度。」以沫看著手機中的計量系統，她這個月還有四百多ＭＢ可以使用。

正當她猶豫著是否到客廳使用電腦時，爸爸回來了。

晚飯結束後，看來有點擔心的爸爸問：

「你怎麼會忽然提到地獄的事？」

「哦，這個啊，你還記得里易嗎？他出了車禍，正昏迷不醒。」以沫說出了一半，她知道爸爸不太過問她的交友狀況，但只要問起，必定會刨根究柢，所以她主動的給出了足夠的資訊。

「里易啊？那個國小常常來找你，帥帥的小男朋友？」

「他才不是我的男朋友！」以沫嘟起小嘴抗議。

「幾天了啊？」

「算兩天多了吧！」

「你這兩天說要多上網，就是在查他的事？」

「嗯。」

「嗯，你出門在外也要小心一點。」這是爸爸的最後一句話。

以沫回到房間，開始有一筆沒一筆的寫著學校的作業，進度像烏龜在爬一般。

爸爸的電話鈴聲響起，接著腳步聲由遠而進，停在以沫的房門口，緊接而來的是敲門聲。

「爸爸有事出門一下。」以沫的爸爸開門，探進半個身子來。

「喔。」

爸爸輕快的收拾著東西的聲音中，似乎還間雜著哼歌聲。

「爸爸有了新歡？」

這是兩個星期以來，爸爸第三次在晚餐後出門。以沫不曉得該為爸爸感到開心，還會為媽媽感到難過？爸爸這麼快就有了新伴侶，而媽媽則是那麼快就從這個家裡淡出了。

以沫來到客廳，如果要進行搜索工作的話，家用電腦畢竟比較方便。她點入了「生命是一襲華美的袍」的塗鴉牆。

她發現，這位國文老師單身，和學生在網路上的互動頻繁，看著同學給她的留言都很直白，不像某些老師臉書上的留言總是一板一眼的官腔。所以，以沫推斷，這個老師應該是個好相處的老師。

塗鴉牆上沒有和里易導師的相關訊息，想必這是個不幸的事件，又是件重要的事件，所以不適合在網路上提吧！

已歿：老師您好，我是里易的國小同學，我叫小沫

已歿：有些關於里易的導師的事想向你請教

「生命是一襲華美的袍」的狀態顯示為「在線」，如果沒回應，會不會在吃飯或是在忙呢？

過了不久，訊息通知聲響起。

生命是一襲華美的袍：你好，你說的里易是指傅里易嗎？

已歿：嗯，是的，老師你記得他嗎？

生命是一襲華美的袍：嗯，他是我班上的學生，還算認真

生命是一襲華美的袍：有什麼事嗎？

已歿：他想知道導師的狀況如何？

生命是一襲華美的袍：他？里易嗎？他從昏迷中醒來了嗎？

以沫倒抽了一口氣，一向不擅長說謊的她，做起這種事總是捉襟見肘。

已歿：沒啦，那個「他」是指他的爸爸啦

完了，又撒謊了，我一定會下地獄，而且會在那裡停留很久。

生命是一襲華美的袍：你有他爸爸的消息，還是說，你就是他爸爸？

看來這個老師對他的狀況滿了解的。

已歿：不，老師，我是綠甲國中一年級的馬以沫，請相信我，我是傅里易的國小同學，昨天在家附近遇見了里易的爸爸。

生命是一襲華美的袍：你讀私立學校啊？

已歿：是的，事出突然，他聽見里易受傷的消息剛趕回來

生命是一襲華美的袍：難怪，那天到醫院去探望林老師的時候，只有媽媽一個人

以沫嚇出了一身冷汗，如果剛才，以沫說是里易的媽媽想問的話，西洋鏡就會馬上被拆穿。早知

道里易的媽媽也知道情況的話，我就去問里易的媽媽就好了。

已歿：嗯，那我請傅爸爸直接問傅媽媽就好了

生命是一襲華美的袍：請稍等一下，看你打的這些，你好像知道里易的爸爸離開他們一段時間了？

已歿：嗯，這兩天我去過里易家

生命是一襲華美的袍：其實有些事，林老師並沒有對傅媽媽直說，一來是時機不適合，二來是剛流產的林老師的身體太虛弱

已歿：嗯，林老師是里易的導師，對嗎？

生命是一襲華美的袍：嗯

已歿：請說，我會好好傳達的

生命是一襲華美的袍：里易在爸爸離開後，情緒十分不穩定，老師多次的輔導他，效果並不好

生命是一襲華美的袍：老師對他百般的容忍，希望他在失去爸爸的這個重要時刻，能夠不要有其它不必要的壓力

已歿：嗯

生命是一襲華美的袍：可是里易的行為越來越誇張，到後來連課都不上了

生命是一襲華美的袍：老師眼看里易脫序的行為就要失控了，所以急了，對他說了重話

「來了！來了！」以沫心裡揪得緊緊的。原本以為要空手而歸的，沒想到狀況竟然急轉直下，事情的核心就將要攤開在以沫的眼前。

已歿：結果？

生命是一襲華美的袍：里易情緒激動的說要在老師的茶水裡加進墮胎藥

已歿：墮胎藥？

生命是一襲華美的袍：是啊，聽起來很誇張吧？其實他並沒有那麼壞，你應該也知道吧？

已歿：我也覺得很奇怪，一般的學生頂多刺刺老師的輪胎或刮刮老師的車就已經算是邪惡至極了

生命是一襲華美的袍：喂喂喂……聽起來好像你對這些事情很熟似的

已歿：沒啦，只是同學之間互相都會說這種氣話

生命是一襲華美的袍：嗯，同學之間有流言，說老師會這麼包庇里易是因為老師肚子裡的小孩是里易的

已歿：林老師懷孕幾個月了？

生命是一襲華美的袍：六個多月了，所以流產的時候情況還滿危急的

已歿：六個月？現在十二月份，里易九月份入學，也才四個月不到啊？相信這些流言的人到底有沒有腦袋啊？

生命是一襲華美的袍：這就是流言的可怕，這些事情的真假不重要，而是，人們都希望這些流言是真的。所以，人們會說服自己，不要去檢視這些流言的真偽，直接相信它們就是了

已歿：嗯，真的說，我就讀的學校中也有很多這樣的人

生命是一襲華美的袍：然後，里易揚言小孩不是他的，還很生氣的說那小孩的死活才不關他的事

生命是一襲華美的袍：然後，有個真正邪惡的同學拿來了一顆藥丸

已歿：真正邪惡的同學？

生命是一襲華美的袍：一個聰明、成績很好卻非常壞心的傢伙，那傢伙是班上最有力的小團體的頭頭，總會帶頭欺凌其他同學，說她是地下導師一點也不為過，甚至連班上遇到需要分組的活動時，名單基本上都是經過她的同意才能排定的

已歿：是喔

生命是一襲華美的袍：否則，她就會搞得天翻地覆，弄得這個哭那個啼的……

生命是一襲華美的袍：林老師花了很多心力，始終無法教好她

已歿：你說的該不會是「大姐頭」吧？

生命是一襲華美的袍：你也知道她？也對，你是里易的好友，他應該跟你提過這號誇張的人物

以沫並沒有將自己和里易已經好久沒有說話，以及與大姐頭約定見面的事全盤托出，因為她太想知道事情的發展。

已歿：她拿了藥丸，然後呢？

生命是一襲華美的袍：對對對，剛才扯遠了。大姐頭拿了藥丸，要里易證明自己的清白，要里易趁老師不在教室時，將藥丸投進老師的水杯裡

已歿：她哪來的墮胎藥？

生命是一襲華美的袍：據說是網路上買到的，這年頭網路上什麼都買得到

已歿：然後呢？

以沫的心快要跳不動，好像有人用手掐住了她的心臟。

生命是一襲華美的袍：里易當著全班的面，將藥丸丟進了老師的水杯裡

已歿：里易真的做了這件事？

生命是一襲華美的袍：嗯，不過，他已經和負責幫老師倒水的同學說好，在老師回到教室前，同學會把水換成新的

已歿：可是，後來老師還是流產了，中間出了什麼問題嗎？

生命是一襲華美的袍：老師並沒有喝到那杯水

已歿：怎麼會？那麼，林老師是為何流產？

生命是一襲華美的袍：有個看不下去的同學，跑去跟林老師通風報信，林老師知道後很生氣，將里易和大姐頭找去罵了一頓。

生命是一襲華美的袍：大姐頭將一切的錯都推給了里易，林老師一早就看出來了，但是，老師還是必須教導兩人正確的觀念。當林老師在責難里易時，里易竟將多日來的脾氣全出在林老師身上。

已歿：喔喔……

生命是一襲華美的袍：林老師原本還沒那麼生氣，學生嘛，就是頑皮，在里易大聲的咆哮之後，林老師的脾氣也來了

生命是一襲華美的袍：結果，在他們兩人回教室後，林老師的下腹部開始有點不舒服，子宮開始異常的收縮，我有提醒她要注意自己的身體，可沒想到這次的生氣竟然造成難以挽回

的悲劇

已歿：這真的是一場悲劇

生命是一襲華美的袍：林老師說她不知以後是否還有辦法平常心面對里易，畢竟，她對肚裡的胎兒已有了感情，每天胎教，對著他說話、給他聽音樂

已歿：所以？

生命是一襲華美的袍：所以，林老師想請里易的父母幫里易轉學，她說自己沒有把握能對里易像對一般學生一樣。

以沫在電腦前倒抽了一口氣。里易真的下藥了，雖然老師並不是因喝了那杯藥水而流產，但老師的流產也是因為對他發脾氣而起。

以沫開始感覺到，這個感覺起來善良的老師竟然也有這種小卑鄙，竟然把這麼重要的事交給另一個學生去轉達。

已歿：大姐頭呢？她一點都不愧疚嗎？

這是以沫目前最在意的事，知道事情的真相後，再回想前天大姐頭對著以沫說的那些里易的壞話，以沫感到胃裡一陣翻攪，對於這麼噁心的人，她快吐了。

生命是一襲華美的袍：她啊？我猜她現在正開心呢！她不只除掉了班上唯一會公然反抗她的里易，甚至連處處牽制她，遏止她霸凌同學的老師，她都有機會一併除掉

已歿：老師也？老師做錯了什麼？

生命是一襲華美的袍：校方認為竟然有同學會在老師水杯裡下藥，代表老師帶班很糟，想把林老師的導師職位抽掉，再加上「大姐頭」的爸媽也是「怪獸家長」，學校對他們十分忌憚

已歿：太扯了

生命是一襲華美的袍：這就是台灣現在的教育現場

捻熄了電腦螢幕，以沫心情十分低落，不知是因為里易犯錯的這件事情？還是爸爸有了新歡這件事？還是對於台灣現行教育環境的失望？或許，三者都有吧！

9 調查

起了一大早。以沫馬上檢查了手機，沒有里易的訊息。

以沫昨天睡得並不安穩，索性早些起床，將爸爸前一晚幫她準備的麵包及盒裝豆漿塞進書包側袋後就出門了。

早上六點，天才剛剛亮了起來，冬日的早晨，總是教人縮手縮腳的。甫踏出家門，迎面一陣寒風吹來，吹得以沫不禁打了個寒顫。

公園裡，許多爺爺奶奶們早已開始健走及運動，甚至，有些人已經運動完畢，準備回家或到店裡吃早餐了。

「我還以為這麼早，路上的人會很少呢！」以沫嘀咕著。

騎著車，以沫故意繞路走，來到了她今天必須「偵察」的地點。

這個公園基本上是沿著河岸規劃建築而成的，狹長型的公園像是一顆「腰果」，凸出的一邊嵌進了河岸，夏天時，還常有小朋友到這裡來釣魚。

「果然是在這附近。」以沫拿出手機，對照著里易發送臉書訊息時，訊息上所標示的地點。

遠遠的，以沫看到一個身形佝僂的老人，正以異常快速的步伐，走進土地公廟裡。

土地公廟座落在「腰果公園」裡最靠河岸、最凸出的中心點，廟背靠著河岸，兩旁有著高高的圍牆，小小的廟埕，讓這間小廟總像是在悄悄的窺視著整座公園。

除了少數來拜拜的人，只有頑皮的孩童才會來到這裡玩耍，以沫和里易有一陣子也非常喜歡在放學後繞到這裡來，他們喜歡把這裡當成祕密基地。

老人的行動速度實在太驚人，他雖然緩慢的移動腳步，但身體前進得非常快，像是快速往前飄一般。以沫揉揉眼睛，以為自己看錯了，再看看四周，周圍並沒有其它人，大多數晨起運動的人，都在公園裡靠近馬路的那邊。

回過頭來，以沫再次確認，那身影已進閃入廟門。

「那好像是廟祝欸！」

廟祝是個隨和的老人，總是打點著廟裡的一切，廟內外的灑掃、按時的祭拜、幫趕時間的信徒焚化紙錢等。以沫和里易常「泡」在廟裡的那段時間，他們常會有一句沒一句的和廟祝談談天。廟祝總會感慨的對著他們說：「我要是也能這樣和我的孫子、孫女們聊天就好了。」

「他們呢？住很遠？還是嫌你煩？」里易這樣問廟祝時，廟祝笑而不答。小孩常會覺得自己的爺爺奶奶們有點煩，而別人的就不會了，因為別人的爺爺奶奶不會對著自己嘮叨。

以沫停下腳踏車，慢慢的步向公園最深處，最靠近河岸的土地公廟。

廟裡一個人也沒有，以沫又打了個寒顫，就像早上剛出門時，吹到第一陣寒風那時一樣。

廟不大，大約以沫學校裡，一間教室的大小。除了靠近河岸那邊的牆上，有著兩扇焊上鐵欄杆的窗戶外，這裡沒有別的出口了。以沫緊張的環視了整個廳堂，左側擺了一些成箱堆疊的線香及金紙，還有一座供信徒燃香的葫蘆形點火器，右側則有一張檀木桌，桌上桌下擺滿了一些雜物，以及幾個大紙箱。

正中央的神桌上，供奉的是以沫再熟悉不過的福德正神。儘管土地公神像依然掛著溫暖的微笑，但以沫內心的寒意卻不斷的升高。

「廟祝呢？他去哪裡了？剛才那是廟祝嗎？還是？我看到的是？」

所有恐怖故事的情節全一股腦的湧進以沫的心頭。以沫硬著頭皮，走近了神桌，準備低頭查看，說不定廟祝只是在底下撿東西。

「有人嗎？」以沫大聲問，一來是壯膽，一來是避免嚇到廟祝，如果他真的在神桌底下的話。

天剛亮不久，廟內唯二設有欄杆的鐵窗正透入些許的光線，神桌上的仿燭臺電燈也只能提供昏暗的兩簇紅光，神桌下，更顯幽暗。

正當以沫低頭查看時，「啪」的一道聲響襲來，讓以沫原本已繃緊的神經倏的產生反應，就像一條被扯緊的橡皮筋忽然被鬆開一般，以沫跳了起來，接著往後退了兩步：「靠！」

平時不罵髒話的以沫，竟然不自覺的飆了句髒話。

「原來我的劣根性也很重。」以沫在拍了拍自己的胸口壯膽後，再將視線轉向發出嚇人聲響的來源。

那是一個方形的物體。

再仔細一看，那是一個利樂包。

再向前一步，以沫發現，那是一瓶盒裝的豆漿。

以沫像是忽然想起什麼似的，伸手向後摸了摸自己的書包，書包側邊的網袋空空如也。出門前，她塞進書包側袋的豆漿已不在原位。原來，在她剛才彎腰查看時，利樂包豆漿從書包的側邊網袋中滑了出來。

「什麼嘛？是我的豆漿。我根本就是自己嚇了自己。」以沫低頭撿起豆漿，紙盒已經變形，其中一個角已皺縮，滲出了一些豆漿。在地上攤軟的那一小灘液體裡，也許有一些以沫的膽汁也說不一定，她覺得剛才自己已經被自己嚇破了膽。

以沫走出廟門，回到腳踏車停放處，時間已經來到六點五十分，天已完全亮了，陽光斜斜的灑落樹梢，葉子隨風擺蕩，反射陽光，閃閃亮亮的，好不動人。

「啊，早起也是有好處的。」以沫學著偶像劇的女主角，張開雙臂深深的吸了一口氣。

就在此時，以沫的身體僵住不動，全身像是觸電了一般。

因為，這次，她清楚的看見，清清楚楚的。她看見廟祝從土地公廟唯一的出口走出來。

這次，廟祝先左右張望了四周，看見以沫正看著他，然後，他微微的欠身，開始以一種略顯吃力的步伐緩緩的走著。

以沫回想剛才廟祝健步如飛的背影，和現在的緩步慢行，簡直是判若雲泥。

就在此時，以沫的手機響起，是臉書的新訊息。

傅里易：剛才，他們又送了一批人進來，但那道會發出紫光的門，我怎麼也打不開，看來只有擁有他們手上的符咒才能打開吧？

每天的這個時候，他們都會送死者進來

手機的電量只剩下20％不到了

我都不敢吃這裡的東西，連樹上的果子都不敢，我看到那些亡魂們，在吃了他們給的東西之後，都變得怪怪的

有些本來還大哭大鬧，不甘心就這麼死了的，有些不敢相信自己來到陰間的，有些企圖反抗的，在吃了他們給的餅乾和喝了他們給的水之後，就變得乖乖的，好像被催眠了一樣，乖乖的排隊，跟著他們走了

我好渴、好餓

已歿：剛才？他們是指誰？他們剛才是不是又出來了？

傅里易：對，不到五分鐘前
傅里易：牛頭和馬面來接
傅里易：對，只有陰差出去，牛頭馬面來接送來的人

以沫檢查了一下發送訊息的地點，赫然發現，里易的位置和自己十分接近，幾乎就要重疊了，可是，里易人呢？

已歿：你看我發訊息的地點
傅里易：咦？怎麼會？
已歿：你應該就在我旁邊

以沫再次環視四周，在周圍的二十公尺內，只有以沫和腳踏車，還有很多棵正發出沙沙聲響的樹。

已歿：我剛才遇見一件詭異的事
已歿：你還記得土地公廟的廟祝吧？
已歿：我看見他走進廟裡，而當我跟進去想跟他招呼時，廟裡竟然沒有人

以沫遲遲等不到里易的回復。

「可不要被抓到了啊！」以沫在心中祈禱著。

祈禱到一半的以沫忽然停下來。她問自己到底是在向誰祈禱呢？如果是天神，那天神應該算是牛

頭馬面之一類地獄使者的同事吧？如果是這樣，向天神祈禱不就等於向天神洩漏了里易的行蹤？

以沫又想，里易逃得過今天，逃得過明天嗎？如果他就這樣一直逃下去，又能怎麼樣呢？而自己，又是在忙些什麼呢？如果人的生死早有定數，就算從地獄救回了里易，里易的靈魂回到了昏迷不醒的身體裡，就算他短暫的活過來了，牛頭馬面難道不會馬上再來抓他嗎？

以沫想起了「絕命終結站」這部電影，電影的內容是一些躲過死亡航班的人，在以為躲過一劫後，卻都意外的離奇死亡，彷彿一切在冥冥中自有定數，由不得人。

以沫又等了五分鐘。果然，里易一定是趕在被圍捕之前先躲開了，所以才會無法再傳訊息來。

按捺不住好奇心的以沫，再度向土地公廟走去，一進廟裡，那股壓迫感再度襲來，隨時會有奇怪的東西跳出來的恐懼感，一直緊緊的攫著以沫的心臟。

廟裡和剛才進來時一樣，一點都沒改變。

「那廟祝到底是如何從這裡消失，又如何從這裡出現的？」以沫自己問著自己，希望可以釐清頭緒。

忽然，以沫在地上發現了一點反光，走近一看，是個近似三角形的水痕。

「剛才沒有這個印痕。」

以沫仔細回想，剛才她不小心將豆漿掉在神桌下，從略微破裂的紙盒中滲出了一小灘的豆漿。再往前看，以沫果然找到了另一個印痕，再往前，以沫發現了第三個印痕，然後，就是桌下那一小灘豆漿。

那灘豆漿，很明顯的被人踩過。

這樣一來都合理了。豆漿被人踩踏過，接著在地上印下了三個印痕，一個比一個模糊。所以以沫發現的第一個是最模糊不清的，只能隱約看出是個三角形。

「等一下，可是這樣不對啊！」以沫搔著頭。

「不管了，快遲到了。」到底是哪個地方不對，以沫一時也說不上來。

她先用手機將腳印拍下，然後急急忙忙的趕往學校去了。

體育課上，全班都在操場上賣力的跑著。今天，是體適能測驗，男生是「一千六百公尺跑走」，女生則是「八百公尺跑走」。

怎麼也靜不下心來的以沫，本想向老師申請下星期補測，可是，在體育老師詢問原因的時候卻又答不上來。

「總不能跟老師說『心情不好』這個理由吧！」雖然可以申請生理假，老師絕對不會過問，也無從查起。但是，向男老師開口說自己月經來，對以沫來說並不是件簡單的事。所以，以沫還是咬著牙跑了。

沒想到，在跑了四圈兩百公尺的操場之後，她的煩躁似乎消散大半。測驗結束，男生們紛紛搶了球籃中的球，奔向渴望已久的籃球場，而以沫則是獨自一人走到了操場最角落的八角亭中，通常，這裡不太會有人來。

她蹲低了身子，縮在亭子的角落，然後偷偷的從口袋裡拿出了手機，抹去了因剛才跑步而蒸在手機螢幕上的一層薄汗。

里易依然沒有回應。

她打開了早上的照片，仔細端詳著。

「怎麼會這樣，有人踩到了豆漿，然後又轉印了三個鞋印在地上，是先踩到這邊？還是，他跌倒了？」

「這是什麼？」一個女聲忽然從以沫的身後冒出。

以沫被嚇得魂不附體，一手將手機按到胸口上，一手抬起做出防衛姿勢。早上的餘悸猶存，再加上這麼一嚇，她神經質的望向聲音的主人，彷彿被逼到牆角的喪家之犬，隨時準備毫不保留傾盡全力的與獅子拼搏。

「怎麼了？你嚇到我了。」聲音的主人是婉萍，以沫班上的英文小老師，和她一同負責這次的英文合唱比賽。一同尋找適合班上合唱曲的過程中，意外的發現兩人非常談得來。

「原來是你啊。」以沫眼神裡的緊張與彷徨消散無蹤，高聳的雙肩也放鬆了下來。

「怎麼啦？你在看男朋友的照片嗎？」婉萍小心翼翼的問。

「不是，才不是咧，我……還沒有……那種朋友。」以沫急著否認，卻又不知道該怎麼措詞才好。以沫並不是沒有人追，而是她覺得學業優先，愛情學分留到以後再修，她不希望讓婉萍覺得自己沒人追很遜，卻又不希望讓婉萍覺得她很高傲，所以她努力試著解釋為何她沒有男朋友。

可是，她只能支支吾吾的說出一些牛頭不對馬嘴的道理，婉萍笑得很誇張：

「哈哈……那你在看什麼？」

「沒有啦。」以沫回答。

人有時候很奇怪，明明就有的事情，在不知道該如何解釋或回答時，總會習慣性的回答「沒有啦」。

「那你是在看那些『養眼』的照片囉，小玫他們的手機裡有一大堆，他們都會趁老師下課不注意時互傳，看來你也分到了一些『好處』是吧？」婉萍的眼神似笑非笑的。

「我才沒有，是這個啦！」以沫遞出了手機。怎麼能讓婉萍以為自己在看「養眼」的男偶像照片呢？

「這是什麼？看起來好奇怪。」婉萍問。

以沫指著照片最顯眼的一團乳白色的圓形說：「這是我不小心打翻的豆漿，然後，好像有人踩到了，可是這方向有點奇怪。」

「會嗎？他就是從椅子上站起來的時候沒有注意到，所以踩到了豆漿，然後就往這邊走去了吧！」婉萍的手指指著照片左邊，然後緩緩的移向照片的右邊。

「椅子？」

「這不是椅子嗎？」婉萍一副理所當然。

「原來，我是由上往下照，而我只照到神桌的一部份，從這個角度看，的確有點像是椅子。」以沫心想，她的腦袋中開始有些什麼在運作。

「你也覺得那個人是從這邊走到那邊？」以沫指著照片的左邊，也就是靠近神桌的那一邊，慢慢的將手指滑到照片的右邊，也就是靠廟門的那一邊。

「是啊，他應該只有前腳掌踩到豆漿，你看我們的鞋印。」婉萍將手上的礦泉水輕輕的倒了一些在地上，地上形成一個橢圓的小水灘。然後，她假裝不經意的往前走，因為水灘不大，所以鞋子不可能完全踏進水灘之中。

婉萍刻意算了一下距離，讓右腳的前半踩進小水灘。接著，她試著像平常一樣正常的走路。當婉萍的右腳再次踩踏到地面後，乾燥的磨石子地上留下一個清楚的腳印，因為只有腳掌的前半踩到水，所以這種腳印和日常印象中的腳印相差甚遠，但形狀卻和照片上的三角形腳印十分雷同。

以沫趕緊拿出手機，對照著手機裡的照片。婉萍在地上留下的三角形腳印中，比較圓的那個角是鞋尖的位置。如此看來，照片中的三個三角形，較圓的那邊確實是指著照片的右邊的。

這樣一來，就能解釋腳印為何會越往照片的右邊的越淡。因為照片的左邊，靠近神桌的這邊，剛踩到豆漿的人鞋底還留有很多豆漿，而越往照片的右邊，越靠近廟門時，那人鞋底的豆漿越來越少，所以鞋印則越來越淡。

「等等，原來是這樣，這……太……」以沫驚訝的說不出話來。

「怎麼了？」婉萍好奇的問。

「沒有啦，沒事沒事。」以沫強忍內心的激動。

如果以沫的推斷沒錯的話，照片的右邊是廟門的方向，而踩到豆漿的人是往廟門的方向走去，也就是說，這個人是從照片的左方走來。而照片的左方，只有剛才被婉萍誤認為椅子的神桌而已。

也就是說，廟祝要不是從神桌上面走下來，就是從神桌下面走出來。

再進一步推論，以沫尾隨著廟祝進到廟裡時，並沒有見到廟祝站在神桌上，而探視神桌底下時，也沒有見到廟祝的身影。

而當以沫第二次進到廟裡，她除了發現地上的腳印外，並沒有見到其它異狀。那麼，廟祝進了廟裡之後，到底躲到哪裡去了？難不成另有暗門或是通道？

「唔……」以沫忽然感到一陣寒意，全身都起了雞皮疙瘩。

「你還好吧？是不是剛才跑步太累了，你臉色發白欸。」

「沒事！」以沫不只全身微微打著冷顫，連胃都開始抽搐起來。

下課鐘響了，大家紛紛走向集合地點，體育老師開始點名了，以沫和婉萍小跑步的趕向集合地點。

至於體育老師在說些什麼，以沫一句也沒有聽進去。因為，她的腦海裡不斷的出現同一個畫面。

那就是，今天她蹲下身去撿豆漿的時候，她在神桌下沒看見任何東西，她還記得清清楚楚的，因為，那時的她看見了神桌下的牆壁上有幾個小小的塗鴉，那時，她心裡還想著怎麼會有人在這種地方塗鴉呢！

「怎麼會？牆上也不可能有暗門，因為牆外就是好幾公尺高的河岸。」以沫心裡害怕極了。「那廟祝到底去哪裡了？或者應該說，廟祝到底是從哪裡來的？」

幾個小時前，以沫才好不容易說服自己相信，她昏迷不醒的朋友竟然從地獄傳來臉書的訊息。現在，她竟然必須相信她家附近土地公廟的廟祝是從地獄來的陰差。

「人啊，真是適應力極強的一種動物，說不定，再過不久，我就會主動找閻王喝咖啡也說不一定。」以沫自嘲著。

只是，這時的她完全不知道自嘲的內容將會成真。

10 勇闖

以沫才剛回到家，將早上的發現全傳給了里易。尤其是廟祝可能是陰差的事，她花了很多心力才選出適當的措詞，可怎麼寫都還是怪怪的。

洗完澡後，她接到了里易的回覆。

傳里易：他們縮小了範圍

現在我必須邊跑邊發訊息

一按完傳送鍵，就必須趕緊逃跑

廟祝是陰差？家裡附近公園土地公廟那個？

難怪，他看到我時，自言自語了一句「怎麼是你？我記得你好像不會這麼早來，被扣陽壽了嗎？」

大約是早上六點，有時多一點，他送人進來，交給牛頭馬面，點交無誤後，約十分鐘就會再出去。

電池只剩10％不到了

我不知道還有沒有下一次傳訊，我想跟你說對不起，請你原諒我的衝動

謝謝你還願意關心我，甚至幫我

這些訊息你也不要給其他人看了，避免他們覺得你瘋了

雖然我知道這有些為難，但我還是拜託你，幫我看著我媽

里易並沒有說明對不起的理由，可是以沫卻知道他說的是「不過就是死了媽媽」的那個吵架，這就是默契吧？

不知不覺的，以沫的眼眶已經泛滿淚水。

又一次，一個親近的生命將從她幸福的天空隕落，而她就算將手臂伸長到極限，也只能任由光亮由指間滑過。

這幾天，雖然心裡很亂，可是以沫還是想了不少事。媽媽如果還在？爸爸如果有一天也不在了？自己如果在求學的階段中，還沒來得及享受人生就死去了，怎麼辦？如果現在縱情享樂，結果自己沒早逝，一無是處的步入社會又該怎麼辦？

媽媽過世時，這些縈繞在心頭的問題又再次湧上腦海。只不過，這一次，有很多的答案不一樣了，有些變得比較肯定，有些卻反而變得不那麼肯定了。

「里易呢？這幾天，除了忙著躲避陰間的追捕，他一定也想了很多吧！」以沫出神想著。

「砰」的一聲巨響，在寂靜得只剩下思考的聲音的房裡迴蕩著。以沫驚訝的轉向聲響的來源，那是書桌上的相框，裝有媽媽照片的相框。

「為什麼相框會突然倒下？」以沫檢查著完好的相框支架後，重新將相框擺回桌上，突然，她看見了照片中媽媽的笑容。

那時，以沫只忙著悲傷和自憐，完全忘了她應該做些什麼，還有她可以做些什麼？她沒有多跟媽媽說話，她沒有多陪陪媽媽，因為，她害怕。怕什麼？怕失去？擁有越多的回憶，失去就會越痛苦？

現在，她知道自己該做些什麼。

「哪怕做不了些什麼，也該去做做看。」

隔天一大早，以沫的手機在五點鐘時，慷慨激昂的叫了起來。

以沫快速的盥洗後，揹起了書包，肩上的沉重多少讓以沫的心裡踏實了一些。騎車離家前，以沫還不忘回望了猶在夜色中的家，心想：

「我這樣的舉動，會不會給自己帶來危險？爸爸一個人應該沒問題吧！」以沫甩了甩頭，現在的她還想不清。但真要想清楚了，不知又要過多久了。

再次甩了甩頭，像是要甩掉腦中的紛亂，以沫用力踩下腳踏車踏板。

來到公園，以沫試圖讓自己隱身在上次的停車處，她坐在一旁的花圃，一邊吃著剛才從便利商店買來的飯團，一邊把買來的即溶咖啡包塞進書包。如果，她沒能順利的幫到里易些什麼，她還是必須回到學校上課，為了讓自己上課不打瞌睡，即溶咖啡已成了以沫的生活必需品。不只以沫，不少同學也是如此。

「來了！果然。」以沫難掩興奮，興奮中又帶點恐懼。手錶顯示著六點五分。

廟祝進入土地公廟後，以沫再等了兩分鐘，才從花圃站起，快步的走向土地公廟。

果然，廟裡一個人也沒有，以沫小心翼翼的蹲下身，探頭望向桌下。接著她大起了膽子，將上半身探進了桌下觀察。

牆面完好無缺，雖然有點油漆斑駁，卻沒有夾縫或間隙，她甚至還用手叩了叩牆面，結結實實，完好無缺。

「廟祝到底到那裡去了？」

以沫轉頭，望見了剛進門處的那幾個大箱子，想起了小時候常玩的遊戲。她從書包裡拿出筆，在箱子的四面上各戳了一個洞，然後將其中一個孔洞對準了神桌下，躲進了紙箱裡。

「我到底在想什麼？」以沫的心裡十分複雜。她知道自己無能為力，無法做些什麼，可偏偏覺得自己必須做點些什麼！她不想再次眼睜睜的放手，讓至親好友如此輕易的從身邊被拉走。

約莫過了五分鐘，紙箱內的溫度漸漸升高，以沫開始感到有些悶熱。再過五分鐘後，以沫已經覺得有些呼吸困難了。正當以沫抬手想將紙箱的蓋子輕輕推開一些時，一件令人又驚又恐的事情發生了。

那時，以沫微抬著頭，看著紙箱的頂蓋，正想抬手推紙箱蓋時，一個藍紫色的光點落在了以沫的身上，以沫立刻注意到了。而這個光點，正是透過以沫剛才用筆戳穿的孔洞上投射進來的。

以沫將眼睛湊到了孔洞上，看見神桌下，她剛剛才用手敲叩過，結結實實的牆面竟然發出了一束束幽微的藍紫色光芒。隨著光芒漸漸增加，牆上開始出現了一個方形的光芒圈。

怎麼說呢？就像是一道門。

就像你待在一個密不透光的房間裡，門被慢慢的開啟時，門縫先是透出一點點的光線，然後，絲絲的光線譜成了光片，像是亮麗的錦緞般，垂掛在門的四周。隨著門開啟的角度變大，光線灑落地面，然後照亮了半邊的房間。

神桌下，一道石門緩緩的被推開，紫色的光線灑落地面。

以沫感到難以呼吸，不知道是因為她太過緊張，抑或是紙箱裡太過悶熱。不過，她倒是清楚的感覺到自己的心跳加速，而且跳得非常快。

她感受到心臟的鼓動，砰咚、砰咚……

門後爬出一個人，一個瘦骨嶙峋的老人，沒錯，是廟祝。廟祝轉身，從門上將門把拔下，那個門把漸漸的失去藍紫色的光芒，變化成一張黃色的符咒，門漸漸的闔上，光芒慢慢的褪去。

「這怎麼可能？」以沫感到一陣暈旋，因為她摒住了呼吸，忘記要換氣。

「只剩下10%……」這是里易發給以沫的最後一封訊息中寫著的。

智慧型手機的愛用者，低頭一族們都知道，也都能感同深受。尤其當人在外邊，無法輕易的為手機充電時，當手機跳出「手機電量只剩下15%，請連接電源」時的惶恐與不安。更何況是里易現在的處境？他在一個完全陌生的、令人恐懼的環境裡，他該有多麼的不安與害怕。

「把那東西給我。」以沫腦袋一熱，從紙箱裡跳了出來。

廟祝先是愣了一下，然後隨即以異於他老朽軀體的速度及動作往後一躍，壓低身形並立即擺出戰鬥蹲姿。

一來，以沫是以搏命的力量前衝。二來，以沫來得十分突然，廟祝的反應雖快，卻也遲疑了一下，被以沫佔得了先機。

以沫抽走了廟祝手上的符咒後，一個滑身鑽進了神桌下，趕在紫門闔上前「滑」了進去。

以沫很慶幸，之前在國小體育課踢男女混足時，里易逼她學的「滑行鏟球」竟然在這種時候派上用場。

11 冥界

以沫檢視了一下自己的身體，手肘和膝蓋有些破皮，換作是平時的她一定會抱怨連連。不過，現在的她竟然覺得這些只是不值得在意的小傷。

她發現自己站在一道山壁前，這山壁有多高，以沫也不清楚，這裡的一切都是昏昏暗暗的。

「快來！」不遠處的一棵樹後，里易探出頭來。

那樹光禿禿的，枝幹呈現極不自然的方式向外輻射狀的展開，樹上還有極多的樹瘤，看起來像極了童話故事中暗黑森林裡的喫人魔樹。

「這裡！」

「里易？」

就在以沫猶豫時，以沫的背後又傳來了里易的聲音。

以沫轉頭一看，身後不遠處的樹後，竟然也有個人探出頭來，那人「也」是里易。

難後置信的以沫，揉了揉眼睛，希望能看清楚些。她時而轉向左邊看看「第一個」里易，時而轉向右邊看看「第二個」里易。

她的心中一陣茫然。

好不容易鼓起勇氣闖進的地獄，但是，以沫其實連自己該去哪裡、該做什麼都毫無頭緒。才剛進到地獄來，連氣都還沒緩過來，就遇到這樣的突發狀況，以沫害怕極了。這兩個人裡面，一定有一個是假的。

「只要我冷靜一點，找出假的，有破綻的那個，另一個就是真正的里易。可是再來呢？」以沫完全不知所措。
就在以沫盤算的同時，兩個里易同時由樹後走出來，慢慢走向以沫。
「我才是真的里易。」一個說。
「我才是里易。」另一個說。
以沫不停的左右轉頭，試圖從任何一個微小的細節來發現假冒者的破綻。
「是他嗎？他皺著眉頭的樣子，是等得很焦慮嗎？還是他呢？他故作輕鬆的樣子，是想顯現比較親切，讓我相信他嗎？」以沫的腦中轉過無數念頭，可是，沒有任何一個能派上用場的。
「停，都給我停下來，不要再靠近我了。」以沫大喊。
兩個里易都停下腳步。
「我問你們一個問題，然後，我就能知道誰是真正的里易。」
「好。」一個說。
「當然。」另一個說。
「如果，我們從這裡逃出去了，我欠你的虛擬寶物通通可以不用還嗎？」以沫邊問邊轉頭，試圖讓兩邊的里易都能清楚的聽見。
以沫看向右邊的里易，右邊里易的表情有了些微的不自然，像是在對左邊的里易打暗號，當以沫迅速的轉頭看向左邊的里易時，也發現了左邊的里易以極為微妙的表情回應右邊的里易。
雖然只是一瞬間，但以沫全看在眼裡，思緒完全清清晰起來。
「我們那麼要好，當然可以不用還。」一個說。
「不行，那些都是我的寶貝，我怎麼可能讓給你。」另一個說。

「咦？那是？」以沫轉頭對著山壁大喊，那道她剛才穿越的山壁。

兩個里易同時轉向山壁，當他們發現山壁處一點異樣也沒有，轉頭回來時，同時發出了低呼聲。因為，他們發現以沫已經向前狂奔，像是枝離弦的箭矢般，劃破空氣向前。

「該死的活人！」一個說。

「拿著手機的亡魂是叫里易嗎？」另一個說。

「別跑！」一個大叫道。

連以沫自己都嚇了一跳，自己竟然跑得比平常快很多。如果照這個速度來跑一百公尺的比賽，應該兩秒就可以跑完了。以沫只覺風呼呼的刮過耳際，身上的衣服被風撥弄而獵獵作響。

聽見背後兩個里易的聲音變得粗聲粗氣的，以沫腳不停步，按捺不住好奇心的轉過頭去，不看還好，一看雙腳發軟。

剛才的兩個里易，一個變得又高又壯，身上滿是糾結成塊的肌肉，大大的方臉，橫眉怒目，頭上還有兩隻彎彎的犄角。另一個則變得又高又瘦，突出的顴骨，長長的下巴，張大的鼻孔不停的噴出氣來。

高瘦那人的腳步極快，正以超人的速度拉近和以沫之間的距離。

「笨牛，快點，我絆住她後還要靠你抓她。」

「沒看見我在拼命了嗎？你這隻臭馬。」笨牛落後了很大一截。

以沫腳下不停，腦中轉動得飛快，即便如此，還是沒有得到任何對策。

「這裡。」以沫左前方不遠處的岩石後，冒出一張臉，是里易的臉。

「又想騙我？如果再加上他，三個人追向我，我躲得了嗎？」以沫準備往右前方轉彎，避免被夾擊。

「烏龍茶！烏龍茶！」岩石後的里易看見以沫準備轉彎，焦急的喊道。

「烏龍茶？是指驗尿的事件嗎？」以沫心想，便放慢了腳步，再次看向岩石。

里易站到了岩石旁，做出了一個男生尿尿的姿勢，可能是怕以沫看不清楚，里易還誇張的將下半身往前挺出。這個姿勢加上里易緊張的神情，說有多滑稽就有多滑稽。

以沫突然改變方向，急轉向左前方，她的右腳重重的一踩，地面上的泥土竟然驚人的飛濺出一大塊。

以沫驚訝之餘，忽然一股快意由心底湧上，她再次催發速度，並且感覺到自己的力量和速度湧現，跑了這麼遠的距離，她不但不累，反而覺得力量滿滿。

「喂喂！麻煩了，你有遇過學得這麼快的活人嗎？她馬上就學會控制自己身體的怪力了。」笨牛對著臭馬大喊。

「少廢話，快些跑。」臭馬低聲的啐了一口。

跑近岩石，做了個急煞車，一陣塵土飛揚，以沫覺得自己像是台裝上超級跑車引擎的小房車。

「快過來。」里易轉身走向岩石後面。

以沫跟了過去，她發現這是個由四五塊大岩石圍起的小小隱身處。

「快穿上。」里易將一團白色的物品拋向以沫。

以沫先是愣了一下，然後，她馬上會意過來，將手上那團衣物抖開，學里易快速的將手穿過衣袖。

那是一件長袍，白色的長袍。以沫學著里易將腰際的細繩綁上。可是，追兵笨馬的腳步聲越來越近，以沫發顫的手讓繩結顯得零亂不堪，就像她現在的心情，毫無頭緒的她只能聽從著這個「應該是」里易的人的命令。

「快過來！」這已經是里易所說的第三個「快」字了，里易才說三句話，裡面就有三個「快」字。

平常總是能在期限前完成功課及生活事務的以沫感到不適應，她不常被這樣的催促，雖然知道現在的情況緊急，但她心裡還是漾起了小小的不快。

心裡犯著嘀咕的以沫，還是加緊腳步跟了上去，轉過小小隱身處的另一塊大石，從那裡望出去的風景和剛才的那一面大同小異，不同的是，不遠處的樹下，有一群人。

不，嚴格的說來，他們應該已經不是人了。

他們全部身著白色的長袍，有老有少，有男有女，卻都一言不發，有氣無力的坐著。

一旁，有兩個看似管理隊伍的人員，正由桶裡將綠色的液體倒出，倒進一個個排隊而上的人手上的碗裡。

每個吞進綠色液體的「人」，精神立刻轉好，神情也不再頹痿。

「你們兩個在那裡幹嘛？快過來，別脫隊！」一個正在發放綠色液體的管理員對著里易和以沫大喊。

以沫正想開口回答，里易卻輕輕的按了按以沫的手掌。以沫立刻會意過來，開始學著里易那副痿靡不振的樣子。

兩人緩緩的，走向團隊，和大家坐在一起。

里易從懷中取出了兩個碗，將其中一個塞到了以沫的懷裡。

「哪來的？」以沫眼神直視前方，眼神迷茫，卻微微扯動嘴唇，低聲的問里易。

以沫發現這樣的假扮，對自己來說一點也不難，或者說是，對於學生來說一點也不難。只要把平常在學校犯錯被老師罵時的那套樣子搬出來，然後再稍稍改變就可以了。

「我的是昨天從別人身上弄來的，你現在的這衣服和碗是他的。」里易指向角落的一名中年男子，他正眼神空洞的靠坐在岩石旁，看起來一點生氣也沒有，一點也沒發現自己的長袍被扒了、碗被搶了。

「你怎麼知道我來了？」

「噓……」里易低聲制止以沫。

果然，笨牛和臭馬的腳步聲從岩石後傳來，然後，這兩個怪物從岩石後現身。

「他們混進押送隊伍了？」

「有可能，查查。」笨牛上氣不接下氣的說。

但這將近兩百人的大隊伍清查起來不易，笨牛和臭馬只能來來回回的走動，卻也拿不出什麼具體的作為。

眼看他們慢慢逼進里易和以沫混入的這一區，里易按了按以沫的手，然後慢慢的站起身來，走向正在分發綠色液體的陰差，剛始排隊。以沫深吸了一口氣，緩緩的站起身來，緩緩的移動向排隊的列子。

笨牛和臭馬再次搜查無功，兩人走向了正在發送飲料的陰差。

「兩位科長，有什麼事嗎？」其中一個陰差停下手邊的工作，向兩人行禮。

以沫聽了差點笑出聲來，原來這地獄也與時俱進啊！不只地獄能打通手機，連管理都變得和人間的大公司相同。

「剛才有見到兩個逃……嗯……脫隊的人嗎？」

「沒有沒有，如果有的話我們一定會通報的。」

「如果有任何發現，一定要通知我們，不然總經理怪罪下來，可是誰都擔不起的。」笨牛沒好氣的說。

「是是。」兩個陰差連連鞠躬。

「走吧，別處找找。」

「再一次，他再用一次手機我就可以抓到他了，連那個活人一起。」笨牛低著頭滑著自己的手機。
「有活人闖進來了，優先通報才對吧！」
「地獄啊，又要填寫一大堆線上報表了。」
「越晚抓到他們，要寫的報表越多。」
笨牛和臭馬在離去時漫不經心的交談著。
咕嚕！
「慘了，早餐還沒吃，剛才又跑了那麼久。」以沫按住自己的肚子，試圖讓它別再發出聲音，並暗暗的祈禱正要離去的笨牛和臭馬別聽見。
以沫和里易忍不住抬頭看向笨牛和臭馬，怎奈耳朵靈敏的臭馬也正轉頭看向人群，眼尖的他一眼就發現有兩張小臉正看著自己。
「露出馬腳了吧！」笨牛聽見臭馬的話，也轉過身來。
「你怎麼？」
里易拋下碗，拉著以沫的手拔腿狂奔，沒想到，他反而被以沫提著手腕，飛也似的往前衝去。
「我也不知道這神力是怎麼回事。往哪去？」以沫稍微回頭看了一下笨牛和臭馬的速度。
「右前方，那個有個避難的場所，可是……」
「可是什麼？」
「那裡有點恐怖。」
「有比他們恐怖嗎？」以沫指的當然是笨牛和臭馬。
「這……」
以沫再次發力狂奔，速度比剛才更加快了將近一倍，耳邊陣陣的呼嘯聲漸漸串連成一道長長的風聲。

「那裡。」里易大喊，手指向前方一片黑色的密林。

不看還好，一看之下，膽怯的以沫腳步登時慢了。眼前的那片密林，是片全黑的樹林，裡面幽暗闃黑，彷彿連光線都難逃那些奇形怪狀的枝幹與錯雜難分的枝枒。

「好像童話故事裡的黑森林。」以沫倒抽了一口氣。

「快進去。」

「進去？」

「嗯，停在邊緣就好。」里易指著森林邊緣的一棵大樹。

「這？」以沫感到十分疑惑。

「嗯，如果不行我們再往內躲。」

「如果不行？」

「對，如果不行。」

「什麼？你不確定？」

「嗯，我不確定。」里易直盯著正在追來的笨牛和臭馬，感覺全身的汗毛都豎立起來，準備轉身衝進密林。

「天啊！你不確定？怎麼會不確定？到底該怎麼辦？」以沫咕噥著，眼睛也緊盯著全速追趕過來的兩人，不敢移開片刻。

靠近密林約百步之遙，笨牛和臭馬竟然真如里易所預料的，他們停了下來。雖然聽不見他們到底說了些什麼，但以沫可以清楚的從肢體動作中感覺到他們的氣急敗壞。

「他們是誰？」以沫這時才稍微的緩了口氣。

「應該是牛頭和馬面吧！」

牛頭馬面，是中國佛教、道教中兩個陰間的神祇，形象分別是牛頭人身、馬頭人身，負責捉拿、帶領陽壽終了的亡魂到地府審判，是中國人心中形象鮮明的鬼差。

「牛頭馬面？」以沫一副難以置信的神情。

「我也不確定啦！」

「他們好……好……我找不到適當的措詞。」以沫支支吾吾的。

「好什麼？」

「好……應該怎麼說才是？好……對，好人性化。」以沫拍手說道。

「的確有一點，他們鬥嘴的頻率之高，實在令人難以相信他們是索魂的陰差。」里易搖搖頭說。

「這工作這麼沉悶，不鬥鬥嘴怎麼過得下去？」這是以沫和里易在不久的未來聽到的解釋，從「臭馬」的口中。

12 密林

「我們要在這裡待多久？」以沫問。
「我不知道。」
「我們接下來要怎麼辦？」以沫問。
「我不知道。」
「他們為什麼不敢靠近這片……呃……密林？」
「我不知道。」
「你怎麼什麼都不知道。」以沫咕噥。
「我第一次……死掉，所以不熟。」里易幽幽的說。
「對不起，是我太心急了。」
「沒關係，謝謝你能來找我。我想，我是註定要死了，所以才會到這裡來，而你，卻是硬闖進來的，應該有辦法能讓你回去。」
「我有這張符。」以沫從學校體育服的外套口袋中抽出一張皺巴巴的黃色紙符。「這是從廟祝手上搶來的，這是土地公廟神桌下出入口的門把。」
「門把？」里易不解。
以沫將如何跟蹤廟祝，到如何躲到箱裡，以及如何搶下紙符的事全告訴了里易，聽得里易瞪大眼睛。

當以沫說起剛進到這裡，差點被牛頭馬面的化身所騙時，里易更是低聲驚呼。

「你不是從土地公廟來到這裡的？」以沫好奇的問，因為里易對於廟祝是如何進出冥界的事像是第一次聽說。

「嗯，我被塞到了一個……像是竹簍的器皿裡，就是平常拜拜時常被奶奶或媽媽們拿來盛裝祭品的籃子。」

「你？塞進小小的竹簍裡？」

里易開始述說自己被卡車撞到後的經過，他是如何的靈魂出竅，又是如何被陰差收進竹簍裡，如何和其他亡靈經過一段難熬的恐懼，及從竹簍裡被倒出來後，第一次見到冥界時的感覺。

「那麼多人擠到一個小竹簍裡，呃……該說酷嗎？」以沫小心的使用辭彙。

「才不呢！整個竹簍裡迴蕩的大多是知道自己已經死亡後的亡靈的哭喊聲或是叫罵聲。」

「那你是如何撿到手機的呢？」

「就在我們被交接給這裡的陰差時，嗯……這樣會混淆，我們暫且叫廟祝為索魂者，暫且稱地府的這些押隊的陰差叫押送者。」里易看見以沫點點頭，接著說下去：

「大家到這裡不多久就被這裡的環境搞得很不舒服，身體開始無力，精神變得很不好，其中一個陰差倒出了那種綠色的液體，說是可以補充體力，說那是陽間貢奉給陰間神明的貢品，喝了可以緩解不適。」

「結果？」

「第一個人喝了之後果然精神好轉許多。可是……」里易停了一下，一副餘悸猶存的表情。

「可是？」

「迷迷濛濛的我本來也要排隊喝了，因為，那時大家都覺得那是救命稻草，甚至有人爭先恐後，插隊搶飲。」里易的手不自覺的環抱住了自己的上身。
「然後？」以沫好奇的追問。
「我忽然注意到不遠的地上，有一個發亮的物品，我湊進一看，是一部手機，我好奇的把玩了一下，那手機竟然和陽間所使用的相差不多，只是介面略有不同。甚至，我還看到了臉書的ＡＰＰ圖示。」
里易頓了頓又繼續說道：
「我好奇的點了進去之後，發現手機的主人有幾封未讀的訊息，點開訊息後，最上面的那條竟然是：『孟婆湯帶夠嗎？如果不夠告訴我，我差人送去。』」
「所以那綠綠的液體是孟婆湯？」以沫的眼睛瞪得比伍拾圓硬幣還要大。
「我看到之後完全被嚇醒了，我被迫領了第一杯湯，然後，我趁著大家不注意將湯灑了，再裝成一副失神的模樣，反正，那一點也不難，就像……」
「我們平常上課時的模樣。哈哈……」兩人像是事前演練過似的，很有默契的同時說出這句話，很有默契的同時大笑。
「這個。」脫去身上的白袍後，里易從學校制服的口袋裡拿出一台手機。看來，亡靈在地獄好像會穿著往生時的衣著。
「嗯，看起來真的和我們的手機一模一樣欸！不過，無論如何都不能再用了。」以沫搔搔頭說。
「嗯，我們的下一步呢？你比較聰明，一切都聽你的。」里易有氣無力的說。
「你怎麼了？身體不舒服？」話說出口，以沫覺得自己的措詞有些不當，身體？里易好像沒有身體，但眼前她看到的，還有她剛才所牽著的是什麼呢？
以沫看看自己的手和腳，再看看里易的手和腳，不禁皺起了眉。她怎麼隱隱的覺得里易的身體好像變得比剛才更透明一些。

「他們又折回來了，不，他們帶了更多人來。」里易指向遠方，那揚起的衝天沙塵看來比剛才的多上不少。

「我們進去吧！」以沫轉身往密林裡走。

「我們別無選擇，對吧？」

「啊！」準備向密林進發的以沫，突然發出駭人的尖叫聲。

「怎麼了？」里易趕上前問。

「樹上……嗚啊……」以沫坐倒在地，不斷的向後挪動身子，雙腿不住顫抖。

「你聽我說，你冷靜一點。」里易試圖想安慰以沫。

以沫完全陷入瘋狂的狀態，根本無法聽進任何一個字。里易將手放到以沫的肩膀上時，奇妙的事情發生了。

里易看見了以沫所見到的事物，是蛇，四周的樹上，從樹幹到枝枒，爬滿了色彩斑爛、蜷曲盤繞、緩緩蠕動著的蛇。

「啊！我懂了！」里易晃然大悟的說。

「懂什麼？」這一聲堅定的話語聲，反倒讓以沫冷靜了不少。

「你看那根樹枝。」

「我不敢看。」

「你一定要張大眼睛看。」

「我不要。」

「相信我，拜託。」語氣依然堅定。

以沫勉強張開眼，看向里易所指的那根樹枝，那上面爬滿了大小不一、色彩鮮豔到令人作嘔的蛇。

「你看，那麼多蛇爬在那根細細的樹枝上，樹枝不被壓斷就算了，怎麼連一點向下彎曲的現象都沒有。」里易試著讓自己的語氣更堅定。

以沫提起勇氣，仔細的惦量了一下。驚人的事情發生了，蛇，全部都消失不見了。

「這是？」

「我想，這片密林能誘發出人們心裡最深層的恐懼。」里易幽幽的說。

「你怎麼會知道的？」

「因為，上次進到這片密林時，我見到了滿樹的蟾蜍。」

「然後呢？」

「然後，我比你更沒種，我一溜煙的跑掉了。」里易笑著說。

「你怕蟾蜍？」

「對，超怕，小時有次在學校的操場上玩，我試著用石頭丟不遠處草叢中的蟾蜍，怎麼丟都丟不中的我，在聽到奶奶催促我回家時，意興闌珊從一旁的樹下撿起了半塊紅磚，隨手一拋……」

「然後？」以沫吞了吞口水，她大概猜到了故事接下來的內容。

「沒想到，剛才用小石子怎麼丟都丟不到的我，這隨手一拋，那半塊紅磚不偏不倚的砸中了蟾蜍，血肉模糊，體液四濺，從此，別說看到蟾蜍，連聽到蟾蜍兩字我都害怕。」

「嗯！」

「所以，你上次接近這片密林時，看到了滿樹的蟾蜍？」以沫懷疑的問。

「那你怎麼會知道我怕蛇？」

「我一開始也不知道你在害怕什麼，但是，就在我觸碰到你的肩膀時，我忽然看見了你心中的恐懼。」

「也就是說，當我們觸碰別人的身體時，能同感別人的恐懼。」以沫開始變得冷靜。

「嗯，有可能。」里易也開始了冷靜的思考。

「那麼，你這次進密林有看見蟾蜍嗎？」

「沒有。」

「也就是說……」

「如果我們將恐懼破解的話，那這麼密林就沒什麼好怕的了。」以沫露出了一絲笑容。

「嗯，可能吧！」一絲絲希望在里易的心中燃起，這僅止於他們有機會在這片密林中多支撐一下下。然而，前方有著什麼，依舊是未知數，但他並不想把這件事拿出來說，澆熄以沫剛剛才燃起的希望火花。

地獄的白天，天色本就昏暗，密林裡更是暗得嚇人，一點光線都沒有。以沫從書包裡找出了有兩排ＬＥＤ燈的低功率手電筒，走在里易的前面，小心翼翼的前進。

「你怎麼會帶手電筒？」里易問。

「因為，我不知道到地獄要帶些什麼，所以，我就依照校外教學的必需品清單準備了。」以沫天真的回答。

「你這傢伙。」里易笑了。

兩人心中暖暖的，密林好像變得不再那麼的可怕。

只是，他們都不知道，前方還有什麼正在等待著他們。

13 密林深處

在眼睛適應幽林的黑暗之後，兩人走了好一會兒，里易覺得腳有些酸了，以沫反倒是沒有任何疲勞的感覺。

「你累了？」以沫關心的問。

「嗯，總覺得來這之後，體力大不如前。」里易上氣不接下氣的說。

「咦？奇怪了，我反倒覺得來這裡之後，身體變得比之前好很多。」

「對啊，你今天早上怎麼能跑得那麼快呢？」里易好奇的問。

「我自己也覺得很奇怪，我跑得那麼快，卻一點也不覺得累，一點也不覺得喘。」

「因為你是活人？」

「我也不知道。」

等到里易休息夠了，再往前走了一會兒，他們發現了一塊顯得平坦的小空地。那裡，有厚厚的鮮綠柔軟草皮，空地的中央有座小小池塘，池塘的中央有座岩石纍疊成的小山，小山的最上頭冒出一道汩汩的清泉，順著小山流下，一點聲響也沒有發出。

「你也看到了，那不是幻象？」以沫問。

「是的，我也看到了。」

兩人並沒有碰觸到對方的身體，所以，他們大膽的判斷，他們兩人同時看到的並不是幻象。

「那，今晚在這裡休息。」以沫出主意。

「嗯。」里易認同。
「那，我們輪流睡。」
「嗯。」
「誰先睡？」
「我不知道。」里易聳聳肩。
「我也沒有頭緒，怎麼辦？」
「你先睡好了，我發現自己來到地獄的這幾天，雖然沒睡，但是好像影響不大。」里易說。
「好吧！」
以沫將外套舖在地上，然後姿勢僵硬的躺了上去。
「我覺得自己一定會睡不著。」
「睡不著也得睡。」里易笑著說。
沒多久，以沫就發出了均勻的呼吸聲，沉沉的睡去。
「哈，還說睡不著，明明就睡得跟豬一樣。」
里易將ＬＥＤ的手電筒的亮燈處蓋在地面上，光線變得較為昏暗的話，也許兩人的行蹤較不容易被人發現，里易如是想著。
里易看著熟睡的以沫，他發誓，一定要讓以沫平安的回到陽世。現在，自己會變成怎麼樣已經不重要了，重要的是，這個願意為了自己而深入地獄的朋友，是否能夠重新回到陽世，好好的過完她應過的一生。
里易將手伸向以沫的額頭，他輕輕的幫她撥開額上的瀏海。
「如果我能鼓起勇氣，早點向你道歉，該有多好。」

睡夢中的以沫露出了一個淺淺的微笑。

「你夢到了什麼令人開心的事嗎？在你身處地獄的時候？」里易忍不出的笑出了聲。

里易試著探勘空地的周圍，他可不希望他們與危險共處一整晚，正當他稍微放下心，回到他們休息的地方時，他發現，以沫不見了。

「怎麼會？她人呢？」正當他驚慌失措時，他聽見了以沫撕心裂肺的嘶吼聲。

「不要……不要……」

里易尋著叫喊聲很快的找到以沫，他發現以沫定定的站立著，注視著密林中的某個角落。

里易深吸了一口氣，然後搭住了以沫的雙肩，然後，他見到了驚人的情景。

密林中的一隅，忽然現出了微弱光亮，藉著微光，里易可以看到一個正在受刑的女人。

一個女人被迫跪坐著，然後她的周遭有著多名的行刑人，有人拿著鞭笞，不停的抽打著女人的背；有人拿著烙鐵，在女人的身上臉上烙出一塊塊焦灼的傷疤；有人拿著廷杖，一棍棍的擊打在女人的後腦及頸項；有人拿著匕首，一刀刀的剮下女人手臂上的肉……

而那個女人，雖然微光使得她的面容看來有些模糊，但里易還是輕易的辨識出，那是以沫的母親。

「媽媽……媽媽……」以沫痛哭出聲，然後開始搥胸頓足，想向密林的深處跑去。

「不行，她這麼狂奔進密林，恐怕我就再也找不到她了。」里易使勁從背後抱住了以沫的身子。

而以沫的瘋狂變本加厲。

「放開我，你們這些惡魔。」以沫不停的扭動著身軀，甚至開始用手肘向後擊打里易的頭臉，用腳開始踢踹里易的大腿及小腿。

「那些只是幻象，你清醒些。」里易大喊。

里易雖然使勁的箍住了以沫，但發了狂的以沫力氣十分驚人。里易一邊勉力支持，腦袋一邊快速的運作著。

「如果依照上次的經驗，這些駭人心神的幻象中一定有一些破綻。」里易逼自己正視那些令人不忍卒睹的刑罰。

「救我！」以沫的媽媽向以沫伸出手。

「那些都是騙人的，都是這片林子生出來的，是你內心深層的恐懼。」里易在以沫的耳邊大喊。

「媽媽！放開我，我要救她。」以沫的淚水止不住的奔流。

眼見以沫就要掙脫里易的箝制了，以沫來到陰間後，那驚人的氣力令里易招架不住。就在這時，里易終於從這駭人的幻象中找到破綻。

「你看，你媽的臉上身上都是血，可是地上呢？地上怎麼會沒有血跡？」里易使出最後的力氣大喊。

以沫聞言，身上掙扎的力量頓減，目光轉向母親附近的地面，雖然光線昏暗，但母親身旁地上依然肉眼可辨，一點血跡也沒有。

「這些都是假的？」以沫用顫抖的手握住從背後緊箍著他的里易的手。

「嗯。」里易點點頭。

以沫低聲啜泣，就在此時，眼前的幻象慢慢的消失了，就像電視劇裡常用的淡出手法，幻象一點一點的漸漸透明，直至完全看不見為止。而那漸漸透明的以沫母親，依然不停的朝著以沫哭喊求救。

以沫虛脫的坐倒在地上，里易也乏力的坐到她的身邊。

「別哭了，好好休息一下。」里易幫忙以沫，讓她能安隱的躺著。

而里易，則是不安又不捨的守著以沫，聽著沉沉睡去的以沫，依然在睡夢中不斷的低啜與悲鳴。

隔天一早，以沫醒來時，發現坐在身邊的里易也睡著了。

回想昨天發生的事情，以沫感到有點難為情，畢竟潛藏在自己內心最深層的恐懼被里易知道了，不知道里易將會怎麼看待自己。

「啊，你醒了，你有好一點了嗎？」

「嗯。」

「我看到了昨天的……幻象，我覺得……自己真的是太不應該了。」里易覺得有點難以啟齒，但他還是鼓起勇氣說了：「抱歉在你的媽媽過世時我不但沒有感同身受，還對你那麼的……壞，我那時太……」

「幼稚？」以沫見了里易扭捏的神情，不禁想逗弄他。

「呃……這……呃……對不起。」里易紅著臉道歉。

「我早就原諒你了，別再多想了。」

兩人開始回想昨天發生的事情細節，畢竟，如果還要暫時躲在這林子裡，勢必還會發生同樣的事。

「以後再遇到同樣的狀況時，我們一定要挺住，然後，想辦法把對方拉回來。」這句話，里易一半是對著以沫說的，一半是對著自己說的。

接下來的兩天裡，兩人無數次的發作。

一次是里易看到自己的作業堆積如山，作業小山團團將自己圍住，顯得搖搖欲墜。然後，當一臉邪惡的老師一面說著「寫死你」，一面灑下一疊數學考卷時，四周的作業山全部坍方，將自己活活掩埋。

一次是以沫驚覺自己身材突然變得十分臃腫，周遭的同學紛紛對她進行言語攻擊，眾人你一言「肥豬婆」、他一語「恐龍妹」的叫她。不只如此，還有人在她的座椅上擺放圖釘，有人用粉筆在她的桌子上寫了不堪入目的辱罵話語，就算她使勁的擦掉了，那些字馬上又會浮現出來。平時以沫總會站出來幫忙被欺侮的同學，而現在，那些接受過她幫助的同學不只沒有回報她，反而紛紛加入攻擊的行列。「你以為自己長得還行就了不起嗎？現在你這模樣，哼，還虧你敢出門來。」「我都分不清楚自己是來到學校還是來到動物園了？」

有一次，里易的身旁忽然出現了多位同學，由大姐頭帶頭，逼里易做出搞笑或滑稽的動作，像是伸出舌頭碰同學的鞋底、將馬桶拔放在頭上、用抹布洗臉、把粉筆插在鼻孔之類的，然後趁機拍照，之後再不停的拿出來嘲笑。里易如果不從，大姐頭就會命令同學抓住里易，在里易動彈不得的情況下拍照。

美其名說是搞笑，其實，里易的內心可是害怕與憤怒交雜！

有一次，以沫因為擔任班級幹部較為嚴格，被同學笑說是男人婆，從此男人婆的綽號不脛而走。同學們還在音樂課時編了歌曲來譏笑以沫，時不時的唱著，甚至在以沫的周圍大聲合唱，見以沫生氣了，就在不遠處，用以沫聽得到的音量，若有似無的唱著，弄得以沫的耳朵彷彿時時迴蕩著那些嘲笑又噁心的字眼。

在這一連串內心深層恐懼的連番轟炸之下，兩人漸漸發現自己越來越懂得因應之道。

「只要我們勇敢的面對。」

「嗯，然後試著去接受，恐懼好像……」

「好像就會……縮小……」里易勉強找了一個詞。

「嗯，這就好像西遊記裡面的妖怪。」

「西遊記？怎麼說？」里易歪著頭問。

「西遊記裡的妖怪都象徵著人類內心的恐懼及慾望，所以，當孫悟空發現了妖怪的真面目，然後……」

「喊出妖怪的名字後，妖怪就變得不堪一擊。」里易搶著說。

這段談話讓兩人的心中增加了信心及希望，哪怕只有一絲絲。

然而，兩人的心中都有著話沒有說出。

里易擔心以沫是活人，留在陰間太久不知道會造成什麼影響。以沫則擔心里易的身體看起來越來越虛弱，不知道這和里易一直不敢食用陰間的食物有沒有關係。他們兩人連空地小池塘裡的水都不敢喝，以沫自己除了覺得肚子餓之外，精神倒是不受影響，反倒是里易，連說話的力氣都減弱了。

如果要救出里易，應該做些什麼呢？

首先要離開這座密林。外邊會不會有等著緝補他們的牛頭馬面呢？

即使成功的離開這座密林，他們必須回到連接土地公廟的那面峭壁，然後，用以沫口袋中的那道紙符，開啟牆上隱藏的通道。但是，只要將符紙放到牆上就行了嗎？還是需要什麼樣的咒語？或是需要怎麼樣的法力呢？

現在的狀況，可不容許他們有試驗的機會，一但發現他們手上的符紙無法開啟牆上的隱形通道時，兩人就只能坐以待斃，等著被牛頭馬面們包圍了。

就算順利的帶著里易回到人間，要怎麼讓里易的魂魄回到自己的身體裡面呢？會像電影裡面演的那個樣子嗎？讓里易的靈魂和躺在病床上的身體重疊就可以了嗎？就算里易的靈魂順利的回到了里易的身體裡面，索命的陰差會不會再次找上門來呢？里易有辦法可以躲得掉陰差的追捕嗎？

疲憊感如浪潮般襲來，雖然不安穩，以沫還是若有似無的淺眠著，直到，她被里易的怒吼聲驚醒。

一睜開眼，以沫立刻撐起上半身，尋找聲音的來源。原本躺在以沫身邊的里易早已不知去向。

「為什麼？」一道憤怒成份遠大於疑惑成份的控訴聲從以沫身前的密林中傳來。

以沫起身，以最快的速度奔向聲音的來源，雖然那聲音已嘶啞，但以沫還是輕易的認出那是里易的聲音。

「怎麼了？」以沫對著跪倒在密林邊緣的里易問。

里易並沒有回答，只是痴痴的望向密林的深處，口中不停的喃喃著「為什麼」。

以沫深吸了一口氣，她知道里易一定又受到了密林的影響，並被密林誘發出內心的恐懼，只是，她有預感，這次，並沒有那麼的簡單。

以沫輕輕的將手搭上了里易的肩，里易一點也沒有發現，眼睛直愣愣的盯著前方，不停的搖著頭，不停的低喃著「為什麼」。

然後，當以沫也見到里易所見的幻象時，她完全的明瞭了。只是，連以沫自己也沒有把握能說服里易冷靜下來。

在以沫的眼裡，密林的深處詭異的亮起一角，那是一種非常不協調的明暗對比。但以沫也知道，此刻，她是個局外人，所以才能這麼冷靜的、勇敢的面對這樣的場景。

以沫慢慢發現，這片連牛頭馬面都不敢輕易踏入，甚至連靠近都不敢的密林，似乎隱約有著和它恐怖表象完全不同的功能。在這兩天「恐懼」的疲勞轟炸下，滿目瘡痍的內心，似乎有些什麼在滋長著，慢慢的。

以沫覺得，每個人內心深層的恐懼都不相同。可以困擾里易的恐懼，不見得可以折騰以沫的心靈；能夠動搖以沫的恐懼，不見得可以囓咬里易的靈魂。恐懼好像都是從每個人的內心緩緩的滋長發芽，在汲取了不同的心田土壤的養份後，開出了不同的奇花異卉，霸佔了內心重要的一隅，那些平時不易展現與人的一隅。

有些恐懼是大部份的人所共同擁有的。這些恐懼常來得又急又快，因為這類型的恐懼很容易感染給別人；而這類型的恐懼卻也去得又急又快，因為有眾多的前輩先人們經歷這些恐懼，並留下一些藥方，試圖讓後生晚輩們能更輕易的痊癒。

以沫好想將這些心得快點分享給里易，但是，當前的第一要務是如何將里易從眼前的恐懼陷阱中拉出。

在那圈不自然的光亮角落裡，有著里易的爸爸。里易的爸爸坐在餐桌上，旁邊還有一個女人及一個小孩。

那是個漂亮的女人，雖然身著家居服，不施脂粉，但以沫看得出來，這個女性不論被擺在任何場合裡定是中人以上的姿色，與其說是美艷動人，不如說是任何人見到她都會覺得「啊！她一定很溫柔、很體貼！」

而那個小孩背對著里易及以沫，所以看不清他的長相及表情，但是，以沫可以輕易的辨認出那低頭伏首在餐桌上的樣子應該是用心的在作業或是讀書吧！而里易的爸爸則坐在那小孩的身邊，輕輕的摩娑著小孩的頭髮，嘴角露出幸福而滿足的微笑。

以沫懂了，他看出了里易心裡的恐懼。里易一定是覺得爸爸不告而別的失蹤，丟下媽媽和自己兩人而人間蒸發，一定是因為爸爸逃到了更溫暖的家，一個更幸福、更能讓他在充滿荊棘的人生路上奮力前進的加油站。

那個女人看起來是那麼的溫柔體貼，和常常叨唸的媽媽完全不同，而那個乖乖讀書的小孩則完全勝過了不喜歡讀書、總是對爸爸頂嘴的里易。

在以沫身前的里易突然以拳搥地，口中的喃喃漸漸的變化成低吼：

「為什麼？為什麼丟下我們？」

「你以為你是誰啊？對，我和媽媽就是一無是處，糟糕到成為你的累贅，你終於忍受不住了，終於下定決心了，把我們像垃圾一般的丟掉。」低吼迅速轉為失控的狂吼。

里易開始瘋狂的搥打身旁漆黑的樹幹，每次搥打，都讓樹幹產生劇烈的晃動。不，那種劇烈晃動，與其說是里易的搥打所造成的，還不如說是被搥打的樹體本身所造成的，那是一種躁動，興奮的躁動，是一種近乎瘋狂的興奮躁動。每次樹體所發出的劇烈晃動，都伴隨著樹葉磨擦而產生的沙沙聲。漸漸的，那股沙沙聲產生了轉變，變成一股像是嘲笑，又像是哀嚎的尖銳喊聲，不停的刺激著里易，讓他更加用力的搥打樹幹。

心焦的以沫拉不住發狂的里易，她只好急忙的將掌心貼上里易的後背，希望自己能儘快找出里易恐懼幻象中的破綻。

以沫強迫自己盯著這幅令人微微作嘔的幸福畫面看，試著從中找出不合理的尋常。

太難了！

以沫發現，越是強大的恐懼，越是糾纏長久的恐懼，越是潛藏在人們心底深層的恐懼，它一次次的在最安全的獨處時刻，被人們從最加上最多道鎖的金庫中提領出來「溫習」，然後被心有餘悸的手放回牢不可破的金庫中。

這些被多次「溫習」的恐懼都很真實，就像前兩天以沫見到了自己的母親正在接受苦刑的幻象一般，據里易的說法，那和其它幾次的幻象比起來，「真實到不行。」

如果，這些被「獨享」的恐懼能多被拿出來「分享」呢？這些恐懼會不會被削減威力，被友情啊、親情啊或是陽光啊、空氣啊之類什麼的中和了呢？以沫如是想。

「怎麼辦？」無法可想的以沫要求自己冷靜。

但是，當她從幻象處收回視線，檢視里易的狀況時，她發現里易的手變成了黑色，像樹幹一般的漆黑，而且，里易每搥打樹幹一次，漆黑的部份就往他的心臟部位增加一些，彷彿一頭饑渴的獸，正渴切的吞食著里易這塊以憤怒為烹煮佐料的嫩肉。

心急的以沫試著拉里易的手，但里易不知哪裡生出的力氣，一把就揮開了以沫，以沫跌坐在地上。

以沫站起身，再次提醒自己，要冷靜。她再次將手掌輕貼上里易的後背，那違和的光亮幻象再次出現，以沫要自己抓緊時間，再不找出破綻，不知里易會怎麼樣。

然而，一切都是徒勞無功，從里易的爸爸，到那女人，到那背對著他們的小孩，以沫來來回回、上上下下的檢視了不下百次吧！

「天神啊！救救我們吧！」以沫不禁脫口而出。

突然間，詭譎的事情發生了，那個一直低頭伏首全心投入寫功課的小孩抬起了頭，並轉過身來訝異的看著以沫，以沫發現，那小孩的臉孔很熟悉。沒錯，以沫很有把握，那是里易小時候的臉孔，是國小幾年級呢？以沫已經記不清楚了，但是，以沫十分確定那是里易小時候的臉孔。

「里易，傅里易，你聽我說，你看，那是你，那個小孩是小時候的你，我找到破綻了，你快看。」

以沫像是個泅游已久，體力即將耗盡的落海水手，意外發現了一只救生圈，打起精神，奮力的往它游去。

然而，不管以沫如何的叫喊，發狂的里易依然充耳不聞。

「傅里易，醒醒！」以沫打了里易一巴掌。

這一巴掌打得很紮實，里易失焦的瞳孔重新聚焦了起來，他回過頭來看以沫。以沫焦急的指向幻象處小男孩的臉：

「那是你啊，那個小男孩是你啊，那是小時候的你啊！」

以沫心想，會不會在心底深處的某個地方，里易渴望著自己能回到兒時那美滿幸福的生活呢？他的每一個進步，都能讓父親和母親忘掉生活中的不圓滿、不完美；他的每一次成長，都能為父母注入衝勁。那是多麼美好的一段時光啊！

曾幾何時，高分的考卷再也滿足不了爸媽，換不到父母臉上短暫綻放的笑容。每每在獻上高分考卷後，換來的是父母對於班級排名、全校排名的詢問，接著而來的是要求，更或是責備。

「那是我？」里易頹然坐倒。

以沫輕觸里易的肩膀，她發現，幻象消失了，她鬆了一口氣，也坐倒在里易的身邊。

她發現里易手上漆黑的色澤並沒有消失，再細看，那黑色的斑塊不僅沒有減少，還反還在增生，緩緩的，卻毫不停歇的增生。這東西，正在吞噬著里易。

以沫拉著里易的手，將他硬拖到空地中的岩石小山旁，她試著用池塘裡的水清洗里易的手臂。然而，一點效果也沒有，里易被浸溼的手，上面的斑塊更形明顯，彷彿一道道充滿惡意的傷口，齜牙咧嘴的嘲笑著以沫。

「里易，怎麼辦？」以沫緊張的看著里易。

她發現，里易處在一個失神的狀態，以沫試著搖醒里易。

「啊……」里易此時卻大叫一聲，然後身體往後一倒，開始抽搐。

以沫不知如何是好的將身體往後挪，里易此時開始抱著頭在地上打滾，並發出非常痛苦的呻吟。

約莫過了五分鐘，或是更久吧！里易終於平靜下來，可是，里易身上的黑班已佈滿全身，而且，以沫驚訝的發現，里易的頭上，長了兩隻角，兩隻短短的角，就像是……童話故事裡的……惡鬼一般。

14 少爺

以沫不知所措的蹲坐在里易的旁邊，她很害怕，整個人縮成一團。

拍嚓！

一道響亮的聲音由密林裡傳來，以沫驚恐的抬起頭，望向聲音的來源。一陣搜尋後，她發現一個亮亮的光點，不，是兩個亮亮的光點。

是幻象嗎？又是我內心的恐懼發作了嗎？不，這跟幻象有些不同，幻象的光源總是朦朦朧朧的，而這兩個光點卻是那麼的明亮，就像是……某種生物的眼睛。沒錯，那是某種生物，以沫想起之前自己晚歸時，被矮牆上發亮貓眼嚇到的經驗，那些在白天裡那樣懶洋洋、那樣可愛的小動物，怎麼會在深夜裡顯得那樣駭人。

光點越來越接近，以沫已經能看出那頭野獸大概的輪廓，很巨大。以沫反射性的站到了里易的前面，試圖保護昏迷中的里易。

但是，當那頭野獸出現在樹林邊，以沫的雙腳開始不停顫抖，胃部一陣痙攣。

一開始，以沫以為那是一頭大鱷魚，但是，當那頭怪獸橫過身子，懶洋洋的趴在草地上，蜷曲著尾巴時，以沫又說不上來那是隻「什麼」了。

牠有著鱷魚的頭，像是獅子的上半身，以及像是河馬的下半身。以沫混亂的腦袋裡，什麼對策也沒有，可是，歷史老師在課堂上的講解卻突然闖進了她的腦袋。

「通常這些混合型體的神祇，大多是人類所崇敬力量的展現，因為自己做不到，所以讓這些力量通通混加在同一個神祇的形體上。」她甚至連老師那天穿著一件白底藍色小圓點的無袖洋裝都記得清清楚楚。但是，這些記憶對眼前的危機一點幫助也沒有。

這時，有東西從懶洋洋的巨獸身上跳下，俐落的。

當那「東西」緩緩站直身子後，以沫才發現，那是一個「人」。喔，不，說不定不是一個人，有可能是某種人形的「生物」，不，也不一定是「生物」。

「應該說是某種具有人形的……『意識體』。」以沫吹毛求疵的在心底下了結論。

隨著那「人」走近，以沫仔細的觀察了「他」。對，應該是「他」沒錯，他有著一頭褐色的短髮，髮型看來有點像是沖泡不滿三分鐘就撈起的泡麵一般，捲捲的，有些凌亂，卻又不令人覺得骯髒。中等身形，看上去比里易來得瘦弱一些，但走起路的步伐，讓人覺得他應該也是個運動健將。

等到他更靠近一些時，以沫看清了他臉上踐踐的神情，那是國中男生特有的那副自以為自己已經長大、對任何事情都看得很開、不想太過努力以免被嘲笑或看不起的神情。

「他跟我們一樣是國中生？」以沫心中不自覺的泛起這樣的漣漪。

那男生露齒一笑，露出了尖尖的牙，像童話書裡的鬼一樣，尖尖短短的虎牙，讓以沫感到不寒而慄。

「你想幹嘛？」

「鬼怪化了。」男生轉頭，將右手的姆指及食指放進嘴裡，對著樹林邊的巨獸吹了聲響亮的口哨。

巨獸立刻站起身，朝著以沫及里易跑來。

以沫立刻站在了里易的身前，試圖保護昏迷的里易。但是，這個保護行動並沒有持續非常的久，因為，巨獸對著以沫發出一聲長吼，一聲令以沫打從心裡顫抖的長吼。

以沫雙膝一沉，坐倒在地。

巨獸繞過以沫，叼起了里易。

「不要！」以沫轉頭大叫，她生怕巨獸會一口將里易吞下。

巨獸叼著里易，並沒有走遠，也沒有將里易吞下，反而是很輕巧的將里易的身體叼到了空地中央的小水塘，然後，溫柔的將里易泡到了池水之中。

「該我上場了，對了，你身上有股怪味欸！」

以沫不自主的拉起了學校體育服的衣領嗅了嗅。

男生走到水池邊時，巨獸已經將溼淋淋的里易從池子裡拉了出來，並將里易放置在一旁的草地上，然後乖巧的退到一旁。

「嗡古……」男生將手掌抵在里易的胸膛上，低頭唸了一串奇怪的咒語。

里易的胸口發出微微的光芒，然後，令人驚奇的事情發生了。里易受到感染的那些漆黑斑塊，都變成了一條條蚯蚓狀的黑蟲，從里易的身軀上蠕動爬出。黑蟲一落地就開始膨脹長大，變成一隻隻的小蛇，小蛇快速長大，先長出了利牙，再長出薄膜狀的翅翼，眼看那些黑蛇都長到了以沫的大腿粗細，正用力的拍動翅膀鼓噪著。

忽然，巨獸以迅雷不及掩耳的速度衝上前來，一口一隻，將那些黑蛇一隻不剩的全吞進了肚子裡，滿口黑血的巨獸舔舔嘴唇、咂咂嘴，伏下身來自顧自的理起了身上像獅子般的棕色毛髮。

如果不是親眼看見牠吞了黑蛇，牠現在那慵懶的模樣，以沫真會誤以為牠只是隻像貓一般的寵物，一隻大了點的貓。

「那是什麼？」看著里易的手變回原本的顏色，鬆了一口氣，以沫的腦袋終於開始重新運轉。

「恐懼，然後加上憤怒，如果再晚一些，如果不在這聖水池的旁邊，如果我今天的法力不夠的話……」男生沒有將話說完，但他已經將意思表達得非常清楚。

「那這個呢？」以沫指著里易頭上的尖角。

「這個啊，等等就會掉下來了，每脫一次角，內心不成熟的憤怒就會削弱一些，人就是這樣長大的。」男生若無其事的說。

「真的嗎？我怎麼從來沒有見過？」

「在陽世，這個角不是以這樣具象的方式呈現的，但是你一定見過的。」

「是嗎？是什麼？」以沫思索了一下後，再次提問。

「在陽世，這憤怒具體化之後所化成的尖角會刺在人的心上，那滋味可難受了，這角有個你再熟悉不過的名字，叫作『後悔』。」

「雖然不知道你的目的是什麼，還是先謝謝你了。」以沫在點頭道謝時，肚子發出了咕嚕聲。

這兩天來她可是粒食未進、滴水未沾，在經歷了這麼多之後，又遇到了一個看似可以信任的人，飢渴感瞬間湧上。

「你是活人？」男生瞪大眼，雖然極力的假裝鎮定，他還是往後退了一步。

「我是活人？」以沫當然知道自己是活人，只是，她很疑惑自己是活人的事實為什麼會讓眼前這男生感到驚駭。

「你不是？」男生看來鬆了一口氣。

「我是啊！」以沫疑惑的回答。

「你是！」男生又踉蹌的後退了一步。

「怎麼了？」

「沒……沒事。」

「你們怕活人？」

「沒，只是大人們都把活人說得很恐怖。」男生小心的端詳著以沫的臉。先前臉上那故作驕傲的神情已消逝無蹤，取而代之的是他這個年紀才會有的直率。

「大人們？你之前有見過活人？」

「沒啦，只是有聽過大人們講過。」

「大人們講的活人很可怕嗎？」

「很可怕啊，最恐怖的是一個叫作『目蓮』的人，為了救出他的媽媽，闖進了陰間，不少員工因此受傷、受罰。他走之後，留下滿目瘡痍和混亂的秩序，讓大家收拾了好久。雖然他後來也進地獄工作了。」男生看來心有餘悸。

「員工？」

「喔，是地府的新制度啦，現在的地府開始全新的制度，希望能提升……嗯……行政效率還是行政效果什麼的，所以職稱也全都改變了。」

「喔！原來啊，那麼，你是？」以沫心裡有著太多的疑惑，這聽似合理的答案裡，好像夾帶著一絲絲令人難以信服的成份。

「我是……呃……大家都叫我少爺。」

「少爺？你是某個大戶人家的子弟嗎？陰間這裡……也有……呃……怎麼說？也有……有錢人嗎？」以沫的措詞連她自己聽了都想發笑。

「不不不，也不是什麼大戶人家啦，只是我們家的狀況稍微特殊一點。」

少爺連續使用了三個「不」字，以沫知道他不想跟別人談起家人的事，也就不再逼問，只是淡淡的說：

「當大戶人家的子弟很不錯吧？」

「才不，一點都不好。」少爺氣呼呼的回答。

「怎麼會呢？」以沫看著他氣呼呼的模樣，不禁嘴角上揚。

「大家都說你是名門之後，你爸當初怎樣怎樣，你的親朋們又怎樣怎樣，你怎麼會這樣？把我拿到各處比來比去，比自己家的還不夠，還要比別人家的。」少爺的表情看來很氣憤。

「你一定很優秀吧？到處被比來比去的。」以沫試圖以讚美消除少爺的怒火。

「說到這個我更氣，尤其是學校裡的同學，只要我做不好的，他們都會笑我『怎麼連這事都做不好』，或是譏諷『不是名門之後嗎』，如果我有了好的表現，他們就會說『還不就是靠關係』、『老師一定是給他爸面子才會給他那麼高分』，反正，不管我做了什麼，他們都有話能罵我。」少爺連珠炮似的發射不滿。

「分數就是分數，明擺著你贏過了他們，他們還有什麼好說的。」以沫也感到有些氣憤。

「嗯……，符咒學、草藥學什麼的，只要是要寫考卷的我都不拿手，我最拿手的是美術，可是……」

「難怪，美術作品的成績是老師給的，比較主觀，所以，畫不贏你的他們，才會把你的爸爸搬出來。」

「他們還會直接批評我的作品，把我的作品說成了鬼畫符一般。」

想到了鬼畫符，以沫聯想到這裡是陰間，眼前的這個「少爺」想必也是鬼，他所畫的畫就算再美，也是還是「鬼畫符」啊！想到這裡，以沫不禁掩嘴笑了起來。

「別笑，鬼畫的真的很醜，別拿我的和他們的比。」少爺漲紅了臉。

「好啦，對不起啦，我不笑就是了。」

短短的幾句聊天下來，兩人親近了不少。

「唔……」里易發出了呻吟聲，看來就要醒了。
「里易。」以沫搖了搖里易的身子。
「頭好痛。」里易勉強的支撐起上半身，坐定後，雙掌用力的揉按著自己的太陽穴，這是爸爸教他舒緩頭疼的方式。
「終於醒了。」少爺語氣戲謔的說，看來，他又變回了那個高傲的少年。
「你是誰？」里易抬頭望向聲音的來源，在看到聲音的主人後，充滿戒心的問道。
「他叫少爺，剛才救了你。」以沫說。
「救了我？」里易感到頭痛欲裂。
以沫將里易見到幻象而失去理智的事重頭說了一遍，一直說到少爺如何從鬼怪化的里易身上逼出了一條條的黑蛇，一直到少爺和以沫的對談。里易雖然感到十分的驚訝，但他卻按捺著內心的好奇，直到把以沫的說明聽完。
「也就是說，你是活在陰間的人？你是鬼？」里易的頭疼緩解了許多。
「這……很難回答。」少爺轉身，走向巨獸。
「你看，他有事情瞞著我們。」里易低聲的對著以沫說。
「嗯，可是我不覺得他是壞人。」以沫低聲回答。
「你們兩個人都說對了，我是有事瞞著你們，但是，我不是個壞人，瞞著你們是……呃……為了你們好。」少爺手上拿著一個背包，走回兩人的身旁。
他從背包裡拿出了一只純白色的杯子，樣式有點像是馬克杯。他轉身從池子裡裝了滿滿的一杯水，然後將杯子推到了里易的面前。
「喝一點，頭痛會好一些。」

「這不是孟婆湯？」

「你知道孟婆湯？」

「我在陰差的手機裡見到的。」里易拿出了陰差的手機。

「什麼？你就是通緝犯？」少爺脫口而出。

「什麼？我是通緝犯？」

三人面面相覷，周圍只剩下泉水沿著岩石流下的聲音兀自悶響。

15 通緝犯

池子邊，暫時拋開未來即將要面對的種種難題，三人共享著一杯咖啡。

就在里易喝了少爺遞來的水後，頓時感到精神好了不少。少爺說那是「聖水」，有助心神清明，只是，陰間生產它的地方非常少，所以頗為珍貴。

以沫突發奇想，從自己的書包拿出了一包三合一即溶咖啡，將它加進了聖水中。以沫嚐了一口，露出了滿足的表情，里易也嚐了一口。少爺本來就被咖啡的香味吸引，皺著眉猶豫是否要嚐嚐這人間來的東西，看見兩人臉上所展現出的滿足神情，少爺下定決心似的搶過杯子，嚐了一口。

「咦！」少爺發出了驚嘆聲。

「好喝，對吧？」

「嗯！」

三人就這樣你一口我一口的傳遞著手上的杯子。

「你不怕我們毒你？」以沫笑著說。

「哈哈，說什麼傻話？那個白玉杯可是能解百毒的呢！」少爺笑著說。

「真的？有這麼神奇？」以沫仔細端詳著杯子。

「當然，所有有毒的液體進了這杯子，毒性都會被這杯子化解。」

「真的假的？」里易和以沫都相信這個說法，但還是異口同聲的問道。與其說是提問，不如說是表達自己的驚嘆。

「你們不相信我說的話？我為什麼要騙你們？」少爺以為里易和以沫不相信自己。

「沒有啦，抱歉抱歉，讓你誤會了。剛才我們會這樣說，其實是……嗯……怎麼說？」以沫轉頭里易求助。

「應該……說是一種表達驚訝的方式，雖然我們好像在問你，其實我們的心裡已經相信了。」里易有點結巴的說。

「對對對，只是，我們找不到其它更好的表達方式時，往往都會這樣問，在陽間的人都這樣。」以沫說。

「原來是這樣。」少爺將手上的白玉杯塞到了以沫的手中。

「這是？」

「送給你，當成見面禮吧，我身上沒帶著什麼好東西。」

「怎麼行？這東西這麼的珍貴。」以沫試著婉拒。

「我想把它送給你。」少爺不容推拒。

以沫只好將杯子收進自己的書包裡。

「至於你，通緝犯朋友，我只有一句話送你。」少爺對著里易說。

「嗯。」里易感受到少爺的嚴肅，所以挪了挪身子，試著讓自己坐得更端正。

「去投案吧！」

少爺並沒有從里易的複雜神情裡捕捉到驚訝的成份，他知道，里易早有這個打算。

「那麼，他會被怎樣？你確定這是最好的作法？」倒是以沫，她感到非常的驚訝，不管是少爺的提議，或是里易的冷靜反應。

少爺和里易兩人就這樣注視的對方，不發一語。

「喂，你們兩個，為什麼不說話？回答我啊？你該不會真的想去投案吧？」

「以沫，我已經死了。」里易平靜的說出這個事實。

「至於你，你是怎麼進來的？」

「最近社員的素質越來越差了。」

以沫將自己是如何進到地獄的事一五一十的說了出來，少爺聽了直搖頭：

少爺的口氣有些老氣橫秋，看來是從長輩那邊聽來的，然後，在將話語搬出來使用的同時，連語氣也一同附上了吧！

「明天早上？」少爺轉頭望向里易。

「嗯。」後者點點頭，然後望向以沫。

「至於她，她並沒有做出什麼壞事，你投案的話，她應該會被放回原位。」少爺淡淡的分析著。

沉默。

複雜的沉默。

交織著不捨、信任、惋惜、傍徨、不安、後悔的沉默。

在這綿密的沉默中，以沫驚覺有些什麼正在悄悄的流逝著。

是的，是時間。

這是他們能好好相處的最後一夜，如果不多聊一聊的話，未免也太可惜了吧！

「今天聊通宵。」以沫提議。

「好。」其他兩人附和。

但是，說好了要聊通宵時，往往會忽然找不到話題，因為，可以聊的話題太多了，可以聊的時間太多了，反而不知道從哪裡開始。

話題就像是一卷透明膠帶，當你急著想找出膠帶頭時，往往越難找到。得用指甲慢慢的摳弄，仔細的感受那微微的突起不平，然後才有辦法發現。

也不能一下子就切入太過深入的話題，如果一下子就切入太過深入的話題時，會像沒有暖身的體操選手，一下場就做出高難度的動作，往往會落得受傷退場。

以沫覺得，最適合的方式要像抽毛線頭，先壓一下毛線團，再揉一下毛線團，或轉扯一下毛線團，然後，再仔細觀察，試著抽某幾根有可能的毛線。如果順利的抽出了線頭，就可以順利的拉出一段長長的毛線，接著，再想辦法將毛線織成些什麼就行。

如果能這樣，閒聊也會變得很有意義。

「你和貢丸世家熟嗎？」貢丸世家是先前以沫為了調查里易發生的車禍，而在臉書上認識的里易的同班同學。

「還算熟，她啊，也是個可憐人。」

「貢丸世家？可憐人？」少爺皺眉問。

好在他們有一整夜的時間，以沫將她先前在臉書上意外和已經死亡的里易取得聯繫、如何調查里易的事都說給了少爺聽。其中有些細節里易也是第一次聽到，他聽的時候，有時點頭表示贊同，認同以沫的觀察入微，有時搖頭嘆息，在為這可悲的事態發展懊悔。

「你在老師的杯子裡下墮胎藥？難怪你陽壽被扣光了。」少爺驚訝的說。

「里易，就算那杯藥不會被老師喝到，你那樣做還是……嚇到我了。」以沫揪心的說。

「你不怕在陰錯陽差下，老師還是喝到了那杯藥？」少爺皺眉。

「第一，那顆藥根本不是什麼避孕藥或墮胎藥，只不過是顆維他命B群。」里易幽幽的說。

「你怎麼知道？」以沫因驚訝而提高了尾音。

「因為我爸他每天早上都會吃一個這樣的維他命，所以老師就算喝進了那杯水，應該也只是補充了一些維他命B。但是，為了保險起見，我還是請幫老師倒水的同學悄悄把水換掉。」里易後悔的說。

「原來。」以沫拍了拍里易的肩。

「你大可不必隨著這些小人起舞，你的情緒控管不太好。」少爺指了指擺在里易面前兩個已脫落在地的「鬼角」。

那「鬼角」是里易在這片密林魔力的影響下，讓恐懼加上憤怒的情緒佔據了心頭，導致全身鬼怪化，恐懼與憤怒的集合體化生成頭頂上的鬼角，幸好遇到少爺出手相救，在淨化的儀式後，里易恢復成原本的模樣，「鬼角」也脫落於地，現在正被里易擺在自己的身前。

以沫驚訝的抬起頭，望向里易，她怕里易聽了這些話會生氣。

這些話說得很中肯，但是太過直接。看來少爺在學校會受到同學排擠，不只是因為家族背景的關係，還有因為他太過直接的說話方式。這樣直來直往的同學，常常會被人評為「白目」。

看到里易聽完面無表情，以沫用手肘輕輕的推了推少爺的手臂。

「怎麼了？幹嘛推我？」少爺不解。

「沒啦……就是……吼，我老實跟你說，我怕以後沒機會了，反正，因為……你都那麼直接了……」以沫不知如何開口，但她又覺得這件事很重要，改變了這個態度，說不定少爺受到同學排擠的狀況會改善許多。

「快說啦，幹嘛扭扭捏捏？」少爺沒好氣的說。

「就是……就是……我直接說了喔，你，剛才那樣對里易說話太直接了，你應該考量一下他現在的狀況，要試著委婉一點。」以沫一口氣說完，微微喘著氣。

「我又沒說錯什麼，大家委婉來委婉去，要委婉到什麼時候？搞不好還因為太委婉而誤解了別人的意思。我這個人就是喜歡直來直往。」少爺有些生氣。

「是啦，可是……其實……，我也是個喜歡直來直往的人，但是，有次有個老師跟我說了一句話，像是木樁般深深的打進我的內心，讓我能穩固的拴緊我內心那頭橫衝直撞的野獸。」以沫說。

「什麼話？」少爺因為好奇而忘了生氣。

「直來直往不等於不體貼。」以沫緩緩說出。

「不體貼？」

「大家常會將『直來直往』與『傷害人心』劃上等號，也因為如此，大家就越來越害怕『直來直往』。」

「體貼別人，還怎麼直來直往？」少爺不解。

「當然可以啊，只要多練習，多替他人設想，多使用同理心，你的行為和舉止自然而然就會體貼。」

「同理心？」

「就是設身處地為他人著想啊。」

「把自己當成別人，然後想想自己受到這樣的對待時，會有什麼感覺，如果感覺不好，就不要對別人那樣做。」

「己所不欲，勿施於人。」里易忽然接口。

「是論語！」

「你也學過論語？」以沫吃驚的問。

「是啊，畢竟，半部論語治天下，管理課程的老師每天都論語東孔子西的。」少爺扮了扮鬼臉。

「既然你有讀過，就應該試著施行看看。」以沫說。

「唔……我以前都覺得論語課上的內容都很八股、很無趣，今天第一次聽到論語竟然能和生活結合。」少爺幽幽的說。

「當然啦，你們的老師都不教你們論語的實際運用啊？現在我充當你一天的老師，快試試看。」以沫推了推眼鏡，假扮自己是有學問的老師。

「吼……好啦，里易對不起，我剛才的講話太直接……太不適當了，請你原諒我，但是，我真的沒有惡意，是為了你好才說的。」少爺為了在腦海中尋找措詞而皺眉的表情惹得以沫快要笑出來。

「我並沒有生氣啦，我剛才只是在想……」里易的話停住了。

「想什麼？」以沫、少爺異口同聲。

「我好後悔，現在，冷靜下來後，才真的驚覺人生沒有重來的機會。我還想到……」兩人一時不知道該怎麼安慰里易，任由空中迴盪著好一陣的寂靜。

「不知道小米豆他會怎麼樣？」里易打破了沉默，對著少爺問。

「小米豆？」

「是我們班導肚子中流掉的小孩。」

「唔……這個……，依照法規來說，他應該會進到『血污池』去受難，等到害死他的人也死了之後，讓小孩伸冤完，才有機會投胎轉世。」

「那我更要去自首了，我在這多拖一天，那孩子就會多受苦一天。」里易低著頭說。

「對了，為何你在這片密林中卻不會受到影響？」以沫好奇的問。

「因為我是……」少爺猶豫了一下，接著又說：「因為家族血統的關係，所以我們受到這『恐懼幽林』的影響很小很小。」

「難怪牛頭馬面不敢跟進來。」以沫說。

「他們是有智慧的人啊！有智慧的人才能清楚恐懼和憤怒的真正力量。」少爺幽幽的說。

三人沉默了一下下，以沫又開了新的話題，氣氛又熱絡起來。

以沫還分享了iPod裡的歌曲給少爺聽。三人都很喜歡張韶涵的《淋雨一直走》這首歌，這首歌對於正在面對霸凌的少爺很是療癒。

有前面盤旋的禿鷹
有背後尖酸的耳語
黑色的童話　是給長大　的洗禮

要獨特才是流行
無法複製的自己
讓我連受傷　也有型

這不是脾氣　是所謂志氣（與勇氣）
你能推我下懸崖　我能學會飛行
從不聽　誰的命令（很獨立）
耳朵用來聽自己的心靈

三人反覆合唱了好幾次，之後又開了好幾個話題，一直到很深很深的夜……

16 歸途？

天亮了。

雖說是白天了，但天空依然是昏昏暗暗的。

少爺輕吹了聲口哨，小米慵懶的現身在不遠處的密林中。

小米就是那頭有著鱷魚的頭，獅子的上半身，以及河馬的下半身的巨獸。

「我先送你回去，再回來接里易。」少爺跨上小米，然後呶了呶嘴，示意以沫坐到他的身後。

「里易，保重。」以沫不曉得該說些什麼，強忍住眼眶裡的淚水。

「嗯，有空就去看看我媽。」里易的聲音略顯沙啞。

「走囉，小米。」

只見身旁的樹影不斷倒退，以沫卻不覺得非常顛簸。仔細一看，這小米跑動起來時，根本就足不點地，不如說牠像是在飛一般。

出了密林，少爺喝喝兩聲，小米的速度更加快了。在以沫的指引下，不一會兒就來到以沫進到陰間的那面峭壁前。

「給我鑰匙。」少爺伸出手來。

以沫從口袋中掏出了黃色的符紙，那張她從土地公廟的廟祝那邊「借」來的紙符。

「我馬上替你開門。」少爺手指捏了個劍訣，開始施咒。

峭壁上的一個方框發出了微弱的紫色光芒，然後，漸漸的明亮，門正緩緩開啟中，以沫透過縫隙看到了當初她躲藏過的那個紙箱。

「謝謝你，你也要好好保重自己，別再蹺課了，改改你的個性，一定可以交到不少好朋友的。」以沫露出一抹微笑。

「我盡量啦。」少爺以不耐煩來掩飾自己的難為情與不捨。

就在以沫準備踏進門裡時，忽然聽到有人大喊：「站住。」

那聲音不怒而威，使得以沫不自覺得停下了腳步。兩人轉頭一看，不知何時，兩人已被一隊鬼差包圍，帶頭的不是別人，正是牛頭馬面。

「快走！」少爺試著將以沫往門外推。

「不許走！」牛頭提高音量，令人耳朵隆隆作響。

「你知道我是誰嗎？」少爺故作鎮定的挺直身子。

「小閻羅。」馬面冷冷的說。

「既然知道，你還妨礙我，退下。」小閻羅看著身後已半開的門。

「冒犯了。」牛頭和馬面向小閻羅做了個揖，然後下令鬼差上前拿人。

「要抓她？先過我這關。」

小閻羅擺出備戰的姿勢，將以沫掩在身後。

「怎麼辦？這樣連你也受牽連了。」

一隊鬼差由左邊攻上，另一隊則由右邊襲來。小閻羅指揮小米衝散了右邊的那隊鬼差，而小閻羅則擋在以沫身前，將逼進的鬼差一一擊退。

右邊那隊鬼差試著以鐵鎖鍊困住小米，但小米的行動敏捷，在閃躲鎖鍊的同時還能抽空還擊。而小閻羅則是以著過人的拳腳將左邊這隊鬼差一一打倒在地。

眼看紫色石門就要全開了，牛頭馬面大喝一聲，加入了戰局。

原本還在和小閻羅拼搏的鬼差紛紛退下，加進抓捕小米的行列。

牛頭馬面兩人看來是縱橫沙場的老將，他們兩人一前一後的向小閻羅衝來。速度奇快的馬面先是一掌劈向小閻羅，小閻羅伸掌硬接，兩人看來不相上下，而牛頭卻在此時趕到，在馬面的後背助了一掌，小閻羅向後被彈飛了幾步。

「這是你們逼我的。」小閻羅雙手交握，口中低念了聲咒語。

當他將雙手分開時，他的手掌中冒出了青紫色的火焰，這火焰向外蔓延，燃燒到整隻前臂。

「連三昧真火都用上了。」牛頭將雙手揹在背後，看向馬面，而馬面則點了點頭，兩人一同向小閻羅攻來。

也許是忌諱三昧真火吧，小閻羅竟然和牛馬將軍鬥了個不相上下，幾回合過後，小閻羅的信心大增，招式的威力看似一招強過一招。

「快進去！」小閻羅一招力劈華山，一掌由上而下，拳風夾帶著紫黑色的火焰飛出，逼得牛頭低下身去閃躲，而馬面則倒退好幾步才能避開。

「快走！」好不容易取得空檔的小閻羅看見石門完全開了，代表連接陽間的通道完全連接了，他想趕緊將以沫送回陽間去。

「你是小閻羅？」

「是啊，快走，再不走就來不及了，記得這一陣子別進大小廟宇，避避風頭，你現在等於是逃犯。」小閻羅面對強敵，不敢怠慢，但因為擔心以沫錯過逃回陽間的時機，頻頻用背部推撞以沫，催促她趕快離開。

當以沫的身影消失在泛著紫光的門中時，小閻羅的雙腿微微的顫抖了起來，這是他長這麼大以來，第一次公然違法。不過，幫助了需要幫助的人，那份喜悅卻是難以言喻的。

正當小閻羅準備收手，想向牛馬將軍謝罪時，身後傳來一聲「咦」的聲響。

小閻羅回頭，只見以沫又出現在紫門邊。

「快走啊，你幹嘛又回來？」小閻羅著急的說。

「我也不知道發生了什麼事。」

「往前直走，不要拐彎。」小閻羅顧不得強敵當前，收起應戰姿勢，熄了手上的三昧真火，伸手將以沫推進泛著紫光的門中。

不一會兒，以沫又從紫門中出來。

「你真的往前直走了嗎？」小閻羅焦急的問。

「是啊。」以沫一頭霧水的說。

「該不會……」小閻羅緊張的四下張望。

在陰間，有權限能夠改變連結陽間通道的人，只有少數幾人。

「你的『該不會』用得挺對時機的。」聲若洪鐘。

「父親大人。」小閻羅立即跪在地上。

以沫望向聲音的來源方向，果然看見追拿的鬼差們紛紛向左右分開，讓出一條通道，通道的那頭，一個男子緩步的走了過來。

那是一個中年男子，眉宇間說不出的威嚴，梳著整齊的油頭，下巴有新刮過鬍子的痕跡，穿著一身勁裝，還打了綁腿。

「你這小子，晚點我再訓你。」閻羅王對著小閻羅說。

「至於你，你想就這樣回去？」閻羅王對著以沫問。

「我能有選擇嗎？」以沫大著膽子問。
「當然有，回去，罪就你的朋友來受。」閻羅王從懷中掏出了一支透明的瓶子。
以沫定神一看，發現里易被關在裡面。
「我留下來。」以沫咬著下唇說。
「不問你會被怎麼樣就要留下來？反正你的朋友都要受那麼多罪了，不差你多闖的這些禍。」
以沫轉身將石門給關上，用行動來說明一切。石門邊上，紫色的光芒緩緩消失。
「我留下來，不過，這事跟他無關，不牽連他。」以沫指著跪在地上一動也不動的小閻羅。
小閻羅一聽，身子倏的震了一下。
「喔！」閻羅王挑起了眉，來回的打量著兩人。
「答應我，拜託。」以沫的語氣非常堅定。
「通通押回去。」閻羅王說完這句話就轉身走了。
「少爺。」牛頭指了指小米。
「小米，別玩了。」小米果真停下了反抗，讓陰差們加上項圈。
「牛叔、馬叔對不起。請原諒我。」小閻羅低著頭說。
小閻羅和以沫坐在小米的背上，由牛頭馬面押送著。
「你是小閻羅？地獄以後由你接管？」
「不，地獄是地藏王菩薩管的。」
「地藏王菩薩？不是閻羅王嗎？」
「不是，地獄共分十殿，每殿都有一個主管的人。」
「那你的父親呢？」

「他掌管第五殿。」

「總共有十層地獄嗎？我之前怎麼都聽人家說有十八層地獄？」以沫拋出了一連串的問題。

「其實很複雜，分工非常的精細，這樣好了，我試著簡單的說，第一殿有點像是報到處，在那裡簡單的分類你是好人還是壞人，如果你做了很多善事，你就會被接往西天極樂世界，如果你的善惡參半，你將會被直接送往第十殿，在那裡決定你的轉生。」小閻羅試著以最淺顯的方式告訴以沫。

「那麼惡大過於善的人呢？」

「他就要進到地獄受刑，從第二殿到第九殿總共八個大地獄，每個地獄裡設有十六個小地獄，所以一共有一百二十八個小地獄。」

「那麼，之前我們常常聽說的十八層地獄呢？」

「喔，那是阿鼻地獄，是在第九殿啦。每個罪魂受完刑後，將會被移交到下一殿去審判，如果罪過已用處罰償清了，將會直接送到第十殿去等候轉生。如果，那個人犯的錯很重，才會一路被送交到阿鼻地獄去。」

「你看，我就說宣傳部最近工作效率低下，你就不信，現在陽間的人連地獄都不了解。」牛頭沒好氣的對著馬面說。

「宣傳部？」以沫皺著眉問。

「喔，那個啊，地獄有個部門，專門宣揚地獄的殘忍刑罰，畢竟預防重於事後補過，如果能讓陽間的人知道『諸惡莫做，諸善行之』的話，這樣地獄的存在才有其最大的功效。」小閻羅試著解釋。

以沫還想開口再問些什麼的時候，前方出現了一座大城。

昏暗的天色加上不安的心情，以沫覺得這座城好像一盒巨大的殺蟑餌劑，而自己就像是那準備吞下毒藥的蟑螂。

隨著隊伍越走越近，以沫發現城外還有一條護城河，由四面八方成群結隊而來的亡魂紛紛被集中到城門來。

「好啦，要看你過不過得了關啦！」馬面轉身面向小閻羅和以沫說。

摸不著頭緒的以沫正要發問，只見馬面手上已拿著一個透明的玻璃瓶。馬面輕轉瓶身，讓瓶口向下，只見瓶中的里易緩緩下滑，當里易脫離瓶口時，突然冒出一陣輕煙，里易瞬間恢復成他原本的「尺寸」，跌坐在地上。

「這裡是『鬼門關』？裡面是地獄？」以沫抓緊時間搶問。

「是啊，這裡面是地獄。」

「那外面……就是我們剛才經過的那些地方呢？」以沫一邊問，一邊扶起里易。

「怎麼說呢？那個專有名詞叫什麼？」牛頭偏著頭努力的想，一邊望向小閻羅。

「陰陽界。」小閻羅回答。

「對對對，果然還是你們這些讀書人頭腦比較靈光。」牛頭敲敲自己的大頭說。

「陰陽界是個廣泛的說法，範圍界定並不嚴格，很多孤魂野鬼因為某些特殊的原因或作業上的疏失，會在這些區域中漂蕩。」小閻羅補充說明。

「那出現在陽間的那些呢？」以沫問。

「他們可能領有通行令牌，回陽間去報仇，或是偷偷溜回陽間，甚至，有時是陰陽界和陽間產生了一些交疊的範圍，詳情我並不清楚，那是屬於城隍爺管轄的範圍。」小閻羅據實回答。

「對了，你們都沒有喝『安魂湯』吧？」牛頭問。

「安魂湯？」里易不解。

「對啊，一開始，每隊的鬼差都會發放，讓死者能安定心神的湯藥。」牛頭解釋。

「咦？那不是孟婆湯？」里易驚訝的問。

「孟婆那個吝嗇的傢伙才不會讓湯藥離開她的眼皮底下呢！」牛頭抱怨道。「畢竟那東西太搶手了，萬一落入壞人手中就不妙了。」馬面補充。

「你怎麼會把『安魂湯』當成『孟婆湯』？」牛頭不解的問。

里易和以沫你一言我一語的把撿到鬼差手機的前因後果說了一遍。

「哈哈哈……小小鬼差，也拿得到孟婆湯，那是他們開玩笑罷了。」牛頭聽完大笑。雖然由四面八方來的亡魂很多，但在牛頭馬面的押送之下，以沫和里易一行人並不用排隊，他們徑直向北門前進。

一路上，以沫看見排隊的人們，從年長到年幼，有男有女，有胖有瘦，甚至偶見一兩個嬰孩尚在地上爬行。以沫發現里易也注意到那些嬰孩了，因為里易深鎖著眉頭。

「導師的小孩在這裡面嗎？他或者她正是這幾個在爬的小嬰兒其中之一嗎？」里易自責著。

漸漸，有幾個人發現里易一行人所騎乘的小米，他們的臉上紛紛露出驚恐的神色，有的甚至還因腿軟而坐倒在地，而更多的人則是一臉茫然，雙眼依舊無神著。

「這些人在陽世喝了太多的『迷魂湯』。」牛頭的話回答了以沫正要脫口而出的問題。

「陽世也有『迷魂湯』？」以沫冒出另一個問題。

「酒啊，就是酒啊，這些在陽世喝了太多酒的人，迷魂湯的效力對他們來說就會打些折扣，進到『鬼門關』前，就會醒來，這麼早醒來只是徒增傷感或驚嚇而已。」牛頭嘆氣說。

「對了，你們有聽見嗎？」以沫隱約聽到奇怪的人聲。

里易搖搖頭，而小閻羅則是一語不發的坐著。

他們繼續超前排隊的隊伍，快速的前進著，當他們越靠進鬼門關時，那個以沫所說的「人聲」變得越來越清晰，像是……像是慘叫聲。

「里易？」以沫低聲。

「嗯。」看來里易也聽到了。

「那是『鬼門關』前的審判。」小閻羅低聲的說。

「什麼審判？」以沫問。

小閻羅不再說話。

聽著越來越淒厲的哭喊聲及求饒聲，其中還夾雜著幾道野獸的嘶吼聲，里易和以沫不覺膽顫心驚。

終於來到鬼門關口，牛頭讓三人從小米身上下來。

鬼門關就像是以沫見過的古城城門，拱形，不甚寬，門上搭著一座石橋，石橋上的木拒馬將入城的石橋分成了三個通道。大部份的鬼魂由左邊或右邊的通道進入，所以鬼門關前排了長長的兩條人龍，不，應該說是「鬼」龍。

亡魂會在這個地方將白色的長袍脫下回收。

在橋的這一邊，每個通道上各有一套辦公桌椅，上面都坐著一員黑衣官吏，操作著電腦。而橋的中間則有一個像是電子看板或是液晶螢幕的東西，藍衣官吏則會以螢幕上顯示的資料詢問亡魂，詢問完畢才會讓他們通過。

「吃飯去吧。」牛頭輕拍了小米的頭，小米輕快的跑開了。

而馬面則走上橋，跟顧守在橋頭中央通道的官吏說了幾句話。而那藍衣官吏則是從身上拿出了手機，低頭確認著手機的內容。

「你看。」里易輕聲的叫著以沫。

在發現以沫沒有回應之後，里易順著以沫的視線望去，他發現以沫正看著一個中年男子，那男子正要接受藍衣官吏的詢問。

那中年男子頂著個花白的平頭，全身穿著一套略顯緊繃的黑色西裝，裡頭的白色襯衫上兩個鈕扣沒扣好，露出了結實的胸膛。

官吏拿出了一炷線香，讓那中年男子嗅了一下，男子頓時清醒過來。他微微的晃晃頭，回答著官吏的問題，但口氣漸漸的流露出不耐煩。

「你們不是都知道嗎？還問？」男子粗聲粗氣的說。

「但是我們要再三確認，才不會出錯。」官吏有耐心的說。

「確認三洨啦！快讓我過去，看要受什麼刑，快弄一弄啦！」男子接近大吼。

「好，請你確認。」官吏將他的生辰八字、姓名、出生地輸入電腦。

中年男子不耐煩的踱向橋中央，他甫抵達橋中央，看板上就輸出一連串的紅字，為了看清楚一些，以沫讓自己更靠近橋邊一些。

里易也好奇的跟了上去，兩人靠著橋墩，好奇的拼湊著自己所看到的支字片語：「販毒……校園……吸收小弟……未成年……暴力……」

那上面所列的恐怕是那中年男子生前所幹的不法勾當，但那中年男子一副理直氣壯的樣子，還不時動手去推藍衣官吏。

「以上所列屬實嗎？」藍衣官吏提高音量。

「是啦！」中年男子回答。

接下來的一幕，讓里易和以沫的嘴有好一陣子合不起來。

只見那藍衣官吏左手一揮，那中年男子就這麼跌進了橋下的護城河中。

那護城河中流動的不是水，而是腥臭的血水。中年男子從血水中掙扎站起，血水約莫淹沒了他的膝蓋，剛站穩的他看著橋下的陰影處，忽然露出了驚恐的神色，他倉皇的想逃，卻又不知該逃到何處去？

正當以沫和里易好奇著他在害怕什麼的時候，一頭怪獸從橋下陰影處緩緩踱出。

「小米？」以沫失聲叫出。

「那不是小米，有教養的小米才不吃那種東西，那些是小米的同族。」小閻羅冷冷的說。

接著，橋下的其它暗處出現了更多的怪獸，牠們一步一步的靠近中年男子，然後……

以沫不忍看，別開了頭，但是淒厲慘絕的叫聲還是鑽進了以沫的耳膜中，刺激著以沫腦中的細胞。

「我等一下也會被推下去嗎？這些……是什麼？」里易定定的看著中年男子被噬咬吞食的過程。

「你不會的啦，你又不是罪大惡極的壞人，你……」急著安慰里易的以沫被打斷了。

「是專吃壞人亡魂的怪獸。」小閻羅說。

「生前罪大惡極的鬼魂欲通過奈何橋時，罪魂會被推落橋下，讓橋下的毒蛇、怪獸吞噬。然後，經過這一輪苦痛後，這些罪魂會被『排泄』到一殿裡。」牛頭說。

「此觀念與古埃及神話裡，狼頭人身的地獄守門者阿努比斯很接近，阿努比斯負責將生前罪無可逭的死者靈魂，餵給怪物阿米特。阿米特有著鱷魚的頭，獅子的上半身，還有……」

「河馬的下半身？阿米特？這就是小米名字的由來？」以沫好奇的問。

「是啊，大家用的都是同一套系統。」牛頭得意的說。

「那為什麼不同的文化所描述的地獄相差那麼多？」以沫好奇的問。

「是同一套系統沒錯，但為了因應國情和不同文化的需求，每個文化裡的地獄都慢慢因地制宜，發展出自己的特色。」小閻羅像在背教科書一般的說。

「沒錯，這就叫做『本同末異』，有些時候，是因為到過地府的人表達能力不同，有的表達能力好些，有的表達能力弱些，再加上遊歷地府的人大多是匆匆來回，所以有些印象模糊的地方常會被想像力補足，以訛傳訛久了，就會出現很多不同的說法，這也是我們的宣傳部門非常頭痛的一件事。」牛頭沒好氣的說。

「好了，可以過去了。」馬面對著大家喊著。

當以沫一行人走進奈何橋上的中央通道時，藍衣官吏讓在通道的一邊，恭敬的行禮。但是，當以沫經過藍衣官吏的身邊時，以沫發現那藍衣官吏竟然顫抖了一下，眼中流露出驚懼的神色，大概是因為以沫是活人吧！

「我不用……接受盤查嗎？」里易膽顫的問。

「不用，你現在是閻羅天子直接管理的亡魂。」馬面正經的說。

來到奈河橋的這端，進鬼門關前，以沫看見每個亡魂都會伸手進一臺機器，那機器有點像是在健康檢查時，護士阿姨用來量大家血壓的血壓機。只見亡魂將手伸出來後，手臂前緣內側，靠近手腕處，會被印上一塊條碼，是方形的「QR code」。

「改成這樣之後方便很多，可以精簡掉很多不必要的人力，又能避免錯誤，就算錯誤了，也都有檔案紀錄可以查詢，方便翻案。」牛頭看著瞪大眼睛的以沫，於是替她解決了心中的問題。

「如果他不是陰差，應該是個適合聊天的大人。」以沫心想。

「我可是很好聊的。」牛頭笑著說。

「咦？我剛才有說出聲音來嗎？」以沫驚訝的問自己。

「哈哈，抓過那麼多人，大家心裡在想什麼我都知道啦。」牛頭顯得十分得意。

「愛現鬼。」馬面吐槽。

「悶騷鬼。」牛頭朝馬面吐了吐舌頭，那舌頭又大又長，差點就甩在了馬面的臉上。

「噁心。」馬面別過臉去。

雖然眼前的牛頭馬面看起來是面惡心善的鬼差，但面對未知的下一步，以沫、里易和小閻羅三人實在無法打從心底的開懷大笑。

17 鬼門

鬼門關內的景象，著實的令以沫和里易大為吃驚，這裡的景況，和以沫以前所認為的地獄差太多了。

雖然天色昏暗，但攤商前點著青磷色的燭火，城內也可算是燈火通明。往來的官吏鬼差押送亡魂前往該去的地方

「好，大家準備好，人都到齊了嗎？往前直走，那座大房子，那裡就是『交簿所』……」一個鬼差邊整隊邊說。

「快，別脫隊，少一個都不行。」另一旁的鬼差威嚴的提醒著脫隊的亡魂。

「喂，我快到了。」一個官吏一邊講電話，一邊加快腳步。

週邊還有一些攤販，看起來有點像是陽間的夜市，不少除去官服的鬼差和官吏們在購買物品和「吃食」。

「他們怎麼猛聞啊？」里易指著某個小麵攤旁的兩個鬼差。

「這是『煙貢』啦！人死了是吃不了東西的，只能用聞的，陽間人燒的線香、元寶、蠟燭就是這個道理啦！」馬面說。

「不過，中元普渡時，那些東西是他們真正吃得到的，所以大家都特別珍惜那一個月，那是一個很好的月份。」牛頭說。

「很好的月份？是對陰間的人來說吧？」以沫想起每逢農曆七月時，長輩總會認為諸事不宜，連

去游泳都要盡量避開。

「喔，不不不。」牛頭誇張的搖搖手指，說：「這個問我們才準喔，我們每到七月，都會空閒一些呢！最明顯的就是意外死亡的人數比其它月份還要少，是一年之中最少的喔。」

「那為什麼大家會說七月『鬼門開』，諸事不宜啊？」以沫又問。

「那是之前有個皇帝，叫……什麼來著？明……明什麼的？」牛頭看向小閻羅，使用求救。

「是明朝的皇帝朱元璋啦，他為了強佔最好的月份，所以命令道士傳達了『鬼月』的概念，他想要獨佔七月這個很吉祥的月份。」

「是啊，在道教文化圈裡，只有閩南和台灣有『鬼月』的概念。」牛頭說。

「到了，收起你們的散漫。」馬面提醒。

眼前一座尋常廟宇般大小的廳院，卻有多隊鬼差押送著亡魂進進出出，人潮，不，「鬼」潮之熱絡，真可用車水馬龍來形容。

一進到裡面，那廣大的空間讓以沫和里易吃了一驚，這裡面的空間堪比台北的小巨蛋，甚至更大。以隊為單位的亡魂來來去去，在各個關卡間穿梭，讓以沫想起自己國中入學時，新生報到的那天，量制服、繳註冊費、繳交畢業證書……

「亡魂到此完成正式的報到手續。」馬面對著大家說。

以沫看著偌大的會場，一陣又一陣的不可思議從心底冒出。之前，人們總是爭論不休的死後世界，她竟然能親眼看到，而且，是以活人的身份。

更令以沫驚訝的是，現在的地獄也引進了陽間的電子設備，感覺很人性化，很貼近生活，地獄，不像她先前所想的那樣恐怖、那樣陰森。

「嗶……」令以沫和里易熟悉的電子合成音響起，是馬面的手機。

「上頭讓我們過去了。」馬面接完電話後，對著以沫三人說。
「這麼快？」牛頭問。
「嗯，事情不太妙。」
「過去哪裡呢？」以沫問。
「十殿閻王們開過會了，你們要去聽結果。」馬面若無其事的說。
「呃……你是說……十個閻王，聚到這裡開會……是為了我們？」以沫瞪大眼睛。
如果她剛才的推測是正確的話，以沫覺得自己無法再承受更多的驚嚇了，這兩天，她一直在「開眼界」，這「眼界」可是一次又一次的摧殘著她的理智，動搖著她的認知。這裡的一切，和她原本所想像的實在是差太多了。如果要說這趟旅程是「對驚嚇免疫之旅」的話，那到目前為止，效果好像還不錯。
「完了。」里易的嘴裡只能冒出這兩個字。
「跟我來吧。」
他們跟著馬面繞過半個交簿所，來到一處樓梯間。往二樓的樓梯鐵柵欄上了鎖，又沉又厚實的鎖。馬面將手機靠近電梯門前的感應面板，面板突然亮了起來，並顯示著向上的箭頭。
一行人進了電梯，等門關上後，牛頭按了最下面的那個Ｂ３的鈕。這裡總共地面一層，地下三層。電梯門一開，一股和地面上層截然不同的氣氛迅速竄進電梯裡，以沫硬著頭皮往前踏出兩步，等著馬面或牛頭帶路。
如果說，一樓給人像夜市或百貨公司的熱絡或忙碌感，那麼，這裡給人像醫院加護病房或考場的那種緊張及壓迫感。有一種「這裡雖然安靜，好像什麼都沒有在動，卻悄悄的運作許多重要大事」的感覺。

經過了第三會議室、第二會議室、第一會議室，終於，馬面在會議中心的門前停了下來。

「注意禮節。」馬面說完這句話，敲了敲門，就站到門的一旁去。

「你們？」以沫指了指牛頭馬面二人。

「是的，你們必須自己進去。」牛頭難得的嚴肅口吻。

「進來。」門裡傳出字正腔圓的語音。

以沫吞了口口水，轉頭看向里易和小閻羅，在兩人都點了點頭之後，以沫提起勇氣推開了會議室的門。

「碰」的巨響讓以沫驚呆了。

適應了會議室內較亮的燈光後，以沫看見了會議室內的人都驚訝的看著自己，以沫驚慌的轉頭，她看見里易和小閻羅也張大著嘴，吃驚的看著自己。

「哈哈哈……」室內的中年大叔們發出爆笑聲。

「以沫，你太用力了啦。」小閻羅低聲對著以沫說。

經小閻羅這麼一說，緊張的以沫才搞清楚發生了什麼事，頓時漲紅了整張臉。原來，她剛才太過緊張，看著會議室沉重的木門，下意識的出力使勁推，可是她忘了自己是以活人的身體處在陰間，她擁有過人的力量。結果，就是那兩扇可憐的木門被她推飛了約十公尺之遠，轟聲跌落在地上，落地後的門兀自向前滑行，直到撞上了會議室另一面的牆才停了下來。

「唉！活人。」一個中年大叔說。

「站到這來吧！」另一個中年大叔說。

長方形的會議室中擺進了一個U字形的會議桌，而U字形長桌的開口處靠近會議室的門，以沫、里易和小閻羅三人正垂手站在那裡。

U字形會議桌的另一頭，也就是圓弧弧頂處的位置，那個座位被空下來了，而十殿閻王們則分別坐在U字形會議桌的兩側直排的座位上。

「我們是十殿的閻王，我是一殿閻王秦廣王，今天我們難得的聚在一起，是因為發生了一件大事，我們在商討如何處理較佳。」坐在U字形右側的第一個位置的中年大叔說，他長得寬額大耳，下巴蓄有短短的鬍子，看起來像個仁慈的老爹。

十殿的閻王們都穿著古代正式的官服，而他們的烏紗帽都放在身旁的桌上。他們的古代穿著和現代化會議室裡的設備，看在以沫的眼裡很衝突、很不搭，但大家似乎都不以為意。

以沫推斷，如果他是第一殿閻王，那麼右側的最後一位，也就是座位最靠近以沫三人的是他們已經見過的小閻羅父親，是第五殿的掌管者，也就是說，右側這一排坐的分別是一至五殿的閻王，而左側這一排坐的是六至十殿的閻王。

「那麼，中間那個位子是誰的呢？他怎麼沒有參與這次的會議呢？」以沫好奇的想著，直到被那尖酸刻薄的聲音打斷。

「哎喲，好久不見啊，小閻羅，馬上就和陽世來的活人混在一起了啊，我就說嘛，有其父必有其子啊，嘿嘿。」九殿閻王最後的兩聲乾笑令人全身不舒服。

小閻羅握緊了拳頭，拼命的忍住回嘴的衝動，用力得連指節都泛白了。以沫和里易注意到了這點，擔心的對望了一眼。

「平等王，就事論事，別損人了。」三殿閻王這時開口了。

「好好好，我不過開個玩笑。」雖說自己是開玩笑，但九殿平等王的眼底可是一點笑意也沒有。

九殿平等王形容削瘦，臉上佈滿了深深的皺紋，還蓄著一小撮花白的山羊鬍，官服在他身上看起來寬寬鬆鬆的。

「他們人已經在這裡了，有人要提問的嗎？如果沒有的話就要下結論了。」秦廣王看來是會議的主持人。

十殿閻王們有的左右看了看，有的則是顯得很累的揉了揉眼睛，有的則無聊的注視著自己的手指，沒有人提出問題。

「好，第一，回去之後，我們必須控管好部下們的手機狀況，加強執行公務時的手機使用規範，防止相同的事再度發生。」秦廣王宣佈第一點。

「我的阿鼻地獄完全由鐵網包圍，手機的訊號很差。」九殿平等王說。

「這個問題應該不是這個時候提出。」秦廣王平心靜氣的說。

「我都提出這麼多次了，問題每次都得不到解決。」九殿平等王抱怨道。

「是啊，越往後面的資源越少，每天都和那些重刑犯周旋，我都快得憂鬱症了。」八殿閻王不滿的說。八殿閻王肥肥胖胖的，官服的腰帶特別寬。

「地藏說過會設法處理的，都市王你就耐心點吧。」三殿閻王再次開口。

「哼！」九殿平等王冷哼了一聲。

八殿都市王像是想再反駁些什麼，卻被九殿平等王伸手按住。

「第二，這次的活人闖入事件，並非像我們先前處理的那些預謀性的犯案，因此，我們上秉地藏王，加強鬼差方面的專業訓練，並在陰陽界增加一些隨機的巡邏。」秦廣王說。

「人力已經不足了，還要派員巡邏？」八殿都市王抱怨。

「我們再怎麼擴編人手，也趕不上這個世界的人口增加速度，原本的業務已經夠吃緊了，還要增加新業務？」九殿平等王附和著說。

「我們總不能冒著放任陽世的活人任意利用陰陽界的風險吧！」三殿閻王顯得有點不耐煩了。

「宋帝王你注意自己的語氣。」八殿都市王沒好氣的說。

三殿宋帝王雖然一臉氣呼呼的模樣，卻忍住了不再發言。

「第三，此次偶發事件關係複雜，傅里易，以下稱傅魂，在嗎？」秦廣王看向以沫一行人。

「在。」里易有點不知所措。

「你因在陽間犯下過罪，致使一條無辜的小生命提早夭折，所以十殿中轉劫所的壽命司判你當扣掉六年陽壽。」秦廣王嚴正的說。

「請問，六年的陽壽是很重的處罰嗎？」里易大著膽子問。

「是的，減去六年陽壽的確是個非常重的處置。」

「喔！」里易不知為什麼，在聽到自己被扣了六年陽壽是個很重的處罰後，忽然鬆了一口氣，腳下一軟，踉蹌了一小步。

以沫心想，可能是受到這樣重的處罰，反而讓里易心上的自責大石減輕了一些。他受到應有的懲罰了，他不必那麼的自責了，他可以放過自己一點點、放過自己一下子。

這一切都看在十殿閻王們的眼裡。

「不過……」秦廣王接著說。

「是的！」里易迅速的站直身子。

「不知是壽命司的計算出了問題，還是在十殿轉交公文給一殿的時候出了問題，原本預計扣除六年陽壽的公文，卻……」秦廣王猶豫了一下。

「被扣成了六十年。」十殿轉輪王接著說完。

「什麼！」里易和以沫低呼出聲。

「轉輪王說得沒錯，因此，你的陽壽未盡。」秦廣王說。

「難怪……」里易低喃。
「難怪什麼？」以沫低聲問里易。
「你記得嗎？我們在密林裡時，我曾告訴過你，那土地公廟的廟祝，也就是陰差，他在看到我的時候曾說過『你應該不會這麼早來報到』這類的話。」里易恍然大悟的說。
「不過，傳魂如果依尋常報到步驟，勢必會發現陽壽誤扣這一事，必會遣送還陽。但傳魂卻擅自逃脫押送隊伍，還竊取鬼差手機，更引進陽間未死之人到陰陽界來。」秦廣王停住不說。
會議開頭時那輕鬆的氣氛已不復存在，里易和以沫兩人聽得滿頭大汗。
「你們還擅闖『懼慾幽林』，那是歷代閻王修煉的場所。」十殿轉輪王補充說明。
里易和以沫的頭垂得更低。
看來，我們的陽壽說不定被扣光了還不夠用，以沫心想。
「不過，如果不是陽壽計算方面出了問題，這次的事件也不會發生。所以，我們尚未決定你們的處罰。」秦廣王說完看向五殿閻羅天子，接著說：「五殿閻羅天子將犯魂羈拿到案，所以，此次犯人的處置與發落交給閻羅天子處理。」
第三項決議並未引來任何的反對，看來大家都樂得少一件麻煩事。
「另外，馬魂，你決定留下來抵償自己所犯下的錯？」秦廣王問以沫。
「是，是。」以沫沒想到自己會被叫到，因此嚇了一跳。
「你的肉體將會被送回陽間，犯魂留下來抵償你所犯下的錯誤，等到抵償完畢後，再由鬼差送你還陽。」秦廣王將桌上的一個葫蘆往前一推。
「不然，地獄恐怕要被你的肉身夷為平地了。」三殿宋帝王看著地上的那兩扇厚重的木門說。
此言一出，十位閻王都笑了。

「這是？」以沫看著秦廣王命人送上的通體黝黑葫蘆問。

「這裡面有靈丹一顆，讓你的魂魄可以離開肉體，而肉體卻不會腐敗。」秦廣王補充：「茱麗葉用的那種。」

雖然這群「伯伯們」個個氣勢懾人，但不知為何，他們讓以沫感到十分信任。除了咄咄逼人的九殿平等王之外，以沫打從心底的不喜歡他。

以沫原本就抱持著信任的態度，再加上秦廣王的補充，「茱麗葉用的藥」這句話更打消了她原有的不安。

分別生於有著世仇的卡帕萊特家族和蒙特鳩家族，茱麗葉和羅密歐兩人的戀情本就深植著詛咒。最後二人為了能維護戀情，茱麗葉先服假毒，讓自己進入一種瀕臨死亡的假死狀態，計劃醒來後能與羅密歐私奔。

但，負責將茱麗葉假死消息傳遞給羅密歐的人並沒有完成任務，當羅密歐見到假死狀態的茱麗葉後，悲慟萬分而自殺。茱麗葉醒來，發現服毒自盡的羅密歐後，拔出羅密歐的配劍，飲劍自殺。故事的結尾，兩個家族因自責與羞愧而和好，卻更加激盪出這個故事的悲劇成份。

「這次來到地獄，我們會以喜劇收場嗎？抑或是悲劇結尾呢？」以沫走上前去，接過仙丹，毫不猶豫的吞了下去。

「好女孩兒，有膽識。」十殿轉輪王低聲喝采。

服下靈丹的以沫只覺一陣暈眩，好像坐上雲霄飛車般，天旋地轉。

等到她覺得暈眩感稍稍消停時，她發現自己依然站在原地。但是，當她看見自己的肉體癱軟在她身前不遠處時，她嚇了一跳，暈眩又重新佔據了她的腦袋。

「好，那今天開會就到這裡，會後閻羅天子和平等王留步。」秦廣王一說完，六殿閻王迫不及待的起身，匆匆的離開會議室。

其它的閻王紛紛散去，以沫看著里易和小閻羅，不知道這樣的開會結果對於他們三人到底是好是壞。

「叫兩個赤髮過來。」秦廣王按下對講機，對著對講機那端的人說。

不一會兒，兩個紅頭髮的鬼差快步走了進來，他們的長長紅髮遮住了整個臉。秦廣王低聲交待了他們幾句，然後拿出一個透明的瓶子，唸了幾聲咒，以沫的身體就被吸進了小小的玻璃瓶中。

「請……小心一些。」看著秦廣王將瓶子交給鬼差，擔心的以沫忍不住提醒。

兩個赤髮鬼轉過頭看了以沫一眼，其中一個點了點頭，轉身離開了。以沫無力的道了聲謝。

「關於新部門成立一事，進行得如何？」秦廣王輕鬆的問。

「不知總經理為何會選上小犬，他……他志不在此。」閻羅天子轉頭看了小閻羅一眼。

小閻羅則是不安的低下了頭。

「是啊，我也不懂地藏的用意何在？我的兒子在學校可是成績名列前茅的學生，選了我兒子，又選了閻羅小子，地藏的用意到底是什麼？」平等王的語氣非常尖酸，而且說話時頻頻看向小閻羅。

小閻羅不知是因為生氣或是強自忍耐，身體微微顫抖著。以沫擔心的看著這個新交的好朋友，而里易則激動的怒視著平等王，雙手早已握緊成拳。

「這個……我也不懂總經理的用意，但是我知道他這麼做一定有他的理由，希望兩人能好好的規劃與準備。」秦廣王像是想對小閻羅說些什麼，卻又硬生生的停住。

「總經理的腦袋一向是清楚的，我定輔助小犬完成任務。」閻羅天子堅定的說。

「哼，什麼怪政策，整人嗎？」平等王冷哼一聲，轉身離去。

「小心又長出角來，冷靜點。」閻羅天子走近，笑著對里易說。
「我……」對於閻羅王忽然變得如此的平易近人，里易感到驚訝。
「你知道了？」小閻羅終於抬起頭來。
「小米有點消化不良，一定是你又給牠吃怪東西了。」閻羅王笑著說。
「燈給你關，我先走了，記著，別留小辮子讓平等王揪住。」秦廣王用兩隻手指頑皮的指著里易和以沫。
「嗯，放心啦，我有『嚴厲』的處置。」閻羅王故意將「嚴厲」兩字拉長。
「最好是。」秦廣王揮揮手走了。
「怎麼啦？直盯著我看？你覺得我很帥嗎？」閻羅天子笑著對以沫說。
「沒……沒啦……，不，我……我是說沒有啦……」以沫覺得窘迫，一是因為自己盯著閻羅天子看而被指明，另一是因為閻羅天子的言行和剛才開會時太不相同了。
「因為我的表現和剛才開會時很不同嗎？」閻羅天子裝出一張古怪的臉。
「嗯。」以沫覺得這裡的人，喔，不對，是這裡的「傢伙」都會讀心術。
「沒辦法，大多數的人，都以為『嚴肅』就是『認真』，如果我開會時不『嚴肅』一點，他們就會覺得我不『認真』。」閻羅天子一面說，一面捻熄了牆上的電燈開關。
「『嚴肅』不等於『認真』，但『小丑』等於『認真』的可能性更低吧！」小閻羅賭氣的說。
「同學們又說了我什麼是嗎？然後你就打了他們？」閻羅天子忽然嚴肅的說。
「我……」小閻羅又垂下頭去。
以沫和里易兩人面面相覷，他們好像知道了小閻羅為何會蹺課，在慫懼幽林閒逛的原因。他們兩人更替小閻羅擔心，因為閻羅天子看起來要大發雷霆了。

「下次別再這樣了，能笑著解決的事，為何不笑著解決呢？」閻羅天子爽朗的笑了，摟著小閻羅的肩膀。

18 孽鏡臺

一行人又搭乘電梯回到「交簿所」一樓，偌大的會場內，充斥著繁忙，除了官員差吏們來回的奔走之外，惴惴不安的亡魂們更吸引以沫的目光。

以沫發現，有些「與眾不同」的亡魂，他們佔極小的比例，目光淡定，行為舉止舒緩。為什麼會這樣呢？是因為他們對死亡有了深一層的體悟嗎？他們在生前早就做好面對死亡的心理準備嗎？

來到「交簿所」外，以沫還是覺得很神奇，頻頻回望。外觀如此精巧，約莫一家尋常星巴克大小的建築，裡面怎麼會有那麼大的空間呢？

「這個很難解釋，以後慢慢再談。」閻羅天子淡淡的說。

「你們都能讀到我內心的話？」以沫雖然感到吃驚，但驚訝的程度已不如一開始。

「因為你的內心很有力量吧！」閻羅天子只丟下這樣的一句話。

「應該快到了。」馬面看著手錶說。那是個精典樣式的三眼錶，但上面有些奇怪的文字，刻度和指針也比陽間的錶複雜得多。

果然，牛頭出現在轉角，手中拉著兩條皮繩，皮繩的另一端繫著兩頭約黃金獵犬般大小的獸類。

「怎麼那麼久？」閻羅天子小小的抱怨。

「小米太久沒見到朋友，玩到忘了時間。」牛頭瞪了小米一眼。

「牠是小米？」以沫和里易不可思議的同聲說。

「是啊，另外這頭是小麥，牠比較乖。」牛頭摸了摸小麥的頭。

「小米只聽小閻羅的話而已。」馬面說完哈哈大笑。

牛頭將小米的皮繩交給了小閻羅，將小麥的皮繩交給閻羅天子。

「屬下還有事要忙，有隻亡魂略會法術，在第二層地獄裡逃竄，不肯受罰，小鬼們拿他沒辦法。」牛頭無奈的說。

「辛苦了，先去忙吧！」閻羅天子揮揮手，牛頭馬面敬個禮後轉身快步離去。

閻羅天子放下皮繩，低唸了聲咒，小麥倏地變成了碩大的怪獸，和小米不同的是，小麥的背上有著一對巨大的翅翼。

里易和以沫不自覺的後退了小半步。

「我先回去了，你們也早些回來，注意安全。」羅閻天子說完，雙腳輕夾，小麥在地上小跑了兩步之後，輕鬆一躍，就騰空飛去，不久就成了天邊的一個小黑點。

「那我們？」以沫回過頭來問小閻羅。

「想去逛逛嗎？」

「逛逛？」里易感到不解。

「嗯，逛逛。」

「可是，我們不是正在受到處罰嗎？」以沫問。

「處罰是之後的事，要看父親大人如何處理。」小閻羅終於慢慢變回了那漫不經心的語氣和態度。

「可是……我們不是要被關起來……之類的嗎？」以沫找不到適當的詞

「你們想被關？」小閻羅感到驚訝。

「不是啦……我是說……」以沫連忙解釋。

「哈哈哈……」小閻羅和里易兩人忽然大笑。

「你們在笑什麼？」以沫沒好氣的問。
兩人依然大笑，偶爾停下來喘口氣，隨即又捧腹大笑。
「哈哈哈……」以沫也放聲大笑。
里易和小閻羅兩人，這時忽然停下了大笑。
「你在笑什麼？」小閻羅問。
「那你們在笑什麼？」以沫微嗔。
三人相視後又大笑了好一陣。
三人都明白，這場大笑，大家都笑得很開懷，但心裡的思緒卻是極為複雜的，是三言兩語所交待不清的，或者說，連自己也理不清心裡的情緒。
這是多麼荒謬卻又多麼真實的一天，他們充份體會到生與死之間的界線竟然這麼模糊。聽似神話般的地獄竟然轟然呈現在自己的眼前，閻羅王、牛頭、馬面、亡魂、陰差……還有十殿閻王的聯合審判。
這些都讓三人的神經緊繃，彷彿只要有人輕輕一挑，三人那繃緊的神經琴弦就會應聲而斷。而現在，他們竟然站在這裡，一邊看著地府昏暗的「夕陽」，欣賞著由「大焦石山」所散發出的迷人光芒，一邊想著等等要到地獄第一殿的哪裡去逛逛，這實在……太令人不可思議了。
「與其哭喪著臉，不如笑吧。」話一出口，以沫自己嚇了一跳，她好像受到了閻羅天子的影響。
里易和小閻羅兩人也微微點頭，彷彿同意以沫的話是剛才那場大笑的最佳註解。
「我先帶你們逛逛一殿，也許對競賽會有幫助。」小閻羅說完指向「交簿所」旁的一條小路。
「競賽？」以沫問。
「你們還是先不要知道太多比較好，我不確定我可以透露多少，這是為了……保護你們，懂嗎？」小閻羅走在前面，頭也不回的說。

「嗯。」以沫問答，而里易只是默默的點點頭。

「對了，剛才牛頭說的那個『會法術的亡魂』是怎麼回事啊？」里易提出問題。

「有些在陽世會法術的人，心懷不軌，到了地獄必須受罰，他們或是心裡害怕，或是惡性不改，有些會用在陽世學到的法術規避處罰。」小閻羅慢下腳步，等兩人跟上，並肩走著。

「遇到這種情況要怎麼處理？」

「法術弱的，牛頭和馬面就可以處理，封印他們的法術就行。遇到法術強的，就費時一些。」小閻羅皺了皺眉。

「怎麼處理？」以沫的好奇心被挑起。

「遇到法術強的，就要十殿閻王等級的人幫忙處理，先強逼那人喝下孟婆湯，然後投胎轉世，十殿的轉輪王會將他的陽壽降到一年以內，或讓他一出世即夭折，這樣他就會忘光先前所學的法術。」小閻羅的眉皺得更緊了。

「感覺好像有點殘忍。」以沫說。

「這也是無可奈何的手段啊！」里易語氣有點冷酷的說。

「嗯，你們兩個說的都對，地獄對這類型的問題也分成了兩派，一派是贊成嚴罰酷刑的高壓派，另一派則是鼓吹輔導教育的懷柔派，兩派常對制度的改革爭執不下。」

「那會法術的人在夭折回到地獄時，他已忘了之前做過的事，如何受罰？」以沫問。

「嗯，現在我要帶你們去的地方，就是專門解決這種問題的。」小閻羅指著下一個路口，示意兩人在這個地方轉彎。

「什麼問題？」以沫問。

「忘了自己生前或是前世做過多少壞事的人！」小閻羅又帶著他們拐了個彎。以沫發現，這個地方應該是「交簿所」的正後方。

「那是？」里易指著前方的高臺。

「那是孽鏡臺。」

「這裡感覺起來冷清不少，人潮少很多。」里易一面觀察，一面問道。

「嗯，因為，來到一殿的人，在交簿所報到後，善人將會被引導往西天極樂世界；而功過參半的人將會被引導往十殿轉輪王那裡，再次投胎，進行輪迴。只有那些過大於惡的人，才要留在地獄受罰，而受罰者的第一站就是這裡，孽鏡臺。」小閻羅說。

「難怪，那裡寫著『孽鏡臺前無好人』。」以沫指著大鏡子旁的一塊布旗。

小閻羅和里易一起抬頭。

只見前方一座高臺，長寬約莫有一個籃球場大小，平臺約一個人高。平臺臺身是清水模樣式，看起來再平凡不過，但臺上的大圓鏡看來是年代久遠的古物。

平臺旁曳著一列長長的隊伍，在鬼差的引導下，由左邊的樓梯上去，由右邊的梯子下來。

三人沿著平臺左邊的階梯拾級而上，以沫發現，來到這裡的亡魂，該怎麼說……眼神和氣質都顯得有點……

「侵略性？」小閻羅說。

「連你也會這招？」以沫很驚訝。

「你在心裡講得太大聲了。」小閻羅一臉無奈。

「該不會你也聽見了？」以沫轉向里易。

里易雙手一攤。

以沫還發現，這裡的鬼差們都長得比較兇惡，態度也比較不留情面。一個亡魂在登上最後一級臺階時腳下一軟，跪倒在地，臺上的判官立刻低吼一聲。接著，守在一旁的鬼差立刻對他抽了一鞭。

「嗚……」以沫倒退了一步，她覺得那道鞭子的響聲彷彿可以衝破雲霄。

判官和鬼差見到三人登上了平臺，起先是皺了一下眉，露出警戒的神色，待到他們發現其中的一人是小閻羅時，他們才在臉上堆出了笑臉。

「小閻羅，今天怎麼會到孽鏡臺來？」判官立刻起身，迎上前來，鬼差則是低聲喝住了上臺的隊伍，不再讓罪魂上來。

「沒什麼特別的，帶了兩個朋友來看看這裡。」小閻羅又變回那個在會議室中嚴肅的他。

「喔……原來是這樣，你們要參觀些什麼呢？」判官畢恭畢敬的樣子，和剛才對待罪魂的態度天差地別。

「考察平日的作為，平日做什麼，現在就做什麼吧，不必特別。」小閻羅冷冷的說。

「是是是……」判官使了個眼色後，急忙回到自己的座位上，鬼差重新放行隊伍。

剛才因腳軟而挨鞭的那名中年男子，來到了判官桌前。

第一次旁觀判官審案，以沫和里易既緊張又期待。以沫見那中年男子相貌平平，唯唯諾諾的樣子，看起來應該不會做些什麼大壞事。

「在食品中加入非法且有害人體健康的食品添加物，圖謀暴利；又苛扣員工待遇，每每在資深員工屆齡退休，即將取得退休金之前，藉細故辭退員工，讓那些一輩子為工廠犧牲奉獻的員工晚年連溫飽都有困難，間接害得別人的家庭支離破碎；更覬覦年輕女性員工的美色，常在與女性員工獨處時，上下其手，極盡輕薄之能事。以上，你可知罪？」判官宣完罪狀，重重的敲了一下法槌。

「沒有……沒有的事……我都是秉持良心在做事，秉持著良心在待人啊……」中年男子低聲哭嚎著。

以沫覺得有些不忍，微微的撇開頭去。

孽鏡旁的兩名高大壯碩的「赤髮」走上前來，將罪魂押送到孽鏡前，讓他跪在鏡子前，一人一邊，將他牢牢按在地上。

以沫現在才有了仔細打量孽鏡的機會，那面鏡子是正圓形的，約有十人合抱那麼大，通體黝黑，飄浮在平臺清水模地面上約三十公分到五十公分處。

當罪魂被強押到鏡子前時，鏡子起了變化，鏡子的中央處開始慢慢發亮，然後出現了影像。

「真像奶奶家的那台映像管舊電視。」

鏡中快速的撥出了幾個畫面，雖然不長，但都是決定性的關鍵畫面，如中年男子如何指使員工在食品中加入不良添加物、如何栽贓員工挪用公款而辭退員工、如何侵犯落單在工廠的女性員工……

「真是太可惡了。」以沫氣得滿臉通紅。

中年男子則知狡辯不成，索性破口大罵起來。

「這什麼制度啊，老子就是有辦法，錢、女人，哪個不是自己送上來的，就這幾條，你能判我進第幾層？老子才不怕。」

「我們等你很久了。」判官從身後的資料櫃中，拿出一個資料夾。

「喔喔……你們算是運氣好呢？還是運氣差呢？你們看的第一個審判就是一件重案級審判。」小閻羅小聲說。

「重案級？」里易低聲問。

「看到那個資料櫃吧？那是用來存放甲子冊檔案的紙本檔的，裡面記錄的都是些罪大惡極的人，他們的罪難以估量，因此，在陽間的陰差們會先行探訪，並紀錄評估，按時匯報，才不會審到這類型的重案犯時，曠日費時，又有可能誤判或漏判。」小閻羅說。

「這幾十年來，地府有些要投胎轉世的亡魂無法順利進到他們所要投胎的家庭中，只因你的不良食品添加物，引得為數眾多的善男信女不孕，無法順利生育，又害人罹患癌症，雖無直接奪人性命，但間接計算，你斷了三萬四千三百二十二人的子嗣，害死了六萬八千八百二十一人。」判官說完，盯著中年男子看。

「我……我……我……」只見中年男子面色如土，臉色瞬間憔悴。

「在陽間輕判你的法官，已經先在油鍋裡等你了。」判官霸氣的說。

當「赤髮」押著中年男子站起來時，中年男子四肢癱軟，連脖子都無力的低垂著，像極了一條晾在欄杆上的破爛抹布，隨著「赤髮」堅定的步伐而微微的晃啊晃的。

「歡迎來到地獄。」小閻羅有點戲謔的說。

「說不定，這是人性的最後一道防線。」里易很少像這樣發表自己的想法。

「可是，人類投胎不是會忘掉這一切嗎？包括審判和受罰，不是嗎？」以沫饒富興味的追問。

「嗯，那是宣傳部的工作，改天我再帶你們過去。」小閻羅一邊看著下一個犯魂，一邊說。

三人又看了幾個審判，小閻羅看到以沫偷偷的打了個哈欠。

「該回去囉，你們一定累了。」小閻羅率先走下孽鏡臺。

三人又回到「交簿所」前，小閻羅放開了手上的皮繩，低聲唸了道咒語，小米回復成先前巨大的模樣。小米甩了甩頭，牠的背上出現了兩個突起的半球，那毛皮底下好像有什麼正在掙扎著衝出。

「小米的羽化比較吃力。」小閻羅解釋。

「羽化？」以沫的疑惑並沒有持續太久。

衝破毛皮而出的是一對黑色的翅翼。小米揮了揮翅膀，完全展開後的翅膀看起來更加巨大。

「上來吧。」小閻羅伸手拉了里易，里易坐穩後拉了以沫。

小米輕輕的跑了幾步後，猛然一躍，在以沫的低聲驚呼中飛上了天空。

他們正往第五殿前進。

19 閻羅的家

聽著耳邊呼嘯的風聲，看著腳底下迅速後退的建築與樹木，以沫和里易還是很不適應。

「剛才那群建築物是什麼？」以沫必須大喊，小閻羅才能聽見。

「喔，剛才經過的是第二殿。」

「陰陽界有多大？」以沫問。

「老實說，我也不知道，沒有人探索過邊境。」小閻羅回答。

「那麼……地獄為什麼要蓋在……嗯……這一塊地方。」以沫問。

「看到那座山了嗎？」小閻羅指著右手邊的一座光禿禿的高山，繼續說道：「那是大焦石山，地獄的光源就是來自那座山，我想，地獄會被設置在這裡，應該是因為光源的緣故吧！」

「那這樣分得清楚白天和晚上嗎？只看天色的話。」里易問。

「哇，看不見山頂唉，它直入雲霄。」以沫讚嘆的說。

「那個不是雲，是某個結界，我們從小就被告知不能靠近。而且，大焦石山很奇特，晚上時，它的光芒會變得比較微弱。」小閻羅表情凝重的說。

「好神奇！」里易和以沫猛盯著大焦石山瞧。

「鬼門關在大焦石山正北方五百里處，一進鬼門關後就屬於地獄的範圍，地獄十殿圍繞著大焦石山，從正北方的鬼門關往順時針的方向排列，先是第一殿，然後是我們剛才經過的第二殿……一直到第十殿，第十殿就在第一殿的旁邊，也在大焦石山的北邊。每一殿都距離大焦石山五百里，連鬼門關在內，可以連成一個大圓。」小閻羅娓娓道出。
「也就是我們等等要去的五殿，是在大焦石山的南邊囉。」里易試著推理。
「是的，在南邊偏東一點點，而且，每個殿相距約一百五十里。」
「也就是說，從一殿到五殿約一千里囉！」
「怎麼算的？」以沫不解。
「假設從一殿到大焦石山約五百里，那麼五殿和一殿分別在地獄的兩端，像是圓的直徑，那麼就把五百里乘以二，就可以得到一千里的答案。」
「沒錯，你的腦袋很清楚，而小米一分鐘可飛二十里……」
「所以，我們五十分鐘就可以到你家了。」以沫打斷小閻羅，說出了正確答案，等著被稱讚。
「你啊，還是像以前一樣，喜歡搶答。」里易說完笑了起來。
「而且，大焦石山之所以被稱為大焦石山，是因為山裡一直有長燃不滅的山火，火光經過轉折及反射，才會照映在陰陽界裡，山的周圍五十里寸草不生，山的周圍十里處，連地面都是滾燙的。有些需要用到熱源的小地獄，就會蓋得很接近大焦石山。」小閻羅如數家珍的說。
「如果像你先前所說的，五殿也會有十六個小地獄囉？」里易問。
「嗯，改天可以帶你們去參觀。」
「那今天晚上呢？」以沫有點擔心的問。
「今晚？你們住我家啊。」小閻羅理所當然的說。
「你家？你家會不會很忙？會不會打擾你父親工作？」以沫擔心的問，里易點頭表示他也有同樣的問題。
「不會啦，工作的地方是工作的地方，休息的地方是休息的地方。」小閻羅又露出了有點戲謔的招牌笑容。

「到了喔！」小閻羅轉身對里易說。

「以沫，醒醒。」里易搖了搖以沫的肩膀。

小米飛得很穩，小閻羅提議里易和以沫兩人先小憩一下，而過度勞累的以沫，用頭抵著小閻羅的背，想要閉著眼睛休息一下，竟然沉沉睡去。這也難怪，這兩三天發生了太多的事，逼得以沫總是要拿出百分之一百二十的精神力來應對。

「嗚，再讓我睡一下下嘛……」以沫揉著眼睛說。

「坐穩，要下去囉！」小閻羅說。

「下去哪裡？」以沫驚醒，忽然想起她並不是在家裡的床上，而是在人生地不熟的地獄裡。

就在以沫睜開眼的同時，小米已經漂亮的降落在地面上，又緩衝了兩步，小米輕輕的蹲下身，讓背上的三人下來。

以沫一看，有點疑惑的揉了揉眼睛。這裡看來……就好像……陽間一般的社區。

一排長長的街道，總共有幾十戶人家吧，小閻羅的家是其中的一間。那是獨棟的別墅區，每家都有個小小的前院和後院，房子的兩旁有著小小的步道，房子和房子間的距離不大，卻能讓兩戶之間不會互相干擾。

雖不奢華，卻也讓人覺得氣派穩重。

房子的四周有著矮矮的女兒牆，是淺灰色的空心磚砌成的，前院的大門是白鐵色的不鏽鋼柵欄，感覺很輕易就能翻越。

房子的外觀很新穎，外牆是米色的二丁掛，配上白色的氣密窗，和黑色的鑄鐵大門。鑄鐵大門上有盞光色溫暖的小燈。

「這裡是五殿？怎麼這麼……『現代化』？」以沫睡眼惺忪的問。

「這裡是小閻羅的家啦，我們剛才飛過五殿時，你睡得跟豬一樣，睡豬。」里易笑著說。

「所以說，五殿……」睡飽的以沫好奇心再起。

「應該和你所想的一樣吧，古色古香的建築。」里易說。

「這裡算是員工宿舍，我們也是最近才搬過來的，之前還是住在舊式的宿舍。」小閻羅說。

「五殿的……『員工們』都能住在這麼棒的房子？」以沫問。

「沒啦，就官位比較大，住得比較好，有些單身的官員，會幾個人合宿一棟房子。」小閻羅解釋道。

「這裡看起來好大，有多少房子啊？」以沫左右張望著。

「共有四十九條街，每條街的房子數不太一樣，官員區的房子較大，每條街有四十九棟房子，官差區的房子是連棟的，每條街有九十八棟，陰差區的房子多為一層一層的公寓。」

「我就說，這小米只有你才管得了。」門口傳來了一道女聲，一個女子站在小閻羅家的門口。那名女子綁了個鬆鬆的馬尾，脂粉不施，卻給人一種清新美麗的感覺。她穿著艾迪達的運動套裝，灰色底布，身側的飾條是桃紅色的。合身的運動服襯出了她健康的身材。

「回來了。」小閻羅帶著兩人走進玄關。

閻王的家和以沫所想的完全不一樣。

房子內部的裝潢走的是極簡風，客廳的裝潢以白色和綠色為主，白色的書櫃，白色的牆色，米白色的地磚，草綠色的桌子，蘋果綠的沙潑，連幾個收納的抽屜都有著淺綠色的櫃門。

客廳裡只擺著一架電視，和一臺音響，剩下的是一整面牆的書櫃。

「終於回來了。」閻羅天子坐在沙發上，電視裡正播著陽世間的新聞。

「咦？新聞？」以沫驚訝的說。

「是啊，我們的工作，必須每天監看陽世的舉動，讓我們的調查方向更加明確。」閻羅天子用搖控器關掉了電視，起身走向餐廳。

「吃飯囉。」女子溫柔的催促。

「嗯。」以沫盡量有禮貌的回應，她還是不知道這女子是小閻羅的媽媽，抑或是小閻羅的姐姐，所以她不敢輕易的開口問安。

「這是你媽？」里易直接問坐在身旁的小閻羅。

以沫緊張的用手肘撞了里易的手肘，連忙使眼色要他注意禮貌。

「不然呢？」小閻羅笑著回答。

「因為伯母太年輕了，我不確定她是你的媽媽還是姐姐。」里易直說。

「哈，小伙子就是老實。」閻羅夫人開心的笑了。

「小伙子不學好，專學油嘴滑舌。」雖是在批評里易，但閻羅天子卻是對著自己的妻子說的，大家都知道他是在跟妻子抬槓，桌上的人都開心的笑了。

「閻王你也很帥啊！」里易又說。

「看，才剛說你，你就馬上變老實了，真是不錯的孩子。」閻羅天子說完，大家又笑了起來。

桌上是簡單的四菜一湯，一盤蕃茄炒蛋，一盤涼拌小黃瓜，一盤肉絲炒空心菜，一盤照燒豬排，一碗蛤蜊湯。

「開動吧。」閻羅天子笑著說。

「好。」以沫和里易笑著回答，正當他們想要開動時，他們發現桌上沒有筷子。

「是閻羅夫人忘了擺嗎？」以沫心想。

閻羅天子夫妻和小閻羅深深的吸了一口氣。

以沫以為那是個特殊的儀式，所以專注的看著小閻羅。

「好吃，母親大人的蕃茄炒蛋是全地獄第一。」小閻羅笑著說。

以沫納悶的看著小閻羅，好奇他怎麼只用聞的就知道好不好吃。

「對啊，真的很好吃，我就是因為這道菜才娶她的。」閻羅天子臉上露出一個老頑童的表情。

一頭霧水的里易和以沫面面相覷。

「對了，我差點都忘了。」閻羅夫人起身離開餐桌。

「啊，我也忘了，真是抱歉啊。」閻羅天子對著以沫和里易道歉。

以沫和里易不只一頭霧水，現在更是如陷五里霧般的不知所措。

「這個。」閻羅夫人拿來了五雙筷子，一一發放。

「這叫煙貢，也就是說，鬼神們接受陽世人祭拜時，最重要的是香氣，在這裡，只要聞東西的味道，就能得到那樣東西的營養和能量。」閻羅天子說。

「今天是第一天，我們大家就一起吃吧！你該不會連筷子都忘了怎麼拿吧？去年的十殿閻王餐會時，你還手忙腳亂的用著筷子呢！」閻羅夫人笑著說。

「會啦，你很煩欸。」小閻羅真的手忙腳亂。

以沫看著這樣的兩人，媽媽總是愛在孩子的朋友面前洩孩子的底，而孩子總是會難為情的低聲咒罵兩句。但這一面調笑、一面咒罵的過程中，卻填充了滿滿的幸福。

以沫想起，自己以前也常常和媽媽進行這樣的對話，眼眶不覺紅了起來。

「你們這樣吃，不會怎麼樣嗎？」里易問。

「只是消化得比較慢而已，如果吸食香氣的話，約兩刻鐘……呃……也就是半個鐘頭就能得到滿滿的能量，如果直接進食的話，約要一整天才能消化。」閻羅天子說完，夾了一大把的空心菜，放到里易的碗裡。

在里易的連忙道謝聲中，大家紛紛拿起筷子。席間大家說說笑笑，以沫好久沒有這麼開心的吃晚餐了，一想起陽世的爸爸如果看到自己的軀體，不曉得會有多擔心，以沫的眼眶又紅了起來。

「別擔心，你父親那邊，我剛才親自去『托夢』了，雖然他醒來時可能會難以置信，不過，我看他的反應，他應該不會慌亂到什麼地步去。他會鎮定的等你回去的。而且，地藏那邊也派了專員處理了。」閻羅天子嚴肅的說。

雖然依舊談談笑笑，但是以沫的話少了許多。

餐盤很快就見底了，大家連連稱讚閻羅夫人的手藝。

「哈，好久沒吃得這麼開心，心兒，帶他們去梳洗一下，父親想和他們聊聊。」閻羅夫人起身收拾碗筷。

「我來幫忙。」以沫連忙起身，接過閻羅夫人手上的餐盤。

「心兒？」里易臉上露出古怪的表情，就像他平常在學校時，調侃同學的模樣。

「怎樣？就是這個名字，不行嗎？」小閻羅臉都紅了，嘴裡還不停嘀咕著「男生取名幹嘛用『心』這種字」之類的話。

「我家姓雍，所以幫他取這個名字，希望他能凡事『用心』，可是效果好像不太好。」閻羅天子搖搖頭。

「我哪裡不用心了？我很努力。」小閻羅在廚房中幫忙閻羅夫人和以沫，耳朵卻留在客廳，重要時刻還不忘插上一嘴。

「我說的『用心』不是『努力』，而是做任何事都真真切切的用『心』去體會，去感受，然後，用『心』去思考該怎麼做。」閻羅天子有點無奈的說。

「所以，全地獄有一半以上的人討厭你，所以，你才會從一殿被貶官到五殿來，不是嗎？」小閻羅笑著說。

「我覺得你的父親這樣很棒，我很崇拜他。」閻羅夫人說。

「我知道啦，只是酸他一下，不然我還能拿什麼反擊？對了，他都亂丟襪子這件事能說嗎？」小閻羅摀住嘴，故意裝出一個誇張的「糟糕了」的表情。

「好啦，幫忙完了就快去梳洗。」閻羅天子起身，推了站在樓梯口做鬼臉的小閻羅一把。

20 小閻羅房間

里易躺在小閻羅的床上，而小閻羅則在書桌前處理學校的作業。

里易心想，「看來，閻羅天子家鍾情艾迪達這個運動品牌，不只剛才閻羅夫人身上的運動套裝，連小閻羅的衣櫃裡，全是艾迪達的衣服。」

里易現在身上穿的，就是向小閻羅借來的公牛隊的球衣。換掉了身上學校制服的樣式，寬鬆又舒適的籃球服最能讓里易感到放鬆，雖然他比較喜歡踢足球。

環視小閻羅的房間，里易還發現，小閻羅可能從小耳濡目染，房間走的也是極簡風格，一套書桌椅，一張樸素的床，然後，就是一整面牆的書櫃，只有在床頭處，才擺了幾架陽世的鋼彈模型，還有幾張小米的照片。

「有點大，不過很舒服。」以沫從浴室出來，身上穿著閻羅夫人的衣服，那是一件粉紅色綴有白色小圓點的網球裝。

「太好了，母親說那件衣服她穿不下了。」小閻羅偷偷打量了以沫一下。

「不過，你這裡書還真多。」以沫一邊用溼毛巾擦頭，一邊瀏覽架上的書。

「中華文化多元民族融合之生死觀演變史、我所知道的地獄、輪迴轉世真諦、三昧正義……」以沫瞪大眼睛。

「你都讀這些？」里易看著另一櫃的經書，那些都是佛教和道教的經書。

「那些都是教科書啦！我的閒書在那。」小閻羅指著書櫃的最下面一層。

「海賊王？」里易驚訝的指著櫃子裡熟悉的書背。
「嗯，那是宣傳部的叔叔到陽間去時，幫我夾帶回來的。」
「宣傳部？」敲門聲響起。
「等等父親應該會跟你們提吧！請進。」小閻羅說。
「都梳洗好了嗎？」閻羅天子在小閻羅的房門口問。
「嗯。」
閻羅天子走了進來，席地而坐。里易和以沫連忙坐到地上，小閻羅捻熄了桌上的臺燈後，也坐到地上來。
「不好意思，家裡的茶沒有了，只有水果囉。」閻羅夫人端著一盤切好的蘋果，走了進來，將水果放在眾人中間的地上後，坐到了閻羅天子的身後。
「你們有咖啡嗎？」以沫突然問。
「呃……這個……咖啡在地獄是奢侈品，取得不易，你想喝咖啡嗎？」閻羅夫人有點為難的說。
「嗯，不過我有喔。」以沫跑進浴室。
「咖啡是奢侈品？」里易不解。
「我們也不知道為什麼，這是地藏王菩薩的法令，大家都要遵守。」閻羅天子說。
「嗯，只有『旅人咖啡』那裡有賣咖啡。」小閻羅雙眼發亮。
「嗯，在一殿和十殿中間，有家特別的店。」閻羅天子點頭說。
「在這裡，我剛才洗澡前，在口袋中發現的。」以沫開心的說。
「即溶咖啡！」小閻羅的眼睛更亮了。

「在我剛進到地獄時，我還背著上學時的書包，那裡面還有更多。」以沫有點惋惜的說。

「對了，在你吞下『茱麗葉的藥』之後，你的靈魂就出竅了，那時，你的書包連同身體就被兩個『赤髮』抬走了。」里易一邊回想一邊說。

「但，我不知道為何這幾包即溶咖啡會在我的身上。」以沫疑惑的問。

「這有點奇怪，人的靈魂出竅時，應該是完全裸露的，但礙於文化習俗的關係，地獄特增了法令，除非是極惡的犯魂，否則亡魂大多得以生前最後一套衣服的樣式蔽體。那時你身上穿著的是制服，但除了那套蔽體的制服之外，應該不會有其它的東西留在身上才是。」閻羅天子仔細推敲著。

「可以先泡來喝嗎？我去倒熱水。」小閻羅不等父母回答，奪門而出。

「這小鬼。」閻羅天子輕啐了一口。

「這裡有三包，全都泡了，大家分著喝，好嗎？」以沫貼心的問。

閻羅夫人點點頭，閻羅天子兀自低著頭思考。

「來了來了。」小閻羅提著一個熱水瓶和五個鋼杯，水瓶裡頭的水因晃動而發出叮叮咚咚的響聲。

以沫撕開其中一包，將即溶咖啡粉倒入壺中，咖啡的香氣瞬間充滿整個房間。閻羅天子也停下思考，提起頭來，看著以沫將第二包即溶咖啡粉倒進壺中。

「咦？」當以沫準備要將第三包即溶咖啡粉倒進熱水壺中時，卻發現一點東西也沒有倒出來。

以沫將手上的包裝湊近眼前一看，發現裡面有張折疊的紙片，以沫小心翼翼的將它抽出，皺著眉讀出卡片上古色古香的文字。

旅人咖啡超值下午茶套餐兌換券
人數：五人
地點：旅人咖啡總店
時間：明天下午三點整

「喔喔……」小閻羅露出驚恐的表情。

「我從陽間帶來的咖啡即溶包裡，怎麼會有地獄咖啡店的兌換券。」以沫原先只是好奇，但在看到了小閻羅驚恐的表情後，跟著恐慌了起來。

「這……實在很奇怪。」里易說。

「不，一切都明朗了。」閻羅天子倒了些咖啡進自己的杯子，然後啜了一口。

「明朗？」以沫、里易同聲問。

「嗯，旅人咖啡是地藏王菩薩開的店。」閻羅夫人說完，接過閻羅天子的杯子，也啜了一口咖啡。

「你們怎麼敢喝？地藏知道我們在喝管制品。」小閻羅問。

「嗯，這咖啡想必是他賞給我們的，這字條的目的，大概是希望我們今晚還先不要告訴他們兩人競賽的事，他可能想親口告訴他們吧！」閻羅天子幫三人斟了咖啡。

「競賽？」以沫問。

「你們明天就會知道了。」小閻羅一臉歉意。

「那就閒聊好嗎？我很想多知道一些陽間最近的事。」閻羅天子又恢復了笑容。

「咦！你們對陽間的事不是瞭若指掌嗎？」里易問。

「其實，我們只對判定善惡的事了解的比較多，尤其是陽間的惡人惡事，哪些人為了選舉中傷其它人，哪些人為了賺錢苛扣員工，哪些人為了詐財假借宗教名義欺騙世人，哪些人為了放生而殺生，哪些雙面人為了升官而巴結長官，又處處欺侮同事，利用職務之便作威作福……諸如此類的惡行。」小閻羅從小耳濡目染，聽父親說了不少陽世間惡貫滿盈的罪人。

「為了放生而殺生？」以沫不解。

「是啊，有些奇怪的宗教團體，鼓勵信徒放生，放生的生物種類各式各樣，魚、斑鳩、麻雀和烏龜都有，以鳥類居多，因為鳥最容易捕捉。」小閻羅說。

「捕捉？你是說，那些鳥是被抓來的，這不是很弔詭的一件事嗎？」里易驚訝的說。

「嗯，有人下訂單，就會有人去抓，抓的過程中，死在網子裡的、傷在機關中的就不計其數，在等待交單的時間中，飼養環境惡劣，水土不服死亡更多。所以，原本想要放生積陰德的人，根本沒有想到他們反而把自己的陰德給耗損光了。」小閻羅嚴正的說。

「天啊，好慘啊。」以沫吐吐舌頭說。

「還有更慘的，最近台灣有些地區流行放生蛇類。」閻羅天子邊說邊搖頭。

「蛇？放生？有毒的嗎？」以沫驚叫。

「嗯，有些有，有些沒有，不肖商人從國外大量進口便宜的蛇，兜售給不法的宗教靈修團體，他們竟然帶著一大袋一大袋的蛇到著名的森林公園裡野放，大多數的蛇類水土不服死了，活下來的更造成生態浩劫，陰間的探子已經鎖定幾個不法的商人和神棍。」閻羅天子語帶怒意。

「難怪，我前些日子看到了新聞，宜蘭的福山植物園和附近的雙連碑出現了大量的眼鏡蛇蛇群，嚇傻了工作人員和民眾。」以沫從小怕蛇，所以對這則新聞印象深刻。

「嗯，那件事情是我們的探子查清楚的，我在『地獄公報』上有看到，他們以每台斤三百一十元的價格，買了一百一十七台斤的眼鏡蛇。」閻羅天子仔細的說。

「哇，查得好仔細。」里易讚嘆。

「必須這麼仔細才行，每件事都牽連甚廣，不是只有買蛇和賣蛇的人，還有抓蛇的人、運蛇的人、被蛇咬傷的人、打死蛇的人……算完了人的部份之後，還要開始操作和計算蛇的部份，然後是蛇的食物，這一整個事件，牽動了不下百個食物鏈，有些被輪迴成為青蛙的靈魂，提早被眼鏡蛇吃了，可能還要再輪迴一次。」閻羅天子無奈的說。

「天，感覺起來超級複雜。」里易也是一臉疑惑。

「嗯，真的很複雜，再加上近百年來人口迅速的擴張，所以地藏王才決定先將地獄的管理系統電子化。這些東西，包含這新式的員工宿舍，都是最近才開始引進地獄的。」閻羅天子指著屋內的電器產品說。

「地獄也分成兩派，支持地藏的人認為這樣很好，反對地藏的人認為這是一種對於傳統的褻瀆。」閻羅夫人說。

「褻瀆傳統？」以沫不解。

「其實也說不上褻瀆傳統，那些人本來就反對地藏。對於人口過度膨脹，地獄業務過度負荷，他們也提不出更好的辦法，只是他們本來和地藏是死對頭，所以為反對而反對罷了。」閻羅天子說。

「他們覬覦地獄統治者的那個位子。」小閻羅說完後，被閻羅夫人白了一眼。

「所以，是有點派系鬥爭的感覺？」里易冷靜的說。

「嗯。」閻羅天子不再發話。

「哎呀，這些留到明天再談吧，我們不是說要輕鬆的聊聊天嗎？難得今天還有咖啡相佐呢！我下去拿些餅乾糖果，你們聊聊陽間的話題吧。」閻羅夫人起身下樓。

閻羅夫人回到小閻羅的房間時，帶來了許多以沫和里易沒見過的零食，據閻羅夫人說，這裡有些糖果餅乾有五百年左右的歷史，甚至有些是明朝初年的食物。

在半晚的說說笑笑、吃吃喝喝之後，閻羅夫婦笑著道了晚安，回房休息去了。

「對了，你的ＭＰ３播放器呢？」小閻羅問。

「我放在書包裡，跟著我的身體回到陽間了吧。」以沫作勢掏了掏自己的口袋，表示她沒有將ＭＰ３播放器隨身收著。

「我好想再聽那首歌喔。」小閻羅看來有些落寞。

「網路呢？我們可以教你下載。」里易指著小閻羅的桌上型電腦。

「網路啊，應該不行，網路的控管很嚴格，不是公務用的電腦或網路，權限都非常低，像我的電腦所接的這條網路，只能連接地獄內部的網路，父親的公務手機，才能連上陽間的網路。」小閻羅嘆氣。

「我們自己唱就行啦。」以沫提議。

「我們……不行啦，我唱歌很難聽。」

「有什麼關係！我們是唱給自己聽的，又不是唱給別人聽的。」以沫堅持。

「說的也是。」平時不輕易在人前唱歌的里易也被說動了。

有雷聲在轟不停
雨潑進眼裡看不清
誰急速狂飆　濺我一身　的泥濘

很確定我想去哪裡
往天堂要跳過地獄
也不恐懼　不逃避

這不是脾氣　是所謂志氣
你能推我下懸崖　我能學會飛行
從不聽　誰的命令
耳朵用來聽自己的心靈

淋雨一直走　是一顆寶石就該閃爍
人都應該有夢　有夢就別怕痛
淋雨一直走　是道陽光就該暖和
人都應該有夢　有夢就別怕痛

有前面盤旋的禿鷹
有背後尖酸的耳語
黑色的童話　是給長大　的洗禮
要獨特才是流行
無法複製的自己

讓我連受傷　也有型
這不是脾氣　是所謂志氣
你能推我下懸崖　我能學會飛行
從不聽　誰的命令
耳朵用來聽自己的心靈

淋雨一直走　是一顆寶石就該閃爍
人都應該有夢　有夢就別怕痛
淋雨一直走　是道陽光就該暖和
人都應該有夢　有夢就別怕痛

有時掉進黑洞　有時候爬上彩虹
在下一秒鐘　命運如何轉動　沒有人會曉得噢～
我說希望無窮　你猜美夢成空
相信和懷疑　總要決鬥

「唱著『盤旋的禿鷹』、『尖酸的耳語』是『給長大的洗禮』，我覺得很有收獲也很有同感，我好像能鼓起勇氣回到班上去，面對那些作弄我的同學。」已經一個星期沒有回到學園裡去的小閻羅低著頭說。

「對啊，我也常常唱這一段來鼓勵自己，讓自己去面對那些不認同自己的聲音及眼光。畢竟，做自己才能讓自己過得更好。」以沫笑著說。

看著以沫和小閻羅擊掌鼓勵對方，里易則是坐在一旁，沉默不語。

21　旅人咖啡

旅人咖啡店，位在大焦石山正北方，在地獄的第一殿和第十殿的聯絡道路旁。

一棟深色的和式木造建築，門外的欄杆及正門入口處的階梯呈現出一股不自然的光滑，暗暗透露著曾有無數的腳掌摩娑而過。

建物只有一層樓，前、左、右三面被改造成整面的玻璃落地窗。入口旁的廊簷下，掛著一塊小小的木牌，上面刻著「旅人」二字。

周圍則種著以沫叫不出名字的小花，各種顏色都有，一圈又一圈，總共九圈，圍繞著旅人咖啡。店門口正對著鬼門關的入口處，給人一種遠遠守望著鬼門關的感覺。

「歡迎光臨！」一拉開店門，一道清亮的女聲傳來，嚇了以沫一跳。

「哈囉！」閻羅天子輕鬆的對著入口左手邊吧臺裡的女人打招呼。

「自己找座位喔，老闆等一下就下來。」女人手裡不停的擦拭著洗好的餐具。

「我來幫忙。」閻羅夫人看起來和顧店的女人很熟稔。

「下來？」以沫問。

「嗯，你想上去看看嗎？閻羅，帶他們上去開開眼界吧！小閻羅也好久沒來了，是吧？」女人一派輕鬆的說。

「嗯，自從……上次校外教學之後吧！」小閻羅說。

「你帶他們上去吧。」閻羅天子對著小閻羅說。

店的左邊是道狹長的吧臺，而剩下的空間則簡單的擺了七八套的桌椅，每套桌椅間的間隔距離很大，以沫推測，主人不是以賺錢為第一目的。

小閻羅帶著以沫和里易往店的後方走，而閻羅天子則找了一個靠窗的位置坐下，拿起了桌上的點單，來來回回的翻看。

三人來到店的最後方，一個拐彎，一道螺旋木梯塞滿了窄窄的挑高空間。小閻羅帶頭走來，這木梯十分窄陡，除了要雙手分別抓住左右兩側的欄杆之外，還要微微低著頭、屈著膝，才不會有碰頭的危險。

「小心風大。」在窄梯上旋了兩圈，小閻羅推開屋頂上的一個小木門。

「風大？剛才外面……」里易的話未說完，就被一陣突如其來的強風吹得踉蹌了一步。

登上屋頂時，以沫被眼前的景象驚呆了。

「怎麼了？」最後爬上來的里易推了以沫一下。

這哪裡是二樓的景象！

除了強勁的側風，不時從身邊翻飛而過的雲霧外，遠處的大焦石山彷彿「變矮」了不少。

三人小心的移動步伐靠近欄杆，不看還好，這低頭一看，以沫的腿都軟了。

陽台的底下是懸空的，除了強勁的陣風外，還不時有雲霧飄過。底下的旅人咖啡館只剩下小小的一個黑點，之所以還以分辨出那是旅人咖啡館，是因為以沫認出了旅人咖啡館外那一圈又一圈的彩色花圃。

「雍心。」低沉又穩重的男聲。

「地藏王菩薩。」小閻羅急忙轉過身來，恭敬的行禮。

「你好。」以沫顧不得懼高，趕緊斂手行禮。

里易顯得有點不自在，有點手足無措，以沫急忙用手肘推了推他，里易才生硬的點了個頭。

「每天，我都要上來這裡一趟。」地藏王走向西面的陽臺。

「您都在這裡看著轉生池？」小閻羅驚訝的問。

「嗯，我每天都會抽空上來看看生靈們進到轉生池的樣子。」

「轉生池？」以沫問。

「嗯，在一殿審判功大於過或功過參半的人會直接來到十殿報到，走完該走的手續；而那些罪大於善的人，在地獄其它殿服完該服的刑之後，也會來到十殿報到。在十殿官吏的計算與分配之後，進到轉生池進行轉世。」小閻羅將課外教學時所學到的東西有條理的分享出來。

「來了，我是來看他轉世的。」地藏王臉色一沉。

地藏王將手中的禪杖一揮，三人眼前的空中出現了一輪圓形的光圈，約莫有半個穿衣鏡的大小。鏡中的影像慢慢清晰了起來。那是一個年邁的長者，有著慈祥的眼神，白色的眉毛拖得長長的，眉尾微微的下垂，右邊顴骨上方有個圓圓的肉痣，痣上還長一小撮毛。他的身後有兩個陰差押送著他，陰差的神情看來很緊張。白眉老人的雙掌合什，放在胸前，一臉虔誠的慢慢步入轉生池中，一旁的亡魂紛紛停下腳步來注視著他。

「他是？」小閻羅提問。

「他在生是個神棍，建立了一個大大的教派，用話術及各種手段，騙得信徒捐錢捐地，有的把家當都捐光了，當志工當義工，有的連自己的家庭都顧不好，離婚的離婚，父子不合的父子不合，爸爸照顧別人的小孩比照顧自己的小孩還多。眾人一切一切的犧牲，只成就了這神棍的美名。」地藏王咬牙的說。

「怎麼會？他看起來……一點也不像那種人。」以沫難以置信的說。

「唔……如果他看起來像是那種欺世盜名的人的話，大家就不會相信他了。」里易還是保持著一貫的冷靜，地藏王對著他微微的點頭。

「這一邊，我每天都會看著進到鬼門關的人。」地藏王指著旅人咖啡店店門口的那邊，也就是正北邊。

「原來，難怪你會將旅人咖啡店蓋在這個地方，在這裡，你可以看到任何一個人，從鬼門關進到地獄，直到他從轉生池離開地獄。」以沫恍然大悟的說。

「嗯，是的。」地藏王微微的點了點頭。

「謝謝地藏王菩薩。」以沫開心的說，能得到地獄「第一把交椅」的「微微點頭」，她覺得非常開心。

「有禮貌是好的，但別太拘謹，你們有可能會改變整個地獄，大器一點。」地藏王嚴肅的說。

「我們？改變地獄？」以沫想再追問。

「另一組客人到了，下去吧。」地藏王指了指下面。

「這陽台怎麼會這麼高？從外面看根本就不是這樣。」以沫搔搔頭低聲說。

「這個嘛……只是一點小把戲罷了。」下樓下到一半，只露出半個身子的地藏王停下來，轉頭對著以沫三人說。

回到旅人咖啡店裡，以沫發現靠近吧臺的桌子也坐了三名客人，看起來像是一對帶著兒子的夫妻。走近仔細一瞧，以沫赫然發現那名父親的長相十分眼熟。

「平等王！」以沫低聲驚叫。

「你也太遲鈍了吧！」里易一面低聲說，一面阻止還想說些什麼的以沫。

「他怎麼會來這裡？」以沫低聲的丟出問題。

歡迎各位，請各位一邊品嚐小店準備的咖啡，一邊聽我說明比賽的相關事宜。」地藏王正面的接住了這個問題。

旅人咖啡超值下午茶套餐兌換券
人數：三人
地點：旅人咖啡總店
時間：明天下午三點整

一旁的小平等王像是炫耀般的將邀請卡亮給以沫看，並示威性的揮了揮卡片。

「我不喜歡他。」以沫說。

「真的嗎？你不喜歡他？我不是不喜歡他，我是討厭他。」里易低聲的回應。

「大家好，我是店長甄甄，請大家品嚐本日單品，這是瓜地馬拉的『黃波旁』。這批豆子採淺烘焙，口感厚實而乾淨，有種滑順的油質感，酸味柔和，帶有花香與莓果味。」瘦瘦高高，皮膚白晰的女店長，穿著一套整齊的服裝，黑色的打折西裝褲，燙得筆挺的白色襯衫，胸前還掛著燙金的名牌，上面寫著「店長」二字。

在大家都拿到香氣滿溢的咖啡後，地藏拉了張椅子坐了下來，坐在兩張桌子的中間。地藏王的左手邊是靠窗的閻羅天子一家，而右手邊則是靠近吧臺的平等王一家。在場的人無不屏氣凝神，連一向坐姿懶散的里易也不覺打直了背脊。

「我一直認為，教育是一切的根本，所以，我將新式教育的理念引進了地獄，讓地獄官員的進修更先進的觀念，讓官員的子女們，也就是地獄未來的接班人們能有更新的觀念，才能跟上陽世間的變化。」地藏停了一下，接著說：「也因為這樣的新觀念引進，所以地獄裡大家產生了分歧的意見，這裡，我就不諱言的直說，分成了提倡改革的新進派和堅持傳統的保本派，兩派各有自己的想法和原則，也都有各自的『道理』。」說到「道理」兩個字時，地藏故意放慢了速度。

閻羅天子和平等王各自啜了一口咖啡，而其他人則是連大氣都不敢喘一下，畢竟，地藏王菩薩是地獄的最高總指揮。

「最近，這兩派的摩擦和分歧越來越明顯，我想，該是下決定的時候了，看是回歸保守，還是，頭也不回的向前走。」地藏王講到「下決定」時，平等王和閻羅天子不約而同的抬起頭來。

「我想將新部門的基本設定，交給比賽勝出的一方來執行。」

「什麼？新的地獄部門？地藏大人，這樣會不會過於草率？」平等王率先提出。

「是啊，之前不是說過要由『雙方』的代表來討論，做出一個大家都能接受的提案嗎？」閻羅天子接著說。

「我考慮了很久，與其把新的部門弄得不倫不類，還不如放手大膽試試。如果新部門失敗了，就回歸保守派；如果新部門成功了，那麼，我們就沒有後退的必要了。」語畢，沒有人說話。

「請問。」以沫打破了這個沉默。「地獄可以這樣隨意增加部門嗎？這不是會……嗯……怎麼說呢？」

「造成困擾？」里易幫忙補充。

小閻羅連忙制止兩人的發言，從小到大，他沒見過有小孩主動跟地藏王說話的，也沒見過成年人這樣直接的、不用敬語的和地藏王說話。

「沒關係的。」地藏王揮手示意小閻羅不用緊張。「我就喜歡他們這樣，直接一點、親近一點，以前，大家總是很尊敬我、懼怕我，甚至連話都不敢跟我說。連話都不敢跟我說，怎麼敢跟我說真話？我就是聽了他們不少真話，才會選上他們。」

「選上他們？」閻羅天子和平等王同時提出疑問。

「準備好聽規則了嗎？」地藏王巧妙的將話題帶開。

眾人忍住疑問，點了點頭。

這次的比賽，採用「地獄足球」的賽制，哪個隊伍贏了，哪個隊伍就能贏到制定新地獄的主導權。

眾人點點頭，除了以沫和里易以外。

「用足球來決定這麼重要的事？」以沫感到不解。

「嗯，沒有比這個更好的辦法了。」閻羅天子說，平等王附和。

「可是……」以沫還是覺得不可思議，一旁的里易則是低著頭沉思。

「晚點我再向你們解說。」小閻羅低聲的對著以沫和里易說。

「比賽將開放給全地獄的成員們入場見證，線上也會舉行直播。」地藏王嚴肅的說。

地藏王拿出一紙合約，那是一張泛黃的、破舊的紙張，紙張本身看來非常脆弱，上面爬滿密密麻麻的蠅頭小楷。

閻羅天子和平等王起身，走上前去，開始和地藏王討論比賽的細節。以沫好奇的注視著細節，閻羅天子指出了一處疑問，並說了幾句話，而平等王和地藏王也點點頭，然後，地藏王用食指在疑問處輕輕一畫，被畫過的地方發出微微的金光，金光範圍內的字開始蠢蠢欲動。

開始蠕動的字詞，有些變形成了另外的字，有些則爬到了另一個位置，很快的，每個字都在自己的位置上「安坐」下來，金光慢慢褪去，閻羅天子和平等王點點頭，地藏王則露出滿意的笑容。

如此反覆幾次後，以沫見到閻羅天子和平等王同時的搖了搖頭，地藏王則點頭表示滿意，然後將手上的合約往上一拋，合約就這麼浮在空中，慢慢的、慢慢的往上飄浮，最後，竟然平整的貼到了天花板上。

以沫和里易這時才注意到天花板，天花板上早已東一張西一張的貼滿了類似的紙張。以沫瞇著眼睛，試著想將其它紙張上的文字看清楚，卻被一聲響亮的彈指聲引開了注意力。

「店員，外帶。」平等王的妻子頤指氣使的說。

以沫仔細打量平等王的妻子。她穿著銀白色的鍛面改良式旗袍，半長不短的大波浪捲髮，前端額上夾著銀閃閃的髮夾，胸前掛著兩串白晃晃的珍珠，腳上踏著一雙白色的魚口高跟鞋，最引人注意的，莫過於她那副倒三角形鏡框的眼鏡。小閻羅說，據平等夫人本人表示，那是出於名家之手。

「一副標準的貴婦模樣，和閻羅夫人完全相反。」以沫低聲的對著里易說。

「你看。」里易指著小平等王。

小平等王的打扮，說是小一號的平等夫人也不為過。他梳著一頭拘謹的中分頭，頭髮被髮膠壓得扁扁的，穿著一件白色的絲質襯衫，柔軟的絲質襯衫「掛」在他瘦板的骨架上，顯得鬆鬆垮垮的，一件齊膝的黑色短褲，靠著皮帶才能勉強的「掛」在腰上，領口結著一只紅的領結。同樣的，他的黑色圓框眼鏡一樣是最引人注目的，想當然，那眼鏡也是出自於名家之手。

「我倒想看看平等王的眼鏡，應該是方形的吧。」里易低聲說。

「你怎麼知道？」小閻羅不解的問。

「方形、三角形、圓形。」里易低聲說完，和小閻羅同時笑了起來。

「別笑他，他應該也不想被打扮成這樣吧。」以沫說。

「才不呢！他在學校總是不停的炫耀全身上下的名牌衣著呢！他一點才不覺得丟臉，反而覺得自己很有品味，到處批評別人的穿著。反正，只要是媽媽說的，他一概照單全收，媽媽是他的燈塔。」小閻羅沒好氣的說。

平等王向地藏王微微的點了頭，走出門去，在門外踱步著。旅人咖啡的甄甄急忙趕過來端走桌上尚未喝完的三杯咖啡，又急忙的回到吧台後面，處理著外帶的事宜，看她敏捷俐落的動作，以沫不由得心生佩服。

「笨手笨腳的，到底要我等多久？」平等夫人尖聲的說。

「好了，好了，小心拿喔，請慢走。」甄甄遞上一個紙袋，袋子裡裝著三個紙杯，恭敬的彎腰鞠躬。

「哼……」平等夫人用鼻子回應後，趾高氣昂的走了。

店門碰的一聲關上。

「哼……」以沫學著平等夫人的模樣，誇張的走著路。

店裡一眾人等都笑個開懷，連地藏王也不例外。

旅人咖啡內，一眾人閒話家常，杯底很快就朝天，甄甄熱情的為大家續杯：「今天地藏王請客，大家別客氣。」

「咖啡在地獄為什麼會這麼珍貴？」以沫問。

「老實說，我也不知道。」地藏王小聲的說。

大家先是一愣，然後都吃吃的笑了起來。

「怎麼可能！」

「您太愛開玩笑了。」

「不，是真的，在那麼多的食物中，偏偏只有咖啡無法透過陽間百姓們的煙貢來到地獄。」地藏王說。

「也就是，這些咖啡完全是依賴特務們從陽間帶回來的？」小閻羅吃驚的問。

「對，而且，不知道為什麼？法術對咖啡完全起不了作用。」地藏王皺著眉頭說。

「連您都不行？我還以為是我們的法術等級不夠。」閻羅天子吃驚的說。

「不要說是用法術將咖啡倍增或改變風味，連移動它都不行。」地藏王說完，將手中的咖啡倒了幾滴到桌面上，接著又倒了幾滴白開水到桌面上。

大家屏氣凝神的看著，地藏王右手一揮，桌面上的幾滴水騰空浮起，水滴像透明的珍珠般在空中緩緩的上下飄浮著，桌面上的咖啡則依然死賴在桌面上，一動也不動。

「所以咖啡只能手工搬運及沖泡，這也就是我能在這裡一展身手的原因。」甄甄笑著說。

「你這也算是完成了生前的夢想，著實不容易啊。」閻羅夫人說，她和甄甄算是無話不說的好朋友。

「生前的夢想？」以沫提問。

「是啊，我在學時半工半讀，就為了習得專業的咖啡知識。沒想到，為了賺取開店的費用而全職工作，就這麼一直做下去了！等到好不容易攢夠錢能開店的時候，卻生了病。」甄甄嘆了口氣。

「怎麼不貸款呢？」里易好奇的問。

「呵呵……你們小小年紀就懂得貸款這件事了啊？」甄甄轉頭看向地藏，臉上笑盈盈的。

「我也這麼問過她。」地藏皺著眉說。

「問過她？」這次換閻羅天子不解了。

「每次到陽間出差，我都會到她工作的店裡去喝杯咖啡，只是，那連鎖咖啡店的銅臭味太重，多虧有她的用心待客，我才能常常嚐到好咖啡。」地藏說。

「我也曾經考慮過貸款，但是，如果有了本錢再開店，大不了就把本錢賠光；貸款開業，如果店倒了，那我就是負債了。」甄甄再端來了一壺熱騰騰的咖啡。

「嗯，很務實的想法。」閻羅夫人點了點頭。

「可是，務實就是和夢想相反的兩條路啊！」里易有些激動的說。

眾人聞言，先是愣了一下，然後開始哈哈大笑。

「對不起。」里易露出困窘的臉色，他覺得自己的話說得太過了，他自己也沒有真的去追求過什麼。

「不不不，你不用道歉，我們反而要謝謝你，這是一個我們早就知道，卻又早就忘記的道理；這也是一個我們早就學會，卻又早就混淆的道理。」閻羅天子輕輕的舉起了手中的杯子。

大家都停下了笑容，也舉起了手中的杯子。

「敬地獄，敬一個更好的地獄。」地藏低聲的祝禱。

「比賽加油。」大家齊聲喊著。

「『地獄足球』是怎麼樣的比賽啊？和陽間的足球是一樣的嗎？」以沫問。

「基本上的規則差不多，就是把球踢進對方的球門就算一分。」小閻羅負責回答這種基礎的問題。

「那麼越位的規則和陽世也一樣囉？」里易問。

「這個嘛……明天你看了就知道了。」小閻羅賣關子。

「明天？」以沫和里易異口同聲。

「嗯，明天在地獄學園的大學部裡，有一場球賽，主題是『服儀規定應該鬆綁』。」閻羅天子接著說：「我已經拜託了學園的老師，安排了一個好位置。」

「球賽還有主題？」里易感到詫異。

「嗯，規則有點不同，明天我再詳細的說給你們聽。但是，越位是一定要有的吧！如果沒有越位，那足球就太過無聊了吧！」小閻羅說。

「對啊，球隊的九個人都站在對方的球門前，等著自己隊的守門員或是後衛把球踢到球門前來，然後一陣浪射。」里易說。

「是啊，那真的有夠誇張的。」

「是啊，那種足球就在兩隊的球門之間，大腳踢來踢去，無聊斃了……」

大家又開始天南地北的聊著，彷彿接下來的比賽只是場友誼賽。

22 地獄學園

隔天一早，大焦石山早早增強了光芒與熱度。

「起床囉。」閻羅天子敲門。

以沫旋及起身，叫醒在地板上打地鋪的里易和小閻羅。

地獄學園座落在大焦石山的山腳下，在大焦石山的西北方，距離十殿很近，距離旅人咖啡也不遠。以沫、里易和小閻羅，乘著小米，緊跟在閻羅天子的座騎小麥後邊。前天從五殿出發到旅人咖啡時，走的是逆時鐘的方向，一路經過四殿、三殿和二殿，覺得一路上的景色和建築，讓人覺得清爽、不拖泥帶水。

但，這次順時鐘經過六殿、七殿、八殿時，卻覺得這一面的地獄，給人較為沉重、鬱悶的感覺。除了林木、街道感覺起來較為雜亂，連建築物也常有修補過後的補丁，鐵窗、鐵鍊和鐵欄杆的使用比例也來越高。

「大焦石山的這一面比較不亮？」以沫壓低著身子，加大音量，試著抵抗迎面而來強風。

「是啊，這一側的地獄裡，比較多『重刑機具』，用掉的能量比較多，像是『油釜滾烹小地獄』、『熱腦大地獄』、『烙手指小地獄』等，都需要高熱，還有『車崩小地獄』和『阿鼻大地獄』中，有很多的刑具及機具，運轉都需要能量。」小閻羅如數家珍的說。

「聽起來都很恐怖，你怎麼能在說這些名字的時候，連眉頭都不皺一下啊？」以沫開玩笑的說。

「習慣就好。」小閻羅正經的回答。

「十殿到了，前面就是飛航管制區。」閻羅天子回頭高聲說。

當大伙的高度漸漸降低時，以沫看見地面上一條青磚鋪成的大道，道上稀稀落落的來往行人，像螞蟻一般的大小。

飛航管制區外，停了大大小小的座騎，除了閻羅家的兩隻「阿米特」外，還有很多只有在圖畫書中才能見到的怪獸，如雙頭龍、丹頂鶴、大蓮花、翼蛇、泥沼球。也有些看來很討喜的怪獸，如獨角馬、神鵰。

以沫在經過獨角馬時，伸手想摸一把低頭吃草的馬背。豈料獨角馬突的後躍，並壓低頭了，嘴中不時發出呦呦的低吼，鼻孔還噴出了紫色的蒸氣。

「我……」以沫被嚇呆了。

小閻羅連忙將以沫和里易拉到了身後，獨角馬仰起馬頭，嘴裡噴出了一道紫色的火焰，眼看火焰就要灼傷小閻羅等三人，一道身影閃電般的擋在三人身前，伸手將紫色火焰彈了開去。

「退！」黑影大喝一聲，獨角獸立刻溫馴的跪倒在地。

三人睜開眼來，檢查了自己毫髮無傷，才發現自己被人給救了。

「大哥。」連忙趕過來的閻羅天子熱絡的打招呼。

「哈哈，閻羅，這小傢伙也忒大膽，連獨角馬都想玩。」單手擋下紫色火焰的男子捋了捋鬍子說。

「來來，我來介紹，這是小犬，雍心。這兩位是陽間來的朋友，是這次比賽的『特選』。」

雖然閻羅天子的介紹很輕鬆，很自然，但餘悸猶存的以沫能明顯的感覺出來，閻羅天子對這名男子有著真正的敬意。

三人對著救了自己的人也存有著真正的敬意，很自然的就行了個深深的鞠躬禮。

「這是地獄學園大學部的部長，也是地獄學園的園長。」

「提那些幹什麼？我就是我，老黑鬼一個。」老黑鬼哈哈大笑。

以沫仔細打量了一下老黑鬼，黝黑的臉龐，在腦後結了髮辮的黑色粗髮，全黑的長袍，果然很符合他的綽號。想到這裡，以沫不禁笑了出來。里易和小閻羅不可置信的看向以沫，剛才差點兒就丟掉小命的她，怎麼可能還笑得出來。

「你看，我就說這小妮子有膽量，看來比賽的贏面又更大了些。」學園長笑著對閻羅天子說。

「獨角馬的脾氣很差，其實很多座騎都是如此，有些主人更會將座騎訓練出攻擊意識，希望座騎不要被壞人偷了。」閻羅天子嚴正的告誡。

看著三人點點頭後，閻羅天子轉身和學園長並肩走著。

地獄學園的入口一點也不氣派。一道及胸的紅磚牆，一座約莫一人高的紅磚拱門，門也不寬，僅容兩人旋身而過，所以，要進入學園的門前，自然排成了一列隊伍。

見到學園長帶著客人來到，排在隊伍後半的學生們紛紛讓位，想讓學園長和客人先行。

「我不是說過了嗎？學園講法治，法律之前人人平等，我和你們一樣都得排隊。」學園長低喝了一聲，學生們敬了個禮，又排回隊伍裡去。只是不少人頻頻回頭，顯得有點侷促不安。

「他們還有點不習慣呢！」閻羅天子笑著。

「新生，剛進大學部的都這樣，畢竟習慣了小學部的管理制度，餘毒難改。」學園長搖搖頭。

隊伍雖長，卻也前進得很快，以沫進門時，和她旋身而過的是個小女生，看起來像是國小中年級的學生。以沫一臉好奇的打量了她，她也一臉好奇的打量了以沫。

「這裡的學制和陽間一樣嗎？」里易問。

「只有小學和大學的分別，小學教導初級的官吏，像是陰差。而大學則是從小學中，挑出較為優秀者，經磨練而成為高級的官吏，像是判官等。」小閻羅說。
「那麼，像我們之前在第一殿接受審判時，看見的『赤髮』呢？」里易問。
「喔，那個啊，像是『赤髮』和『青面』那種不擔任行政職的職員，不是學園出身的喔，他們大多是透過『技能訓練所』的培訓後，再分發到有職缺的地方上。」小閻羅說。
「要加入他們，有長相上的限制嗎？」對於赤髮和青面的猙獰，以沫還餘悸猶存。
「沒有啦，他們都是一般的人啊，在陽世間表現的比較好的，來到地獄，可以選擇再回到陽世磨練，尋求成佛，或是留在地獄服役。訓練結束後，依據分發的職缺，會配給裝備，其中有一項就是『面具』，戴上『面具』就會變成那種模樣。」
「面具？」
「嗯，很難解釋，下次見到牛頭或是馬面，再請他們示範給你看。」
「那剛才那個小女孩，她是小學部的囉？」以沫問。
「呵呵，她是大學部的喔！」學園長回過頭。
「大學部？」里易和以沫驚訝。
「她在大學部裡已經學習將近四十年了吧。」學園長折了折手指頭後說。
「四十年？她都不會變老？」
「不只她，我們也都是這樣，除了少數的官員的子女，在地獄出生的子女。」閻羅天子指了指小閻羅說。
「嗯，我們都長得很慢很慢很……慢。」小閻羅沒好氣的說。
「歡迎來到地獄學園。」學園長朗聲道。

穿過拱門，以沫抬頭一望，發現這裡……一點都不像是一所學校。反而，比較像是……菜市場。

整個學園的佔地很廣，而建築物都很低矮，如果那些茅屋算得上是建築物的話。四根木柱、四根頂樑、一捆一捆的茅草，一間間只有屋頂而沒有牆面的茅屋森然羅列，彷彿沒有盡頭。

以沫好奇的張望著，她發現，長得稍微高一點的人，還要微微彎著腰，才能進到茅屋內。

學園入口，有著一根高約三層樓的巨木，巨木通體漆黑，粗細約莫有尋常平房屋頂水塔般大小。巨木頂端嵌著兩張木板，材質也是通體黝黑。左手邊的那塊魚形的木板，上面刻著「小學部」，而右手邊的那塊鳥形的木板，則刻著「大學部」。

「那是『鯤』和『鵬』，是莊子的設計。鯤是一隻大魚，在水底沉潛，躍出水面就化成了大鵬鳥。在小學部學習之後，還有意願和能力進修大學部的人，就像大魚變化成了大鵬鳥，展翅翱翔。我愛死莊子的設計能力了。」學園長興奮的介紹著。

「莊子？是那個莊子？我們在課本上才會讀到的莊子？」以沫問。

「沒錯，正是在下。這是從我寫的『逍遙遊』裡所得到的發想。」一道聲音從眾人身後傳來。

「哈哈，說鬼鬼到。」閻羅天子笑著說。

一個中年阿伯，不不不，是一個中年大叔，緩緩踱步而來。一頭凌亂的及肩白髮微捲，那不自然的糾結總讓人好奇他是否多天沒有梳洗。他穿著一件白色的汗衫，還有一件極為休閒的及膝卡其短褲，短褲上有許多大大小小的口袋，每個口袋看起來都鼓鼓的，裝滿了東西。腳上踩著一雙勃肯鞋樣式的黑色鞋子。

不，那真的是勃肯鞋，以沫清楚的看到了勃肯鞋的商標。

鞋子在空上發出獵獵響聲，夾帶著驚人的風勢，筆直的射向小閻羅。

在以沫和里昜連驚呼都還來不及發出，小閻羅已經用左手接下了鞋子，恭敬的送到莊子面前。以沫就是在這個時候清楚的看見鞋子的商標的。

「叔叔，你好。」

「又進步了，不錯。」莊子的這句話雖然是在稱讚小閻羅，但卻是對著閻羅天子說的。

「客人到了，比賽要開始了嗎？」學園長問。

「嗯，告訴大家比賽開始吧。先通知球員，再通知全體學員。」莊子對著大黑柱喊。

正當以沫想開口問，她就看見大黑柱上飛起了幾葉黑點。定睛一看，沒錯，那是一雙雙黑色翅翼，是一隻隻通體黝黑的蝴蝶。

黑色蝴蝶慢慢的揮翅，飄飄升空，倏的加速四散飛去。

「那是傳信蝶。」莊子對著下巴快掉下來的以沫說。

「那些，該不會全是……」里易的問題並沒有問完，答案就已經出現。

唰的一聲，大黑柱上的黑蝶全數飛起，天空頓時暗了一角。

「沒錯，我是莊子嘛！」莊子露出一副自戀的表情。

黑蝶四散飛去後，眾人才發現，原來剛才所看到的大「黑」柱，其實是棗紅色的柱子。

「每隻蝴蝶飛往一間教室？這裡有幾間教室？」里易問。

「我不清楚，支領薪水的事不關我管，有人開課，就有人上課。」莊子吐了吐舌頭。

「我也不清楚，反正這裡的學生，知道自己要什麼，想學什麼就學什麼，我們會再根據學生的所學，幫學生找出適合的位置。」

「小學部裡有三千六百間小草屋，每天開出六千堂課，共有四千九百名老師，九千名學生。」一道嘹亮的男聲響起。

「荀老頭來了，這種勞什子數字，他怎麼就記得清清楚楚的？」莊子扁了扁嘴。

「記得清清楚楚，才能將學校的運作提升到極致。將學校的運作提升到極致，才能有系統、有效率的將知識和技能教給學生。」被稱為荀老頭的這個中年男子說。

「這是荀子，小學部的教長。」老黑鬼學園長向大家介紹。

荀子穿著一身筆挺的黑色西裝，梳著一頭整齊的油頭，嘴上留著八字鬍。

「學生只學知識和技能是不行的。」莊子搖搖頭說。

「知道了，所以學得好的，不都送到大學部那去，讓你們調教了，不是嗎？」

荀子伸出手來和莊子擊了個響亮的掌。

23 地獄足球

「今天比賽的主題是：小學部的服儀規定應該鬆綁！」學園長朗聲宣告著，雖然沒有使用麥克風，但聲音卻清清楚楚的傳入了大家的耳裡。

「主題？」以沫問。

「地獄足球是為了某些特定的主題而比賽的。」閻羅天子說。

「也就是說，為了交換或釐清某些觀念，才會舉辦比賽。」小閻羅補充。

「有點類似陽間的辯論賽，是嗎？」里易說。

「是的，但是陽間的辯論賽或是政見發表會之類的，是否有深入人心？是否對人產生影響？這些大部份的人都無從得知。但在地獄，辯論者的論辯內容對與會聽者所產生的影響則非常清楚。」小閻羅再次補充。

「怎麼個非常清楚法？」以沫曾在校園內，參加過學長和學姐的辯論賽。那場以沫是以聽者的身份參加，她還清楚的記得那天的辯題是「安樂死應該合法化」。

雖然正方的辯論者主張的訴求條條引據有力，但反方的辨者則是抓緊情感的方向，以感性為主要訴求。

然以沫覺得正方的學長姐們表現得較好，但現場有更多的人被反方的情感訴求給「綁架」，最後的評審結果，理所當然的，由「反方」獲勝。

「你看就知道囉。」

「雙方選手入場。」大會主持人透過麥克風大聲宣布。

剛才從遠方看不到這個球場，因為球場被建築在地面以下。學園順著原本深陷的地勢，築成了一個現代化的先進球場。一圈又一圈的同心橢圓，是一排又一排的座椅，一直降到最底層，是一個橢圓形的平面空地，空地上畫著一個標準的十一人制足球場。

「哇，全校都來看了嗎？」以沫看著現場滿滿的人潮。

「不止喔，這個球場能坐三萬人，有很多是校外人士喔，畢竟地獄的娛樂實在很少。」小閻羅說。

「為什麼？為什麼地獄的娛樂那麼少？」

「地獄的人不配擁有娛樂。」閻羅天子說。

「不配？」

「嗯，是觀感問題，就像陽間，一個身為老師的人，不『應該』觀看情色書刊；一個醫生，不『應該』喝酒抽煙。哪怕是在他們的下班時間。」小閻羅說。

「也就是，在地獄工作的官吏鬼差們，如果有太多的娛樂或休閒，會被人們覺得不稱職，不稱『處罰別人』的職務。」里易說。

「大概是這種感覺吧！」小閻羅點頭。

說話之間，一面隊旗被四人小組緩緩送進場內。四人小組，每個人各執旗子一角，將旗子高高舉著，腳踩著整齊的步伐，往場中央前進。就在此時，音樂響起，另一支隊伍的隊旗也被送進場內。兩支送旗的隊伍在球場中央的圈圈旁停了下來，他們將旗子放在中圈的兩邊，對著自己護送隊旗敬了禮後，快步跑離球場。

「接著，我們請地藏王來開球。」學園長的聲音再度傳入大家的耳中。

「地藏？他不是很忙嗎？」以沫問。

「地獄足球，沒有地藏的話就踢不成了。」小閻羅賣關子。

以沫正想再問些什麼時，里易拍了拍以沫的肩膀。順著里易手指指著的方向看去，以沫看到了地藏王，他正踏著輕鬆的步伐，來到兩個隊旗的中間。

然後，地藏王將雙手合什，默禱了一陣，當他再將雙手張開時，他的雙掌間凝聚了一團金色的光芒，光芒漸漸擴大，大到約莫有人頭大小的時候，地藏王將雙掌間的光團慢慢的往地面引導。

將光團接觸地面，隨即向四周擴散開來，一直到光芒填滿了整個足球場的中圈。

以沫好奇的想發問，一轉頭，卻發現在場的所有人，都靜靜的、專心的看著這個過程，彷彿這是一個非常莊嚴的儀式。

「選手入場。」學園長宣佈，場內湧起一陣又一陣的歡呼聲。

「那是心眼石，能穿透人的軀殼，直接進入靈魂深處，探尋人心的奇異法器，那是孽鏡臺的主要零件。」

「主要零件？」

「如果要比喻的話，他就像是手機裡面的『CPU』，沒有『CPU』的話，手機就等於是一塊廢鐵。」

「也就是說，孽鏡臺現在……」里易推論。

「沒錯，在比賽的這一百二十分鐘裡，孽鏡臺是停止運作的。」小閻羅說。

「我們還以為，這只是一場比賽。」里易說。

「嗯，這是一場比賽，不過，在地獄的每一場比賽，都是一場又一場的戰爭與碰撞，捍衛自己價值觀的戰爭，不同意見看法的碰撞。」

竟然為了一場比賽，而讓孽鏡臺停止了運作，以沫在心裡告訴自己，一定要專心的觀看這場比賽。

以沫和里易的心裡感到加倍的沉重，在不久的將來，他們要代表閻羅天子這一邊，參加一場重量級的，可能會影響地獄和陽間未來的重大比賽。

這是一場十二人制的比賽。球場上的十一人，加上辯論員一人。後補選手直接待在替補席上。

正方是小學部的班級聯合會，同學們簡稱為班聯會。

反方是小學部的班級代表團，同學們簡稱為班代團。

正方由七男五女組成。地獄學園的小學部，每班選出一名班聯會的成員，負責班級間課外活動的事務，因此，擔任班聯會代表的同學，多為較活潑外向的同學，由他們來負責課外活動當然是再適合不過的了。經過多年的傳承，活動總是辦得有聲有色。不過，也因為他們常常太過投入，有些活動的事前準備量太大，或是活動太過頻繁，常常是他們為人詬病的一點。

「誰像他們有那麼多時間啊？」「怎麼又要辦活動了？」

反方由六男六女組成。地獄學園的小學部，每班都有一位班級代表，簡稱為班代，負責班級課程及學業的聯絡事務，因此，擔任班級代表的同學，多是較為穩重、較為謹慎的同學。班代團之間也會彼此幫忙與協助，久了，就成了一個關心學校官方事務，卻又不是學校官方組織的特異團體。

「這樣看來，班聯會佔有優勢，因為他們多了一個男生。」以沫說。

「這可不一定喔，你覺得辯論比賽時，男選手佔優勢？」里易低聲說。

雙方選手站定。

除了方各有一人緩緩走向站在場邊的地藏王之外，其餘的選手快步的走到場上。

班代團的辯論員是李玲玲，是個有正義感且言詞犀利的女生，留著一頭齊耳的短髮，常讓不認識她的人覺得她是個冷酷的人。

班聯會的辨論選手是楊奇，埋首書堆是大家對他的共同評論，但因為真心喜歡讀書，所以總能將所讀到的東西藉由思考轉化成自己的思想，所以成為班聯會中雖然不擅交際，卻極為重要的一員。

班代團很明顯是採用四四二的陣式，球隊採用四個後衛，四個中場球員，兩個前鋒。一九九八年，法國隊靠著這陣式捧大力神盃，奪得世界冠軍。兩年後，二〇〇〇年，法國隊又靠著這個陣形奪下歐洲盃冠軍。這個陣式在當時蔚為風潮，很多國家隊及職業球隊紛紛仿效。

班聯會則採用四五一的陣式，採用四個後衛，五個中場球員，一個前鋒。採用這個陣形的球隊，大多是擁有堅實的中場陣容，人人可控球，甚至連前鋒都是以控球為主的球員，整個前場的六個人人都能傳能射，比賽中常常能多點開花，進球不會集中在一個人身上，所以又常被稱為「無鋒陣」。

西班牙隊靠著這個陣形，拿下了二〇〇八年的歐洲國家盃冠軍，隔了兩年，拿下二〇一〇年世界盃冠軍，再隔兩年，成功的衛冕了歐洲盃冠軍。這個陣形，在中場的五個球員，如果左右的翼鋒插上前去助攻，就會變成積極的四三三陣形，是個靈活變化，注重中場控球及傳導的隊形。

「班代團比較保守，用了個較注重團結，球員同上同下的陣形。而班聯會則用了比較新潮，比較活潑的隊形，這樣的踢法會比較瀟灑。」里易說。

「同上同下？」小閻羅問。

「就是一同上前進攻一同後退防守的意思。」里易回答。

「看來陣形也和團體的個性有關聯，比較保守的用比較保守的陣形，比較活潑的用比較新潮的陣形。」小閻羅笑著說。

「那可不一定喔，很多球隊，在訓練不周全的情況下，只有一開賽的時後，陣形是固定的，哨聲一響，來回的進攻了兩次之後，就什麼陣形也消失得無影無蹤了。」
此時場中央傳來了李玲玲和楊奇的宣誓聲。
「我等秉持誠實不欺瞞的原則進行比賽……」聲音透過心眼石的法力，被清楚的傳達到在場的每個人耳裡。
接著兩人到進了場中央，將各自的隊旗披到了自己的身上，然後走近心眼石。
「嗶～～～」
比賽開始。
李玲玲和楊奇同時將右手放到了心眼石上。
班聯會開球。高頭大馬的班聯會會長林詳將球往後傳，看臺上立刻歡聲雷動。班聯會的中場球員再將球往後傳給中央後衛，而中央後衛則將球分傳給右邊後衛王保。這兩人是班聯會中的明星球員，王保常在右邊底線拿球後，快速的邊路推進，他的一腳傳中球十分精確，總能為禁區中的林詳創造頭錘的機會。
班代團的球員壓上防守，此時，班聯會的右邊後衛王保將球向前一送，球準確的沿著球場的邊線快速的向前滾動。眼看球就要向前滾出底線。
「你覺得取消了制服，學園方面要如何控管門禁呢？如果有人進到了學園卻不懷好意，怎麼辦呢？」李玲玲的聲音清楚的傳到所有人的耳裡，不大聲，卻字字清楚。
「我們可以設置門禁卡啊，擁有卡片才能進出地獄學園。況且，如果是不懷好意的人，那麼，他們要弄到一套學園的制服，並不難吧。那種情況發生時，我們將會因為他身上穿著制服，而更加的掉以輕心。」楊奇推了推眼鏡說。

「一開始就切入主題，十分激烈的辯論。」以沫心裡想。

此時，場中的心眼石出現了變化。

原本放出均勻金色光芒的心眼石，現在就像是裝著金黃色酒液的玻璃瓶一般，瓶中的液體開始晃蕩。

「來了來了，那股像液體的金色光芒，代表著現場所有觀眾的人心，人心傾向哪一邊，液體就會流向哪一邊。」小閻羅興奮的介紹著。

金色的液體，緩緩的流向班聯會那一邊，使得班聯會那一邊的液體較多。更神奇的是，班聯會那邊的球員們，身上也散發出比先前更為強烈的藍色光芒。

眼看班聯會右邊後衛王保向前傳的球就要滾出底線，沒想到右邊中場的翼鋒球員陳米竟然化身成一匹馬，快步上前，在底線前將球攔了下來。

「他竟然變成一匹馬，不，準確的來說，他的身體周圍，好像被一層藍色的、馬形的氣場圍住了，然後，他的某種能力就提升了？」以沫自言自語著，試著釐清眼前所見的一切。

「沒錯，那就是『神功護體』，他是『動物系』的神功者。」小閻羅回答了以沫。

「也就是說，辯論的結果越佔上風，球隊隊員的『神功護體』的能力將會更強，也更容易贏得比賽？」里易試著分析。

「沒錯，你的腦袋真的很清楚。」

「除了你剛才說的『動物系』，神功還有哪些種類呢？」里易接著問。

「嘿，別急，你接著看下去就知道囉！」

「馬後踢！」陳米神功的快馬後蹄使勁一踹，球猛烈的往球門飛去。

「戰鎚！」林詳的神功是隻大鐵鎚，藍色光芒的鐵鎚籠罩著林詳全身。林詳藉著神功往前飛衝，一記猛烈的頭錘讓球直往班代團的球門飛去。

「戰鎚？他的神功是『武器系』的？」里易低聲問。

「你差一點就猜到囉，他的神功是『器物系』的。」小閻羅對著里易比了一個讚。

「使用卡片固然方便，但如果有人的卡片遺失了呢？一樣會被有心人士利用不是嗎？況且，身上要藏著套制服容易，還是藏著張卡片容易？卡片反而更容易被有心人士利用。」李玲玲趕緊提出質疑。

心眼石中的金黃液體先是晃蕩了一下，接著快速的流向了班代團這一方。

「柳網！」班代團的守門員陳芳是個看起來嬌滴滴的小女生。被神功護體的她，腳上生出了綠色光芒扎進地面，雙手則生出無數綠色光芒的柳枝，她將雙手一靠，兩隻手上的綠柳枝交錯，形成了一張柔韌的網子。

猛烈的球被柔韌的網子攔住，但勁道不減，依然在陳芳的手裡轉了幾轉才停下來。

觀眾們爆出激烈的叫好聲。

「植物系？」里易問。

小閻羅又比了個讚的手勢。

「每個系的神功有不同的顏色？還是同一個隊伍有一個統一的顏色。」里易又問。

「哇，你的頭腦果然了得。正式比賽時，為了方便觀眾辨認，隊伍會向心眼石提出一個自己認可的顏色，如果兩隊沒有撞色的話。」

「里易的戰局分析能力真好。」以沫在心裡暗想著。比賽剛剛開始，她連比賽的氣氛都還沒完全掌握住，里易已經靠著自己理出了那麼多的頭緒來了。

「神功的使用也不是沒有限制的吧？」里易又提出了一個猜測。

「沒錯……」小閻羅頓了一下，接著說：

「你是怎麼看出來的？」

不只小閻羅感到驚訝，連閻羅天子都轉過頭來，等著里易的回答。

以沫緊張又好奇的看著里易，在多人的目光注視下，里易有點忸怩的回答：

「剛才看到快馬陳米傳完球後停在了原地，沒有跟進禁區搶點，我以為他只是因為相信隊友的球必進；但在我看到林詳頭錘落地後，他也只是趴在地上，看著球是否破網，並沒有趕快起身再跟進搶點；然後，我看見攔下這強勁一擊的陳芳將球緊緊的抱在懷中，並沒有急著展開快攻，所以……」

「所以？」閻羅天子問。

「我猜測，使用神功對球員來說會產生負擔，需要有回復期，或是使用的次數會有上限之類的。」

閻羅天子點了點頭表示讚許。

「是的，我簡單來說，一個好的選手要具備兩種特性，一是球技，二是靈力值。球技越好，越能駕馭高等級的神功；而靈力值越高的選手，則能使用越多次的神功。」

「等級越高的神功消耗的靈力值越多？」以沫問。

「沒錯，咦？你也變聰明了！」小閻羅打趣的說。

「喂，我本來就很聰明好不好！」以沫說。

「神功分等級？」里易再次提問。

「分成五級，剛才我們看到的都是一級的神功，因為是小學部的學員，能使出一級神功已經是很搶手的球員囉。我也只有在狀況好的時候，才能勉強使出二級的神功。爸爸和學園長能使出四級的神功。」小閻羅向閻羅天子和學園長的方向呶了呶嘴。

上半場的比賽在勢均力敵的情況下結束了，李玲玲和楊奇兩人就著制服的安全性做出爭論，大半繞在細節上打轉，心眼石中的金黃液體並沒有特別流注向任何一邊。也就是說，現場觀眾對於雙方的支持度呈現五五波。

而場上的球員似乎也意識到了這一點，對於神功的使用變得保守，應該是想將餘力留到下半場。

整體來說，上半場後半的時間，比賽變得乏味，雙方有系統的進攻和防守，卻誰也無法創造出令人振奮的機會。

24 足球立法

下半場一開始，雙方都想要取得分數，進攻開始變得積極。

「如果廢除了制服，改穿成便服，那麼經濟上較為弱勢的族群會被突顯出來。所以我覺得穿制服也是一種體貼，不全然是那麼八股的強硬規定。」李玲玲說。

這句話看來是打動了絕大多數的觀眾，因為心眼石中的金黃液體全流向了班代團這邊。

「全部往前。」陳芳嬌滴滴的喊著。

班代團的陳芳剛接下了班聯會的射門，趁著心眼石能力的加成，將球大腳一開，球飛到了前場。在球落地一個彈跳後，班代團前場大將顏艷再將球輕巧的向前一挑，球從班聯會兩名中後衛的頭頂越過。這球來得太突然，班聯會的兩名中後衛來不及反應，只能眼睜睜的看著球越過頭頂。

班代團的前鋒吳仁斜的從左側衝了進來，他成功的反越位，並在兩名後衛身後趕上了球。吳仁順勢將球一帶，形成了與守門員一對一的局勢。

大家屏氣凝神。

吳仁不會操作「神功護體」，顏艷才會，這球如果在顏艷腳下，一定能夠得分。可是，如果沒有剛才顏艷的那腳妙傳，顏艷拿下了球，還要面對對方的兩名中後衛大將，就算使用神功也不見得能進球。

吳仁將球再往前一帶，球已太過接近班聯會的守門員，眼看著班聯會的守門員李越將身形壓低，已經完全封住了吳仁的射門角度。如果吳仁射門，那麼進球的機會微乎其微；如果吳仁不射門，等到兩名中後衛回追過來時，起腳的機會就消失了。

「這裡，快傳。」顏艷突然發出聲音。

班聯會守門李越的眼神瞥向了聲音的來源，才發現顏艷雖然在盡力趕過來，但她還在己方的兩名中後衛的身後，怎麼可能要吳仁回傳給她？

「完了，中計了。」李越暗自叫苦，這只是顏艷的干擾。

吳仁倏的跳躍過皮球，將身體背向守門員李越，吳仁的身體將球和李越阻隔開來，成功的護住了球。

「往左撲還是往右撲？」雖然李越的腦中正準備進行復雜的思考與推測，但這電光火石的一瞬間，哪裡容得他完整的思考呢？

吳仁在背對李越的一瞬間，立刻用右腳的腳底將球往自己的右後方一拉，在球滾向自己右後方的同時，身體立刻向右迴轉，左腳緊接著流暢的向前一扣，球向前快速的滾動，吳仁也向前竄出。

李越見狀向右撲去，卻哪裡來得及！守門員用盡全力也只能搆到吳仁球衣下擺的一角。

吳仁直接面對空門，冷靜的輕輕推射，球輕巧的入網。

「馬賽迴旋！」里易興奮的叫了出來。

「他好冷靜喔！」以沫也大叫。

「如果沒有顏艷那個無私的給球，他也進不了。」小閻羅看來是顏艷的粉絲。

「馬……什麼迴旋？」學園長忽然開口。

大家停下了吱吱喳喳的討論。

「嗯……該怎麼說呢？應該這樣說，馬賽迴旋是陽世的說法，我不知道地獄怎麼稱呼，但，這個動作的發明者已經不可考了。在近代足球，分別由阿根廷的馬拉度那和法國的席丹將這個靈巧又具有觀賞性的動作烙印在世人的眼裡。尤其是後者，席丹的馬賽迴旋常能配合其它傳球、停球的動作，一氣呵成、流暢靈動，又因為席丹出身法國馬賽市，所以這個動作常被冠名為馬賽迴旋。」里易娓娓道來。

「銀河艦隊，席丹和羅納爾多，以及葡萄牙黃金一代的路易斯．菲戈、路易．科斯塔等球星，真是最美的足球饗宴。」小閻羅脫口而出。

「你又偷看陽間的電視了？」閻羅天子責難。

「原來如此，接下來比賽會怎麼發展呢？」學園長「老黑鬼」有意解救小閻羅。眾人將視線投回比賽。

班聯會0：班代團1

球賽再度開始，班聯會的前鋒林詳將球向後傳給中場球員。

而班代團則想乘勝追擊，顏艷一個手勢，全隊立刻展開一個積極上壓的隊形。

「說到體貼弱勢，制服本身不就是一種階級嗎？地獄學園的大學部不用穿制服，而小學部學生則要穿制服，這不就是一種階級制度？再來，藉由制服，我們可以清楚的分別地獄學園、天庭學園、宇宙學園，這不也是種階級制度嗎？對於入學門檻比較低的地獄學園，我們不也是一種弱勢嗎？」楊奇像是背書一樣的將這套說法搬出來。

「這……」李玲玲皺眉思索，但似乎沒有好的回應。

心眼石中金黃色的液體流向班聯會一方，班聯會的球員乘機發起攻勢。

「千里奔襲。」班聯會的邊鋒陳米立刻啟用神功護體，一匹藍色的駿馬立刻依附在陳米的身上，陳米的神功有了心眼石的加持，速度比剛才來得更驚人。

「豹擺尾。」眼看陳米即將越過球場的中線，剛拿到球的班聯會右邊後衛王保也施展了神功護體，藍色獵豹的尾巴猛力一擺，送出強勁的傳球，球越過班代團的後衛線，落在了球門前約三十米的地方。

班代團的左邊後衛高舉起手，對著在一旁的邊線裁判示意這球已經越位犯規。但邊裁並沒有舉起手中的旗幟，只是神色堅定的搖了搖頭，示意這球並沒有越位犯規。

班代團的後衛絕望似的加快腳步，死命回追，怎奈就是無法拉近和陳米之間的距離。

陳米輕巧的將球一停，在十八碼大禁區邊緣的他，果決的起腳射門，球貼著地面，乖巧的往球門的左下角奔去。

「柳網。」班代團的守門員陳芳則咬牙使出神功，看來她在上次使用神功後，尚未完全恢復狀態。果然，這次綠色的神功所織出的網子速度來得較慢，守護的角度也比較不全面。陳米的射門早了一步，皮球滾入球門的側網，班聯會將比分追平。

班聯會1：班代團1

「天啊，班代團的優勢才維持不到一分鐘。」小閻羅驚呼。

「看來，球隊的辯論選手真的很重要，有好的辯論能力，將能為整支隊伍帶來極大的優勢。」里易試著分析。

「以沫，這個重責大任可要交給你囉！」閻羅天子淡淡的說。

大家都轉過頭來看著以沫。

「我？」以沫既緊張又徬徨，她不知道自己是否能勝任這樣重大的任務。

「嗯。」閻羅天子用一個字回答。

「可是……我覺得里易比我冷靜多了。」以沫並不是想推卸責任，只是，她覺得自己非常不適合這樣的工作。

「這是地藏的想法，我們盡全力配合就是了。」閻羅天子耐心的解釋，希望以沫能接受。

接下來的比賽各有攻守，但局勢卻呈現著一比一的僵持。

「從社會學或是政治經濟來看，制服是『威權』這個意識型態的體現，制服、制度是統治者用來馴服或是馴化人民的工具。」楊奇試著乘勝追擊。

但也許是楊奇的言論太過偏激，心眼石中，原本在班聯會那邊的金黃液體，竟又流了一些到班代團那方。

「你的說法不太合理，那只是制服出現的一小部份原因，這樣的想法，只會讓人陷入一種被害妄想，彷彿執掌權力的人，永遠只想榨取被管理者。別忘了，有更多的管理者是以社會共同利益為出發點。」李玲玲見到金黃液體的流動後，急忙的補充。

果然，更多的金黃液體流向班代團，呈現五五波的形勢。李玲玲看向場上的隊員們，勉強支持城池不被攻陷的隊友們，紛紛對她比了個「讚」。

「那麼，歷史上那麼多的暴君是怎麼來的？」楊奇反問。

「你可以算算啊，歷史上的暴君在位的時間和賢君在位的時間，仔細估算後，暴君的比例佔不到百分之二十。這裡是我的佐證資料。」李玲玲將手上的資料推入心眼石之中。

透過心眼石的力量，場上的每個人都能見到這份資料。

觀眾紛紛低聲討論，有的人對著資料反覆審閱，有的人和一旁的人竊竊私語，有的人聚成一團一團的公開討論，有的人依然目不轉睛的注視著場上的球賽。

「那是從統治者的角度來算的吧，你只用上了這份資料的前半部份。諾，你看，這份資料的後半部份，若從被統治者的角度來算的話，中國歷代皇帝中，暴君的比例高達百分之八十。」楊奇也將資料推入了心眼石裡。

觀眾的躁動變得更加明顯了，場上清楚的流竄著一股興奮的氣氛。

金黃液體又緩緩的流向班聯會。

比賽接近尾聲，班聯會獲得一次角球的機會，看來平局對他們來說不是選項之一，因為，連門將李越都進到了對方的禁區裡，準備爭頂。

除了發角球的一名班聯會的球員，還有一名待在中場防止被快速反擊的班聯會中後衛，場上剩下的二十名球員全擠到了禁區裡。

防守的班代團球員拼命卡位和盯人，而進攻的班聯會球員則拼命的試著跑位擺脫對手的盯防，觀眾們一邊盯著開角球的球員在球場上的邊角準備，一邊又要分神看著禁區內激烈的卡位和戰術的變換。

球開進場了，球以低平的彈道飛向球門前，陳米使出神功護體，快速上前迎向球去，用頭將球輕輕一蹭，球被陳米輕輕的托高，但飛往球門前的路線依然不變。

原本已經要將這球頂出禁區的班代團球員反應不及，只能眼睜睜看著球飛過自己的頭頂。球飛向另一側的門柱，眼看就要飛出底線。

「戰鎚。」埋伏在禁區的林詳拍馬趕到。

班代團的球員死命的扯著林詳的球衣，想阻止他趕上這個球，但神功護體的威力之強，只見場上出現了一個奇特的畫面：林詳的戰鎚猛力頂向飛來的球，而在身後扯著他球衣的對手失去了重心，也向前撲去，彷彿對手在幫助林詳，將林詳推向球去。

陳芳連「柳網」都還來不及張開，球就已經進到球門裡了。

二比一，班聯會領先。

班聯會的球員們都開心的抱在一起，場邊的小學部學生中，支持要廢除制服的同學們更是爆出激烈的歡呼聲。

雖然比賽已經進入最後階段，剩下不到五分鐘的時間，但班代團還是不放棄，班代團的前鋒顏艷從對手的球門中撿起了球，快速的回到了球場的中圈，將球給擺好了。

班聯會的球員慶祝依然，顏艷無奈的向裁判攤攤手，裁判吹響了哨音，他判定班聯會的球員延誤比賽，並給出了一張黃牌。

班聯會的球員快步的回到位置上，班代團再次開球。

「那你的意思是說，所有國君的政策，都是為了馴服或馴化人民？」李玲玲率先展開攻勢。

「是的。」楊奇謹慎的回答。

「那執政者的每個政策都是完美的？你認同嗎？」李玲玲問。

「我當然不認同。」

「為什麼呢？」

「要管理那麼多的，而每個人生來都與眾不同，政策要完美，談何容易呢？」

「那麼，找不到完美的政策時，執政者應該怎麼辦呢？」李玲玲再問。

「當然是以尋求人民最大福祉第一要務。」楊奇回答得有點不安，因為這些問題好像都太過容易回答了。

「那麼，以陽間的美國為例，這是我從地獄學園的美國分部得到的一手資料。」李玲玲將另一份資料推進心眼石中。

「美國分部？」以沫好奇。

「是啊，中國的地獄和美國的地獄當然不一樣，世界各國的地獄都不一樣。」小閻羅回答。

「是因為宗教的關係嗎？」里易問。

「嗯，整體來說，結構和制度大同小異，比較大的差別則在表象上。」小閻羅說。

「表象上？是指服裝還是……」里易再問。

「嗯，例如中國的陰差最常以常頭馬面的形像出現，而基督宗教中則會以天使的形像現身在死者面前。」

「美國的學生，尤其是女性學生，平均每天要花四十五分鐘到一個小時的時間站在衣櫃前，猶豫不決。」李玲玲趁著大家檢視資料的同時，慢條斯理的說。

「這是美國資料，國情和我們不同。」楊奇咬著牙說。

「但足以做為我們參考，你知道為什麼美國的學生要花這麼多的時間在選擇衣服上嗎？」李玲玲追問。

「為了美感？」楊奇做出了最保守的回答。

「因為，穿得太平凡可能被同學無視，被邊緣化；穿得太過顯眼或是特立獨行可能會被孤立；穿得太過漂亮則可能被排擠或是霸凌。」李玲玲每說一句就折下一根手指。

「這……穿制服也有質料的問題，甚至有的人還會去修改制服的樣式。」楊奇還在試著勉力支持，但話一出口他就知道大勢已去。

「是啊，穿制服產生的這些狀況會比穿便服來得減少很多吧！」

「這是你的臆測。」

心眼石中的金黃液體完全流向了班代團這一邊來。場上班代團的成員個個全身被綠色的光團籠罩，不論是速度、力量、或是靈活度都比班聯會的隊員們高出一大截。

時間來到最後一分鐘，班聯會的選手紛紛搾出身上最後一絲力氣，將隊形縮小到了禁區前緣，奮力的阻擋著班代團的攻勢。

班代團吳仁的射門勢大力沉，班聯會的守門員用盡全身的力量，伸長了雙臂將球托出，希望讓球出界，期望能消耗掉一些時間。

球的軌跡因此被改變，眼看就要擦柱而出界，顏艷卻以一種快到令人難以想像的速度、以一種輕巧到令人難以想像的姿勢，從兩個班聯會後衛的腳邊不到三十公分的縫隙滑身而入。

顏艷硬生生的以腳尖捅中了皮球，皮球緩緩的從球門的死角滾入了球網。

全場爆出了如雷的轟響。觀眾們全體起立鼓掌，為奮戰不懈的兩隊喝采。

在交換球衣之後，兩隊的球員列隊在球場中央。

「二比二的平局，關於制服存廢與否一題，我們將擇日再戰，希望大家堅持自己的信念，持續且不間斷的溝通，願地獄更美好。」地藏王的聲音透過心眼石響徹全場。

「願地獄更美好。」全場的觀眾高聲的復誦。

大家依然熱絡的討論著剛才的辯題，討論著剛才的比賽，除了少數需趕回崗位上的人外。

「這裡比我想像中的民主好多。」里易說。

「我要將心眼石還回去，你們一起來好嗎？」地藏王的聲音突然鑽以沫的耳中。

以沫抬頭，發現閻羅天子、學園長、小閻羅、里易等人都不約而同的看向對方，再看看周遭依然沉浸在比賽中的人們，以沫知道，剛才地藏應該是用了特殊的手法，只將聲音傳到了他們的耳中。

一行人沒有說話，跟在學園長的身後默默的離開會場。

一走出會場，地獄學園那種淒涼、靜謐的氛圍又悄悄的聚攏在他們的周圍，彷彿球場的門口有個特殊的結界，將場球內部隔成了另一個世界，在那裡，地獄可以不用那麼的「像」地獄。

25 孽鏡臺前

以沫一行人來到孽鏡臺前時，地藏王看來早已等候多時。孽鏡臺上架起一副桌椅，旅人咖啡的店長甄甄隨侍在一側，咖啡剛煮好，被謹慎的倒入杯中。共六杯。

看來地藏不只算好了時間，也算好了人數。

地獄學園的學園長，因為比賽後還有要事必需處理，所以送以沫一行人到學園門口後，就回到自己的崗位上去了。

所以，閻羅天子一杯、小閻羅一杯、以沫一杯、里易一杯、地藏一杯、甄甄一杯。

六人坐到小小的方桌前，甄甄從小小的背包中拿出了數量和種類驚人的甜點和茶點。

以沫和里易顯得吃驚。

「就像是哆啦A夢的四度空間口袋是嗎？」甄甄笑著說。

「你怎麼知道？」以沫問。

「我第一次看到時也這麼認為，後來很多次，剛從陽間來的人看到這背包後，也都冒出這個可愛的想法。」甄甄一邊說著，還一邊從背包中掏出東西來。

地藏拿起了咖啡，將杯子平胸舉著。

閻羅天子、小閻羅、甄甄見狀也將杯子舉起。

以沫和里易連忙將杯子端起。

眾人啜了一口後，將杯子放回桌上。咖啡再怎麼誘人，在此時也成了茶會的配角，主角是地藏接下來準備說的話。

「為什麼是我們？」里易單刀直入。

大家雖知里易向來提問犀利，但這麼直接、這麼突如其來的問題也讓大家紛紛轉過頭去看著他。

「哦？」地藏挑高眉毛，再將問題拋回給里易。

「嗯……我是指……，我是個犯罪的人，我在陽間做了傷天害理的事，來到陰間，我還因為害怕而……偷了某個陰差的手機。」在說出「偷」這個字眼前，里易稍微停頓了一下，但他還是鼓起勇氣說出口。

人要承認自己犯下的過錯，尤其是大的過錯，特別需要勇氣。

「你現在是想要和我談條件嗎？」地藏問。

「談條件？」以沫插嘴了。

「打贏平等王，換取減罪。」地藏說。

「真的可以嗎？」以沫激動的問，她轉頭向里易說：「這樣就太好了。」

里易不說話。

「怎麼了？這可是個大好機會。」甄甄在一旁幫腔道。

「我不是想換取減罪。」里易說。

「那麼？」地藏嚴肅的看著里易。

一直低著頭的里易現在抬起了頭。

「我一直以為自己冷靜，但經過了這次的事件後，我發現自己其實只是一直在壓抑，我竟然對著懷孕的導師大吼大叫，甚至說了許多不懂事的話，害得她……所以……」

「所以？」地藏示意里易繼續說下去。

「我不相信我自己，我不覺得我這樣的人能承擔這樣的重任，萬一到了緊要的關頭我又……『爆炸』了呢？我只是覺得……你選錯人了。」里易說完之後鬆了一口氣。

「你是在指責我嗎？」地藏提高了音調。這樣的音調，再加上地藏說話時總是緊閉著雙唇，那張嚴肅的面孔，實在令人難受。

「我……沒有這個意思。」里易連忙解釋。

周圍的空氣彷彿降到了冰點。

以沬想幫里易解釋，但她看見閻羅天子、小閻羅、甄甄都低著頭，連大氣都不敢喘一下，只好把到口的話又吞了回去。

「不然你是什麼意思呢？」地藏又提高了語調。

「我覺得他這麼說並沒有錯。」以沬終於忍不住了。

大家都抬起頭驚訝的看著以沬。

「我也有犯錯，闖進了地獄，到處亂跑，還私闖『慾懼幽林』，我也犯了滔天大錯，為何選擇我？難道，要創建一個新地獄部門的大事，對你來說，如同兒戲一般嗎？如果是我，我就不會選犯下這等錯事的人。」以沬對著地藏說完後，轉過頭對著閻羅天子問：「對嗎？閻羅天子，如果是你，以你的智慧和常理判斷，你會選擇讓我們兩個加入這場重要的辯論比賽嗎？還指名讓我擔任主辯手？」

「這……」閻羅天子答不上來，但他的遲疑已經回答了一切。

「哈哈哈……說得好，我選你們果然沒選錯。」地藏大笑了起來。

對於地藏突然的開懷大笑，眾人面面相覷。

「你們看著我的臉。」地藏說完後，用右手在臉上抹了一下。

說也奇怪，在地藏的手抹過臉的同時，地藏換上了一張全新的面孔。

正當大家感到疑惑的時候，里易忽然大叫出聲。

「啊……是你……」里易臉色發白。

「是誰？」小閻羅問。

「是那個被我偷走手機的陰差。」里易不可置信的說。

「原來那個陰差是地藏變的？」以沫問。

「難怪在處置會議上，十殿的閻王竟然找不到那隻公務手機的主人。」閻羅天子恍然大悟的說。

「那個陰差是你？」里易問。

「我有時會變成他。」地藏回答。

「那你是故意弄丟手機的？」以沫再問。

「當然。」地藏得意的說。

「這是為了？」好不容易的平復了情緒的里易問。

「你們再看。」地藏再次用手在臉上一抹。

這次地藏變化出來的面孔，連以沫都一起驚叫了出來。

閻羅天子、小閻羅和甄甄三人望向以沫和里易，等著他們從驚訝中回過神來後的答案。

「你是……不……你也是廟祝！」以沫驚呼。

「我有時也會變成他，我利用他的身份觀察你們兩個好久了。」地藏說。

「從我們還很小的時候？」里易想起了童年時土地公廟的一些回憶。

「難怪廟祝有時人很好，會跟我們有說有笑；有時又很兇，對我們很不耐煩。爸爸還說那是人老了後的古怪脾氣。」以沫笑著說。

「從好幾世以前，從你們……天機還不到洩漏的時候。」地藏神祕的說。

「好幾世？是指上輩子或是上上輩子嗎？」

地藏微笑不語。

「我們之前……呃……是指前幾輩子就認識了。」以沫指了指自己和里易。

「最近我才把你們弄在一起的。」地藏依然微笑。

「最近？是指這輩子還是這幾輩子？」以沫窮追不捨，她實在是太好奇了。

「況且，你們還通過了『慾懼幽林』的考驗，沒有血統的人要能有那樣的表現可是十分不容易的啊！」地藏說。

「怎麼樣的表現？我覺得我們表現得很差。」里易心虛的說。

「正視自己、正視慾望、正視恐懼，然後試著克服。」地藏說。

「所以我……」

「在你心情不好時，騎著神獸出去亂逛時，我動了小小的手腳，讓阿米特跑到『慾懼幽林』去。」地藏打斷了小閻羅的話。

「為什麼把這三個孩子湊在一起？」閻羅天子終於發言了。

大家屏氣凝神等著地藏的答案。

「因為，我需要孩子。不管霸凌成習，或是從不霸凌，我們都已經習慣太久了。大部份的霸凌都是求學階段開始的，但地獄官員已經離開『學會霸凌』或『學會不霸凌』的時期已經太遙遠，我猜這是地獄一直處理不好霸凌事件的原因。」

「你的意思是，地獄的官員，如果不是事不關己，就是感受不深，所以無法盡力的去執行。」閻羅天子說。

「那麼，從地獄裡挑選適合的人選不是更好嗎？為何要挑我們？」里易問。

「因為，如果霸凌地獄一旦設立，要進到這制度來的是還在陽世輪迴的人，我覺得必須要有陽世的代表，才能完善。」地藏說。

「那麼，地獄裡為何是他，他並不是成績最優秀的。」閻羅天子看向小閻羅。

「他大概已經知道為什麼了？」地藏看向小閻羅。

大家都看向小閻羅。

「因為……我在學校被霸凌。」雖然以沫和里易早就知道這件事，但聽著當事者親口說出，還是令人背脊發冷。

「什麼？你說什麼？」閻羅天子看來很生氣。

「我……」小閻羅只能說出這個字。

「是誰？你怎麼沒有早點把這事告訴我？」閻羅天子氣急敗壞的追問。

「冷靜！」地藏說。

「我的孩子被霸凌，我怎麼有辦法冷靜下來？」閻羅天子的臉都漲紅了。

「嗡牟哩巴……」地藏唸起了一串咒語。

說也奇怪，閻羅天子立刻冷靜了下來，不發一語的坐著。

「你……多久了？」閻羅天子問。

「幾十年了吧？我也忘了，從某一件的圖畫作業開始。」小閻羅說。

「圖畫作業？」閻羅天子問。

「嗯，題目是『我心目中的理想地獄』，當所有的同學都將地獄畫得極其恐怖的時候，我的地獄裡卻有微笑。」小閻羅說。
「微笑？」
「嗯，他們就笑我，說我和父親一樣，都是無可救藥的浪漫主義者，才會覺得人類有教化的可能。」小閻羅沮喪的說。
「你早就知道了。」閻羅天子轉向地藏，言下之意是「你怎麼沒早點阻止他們」。
「嗯。」地藏不否認。
「你怎麼可以？」閻羅天子恨恨的說。
「現在，我們有了兩個在陽世被霸凌過的學生、一個在陰間被霸凌過的學生、一個被霸凌者家長在我們的團隊中。」地藏說。
「可惡。」閻羅天子起身，頭也不回的轉身離去。
小閻羅看著忿然離開的閻羅天子，不爭氣的眼淚都快奪眶而出了。
「別難過，他是心疼你。」地藏說。
「您怎麼不再唸剛才的咒語呢？讓小閻羅的父親冷靜下來。」以沫問。
「我的法力並不比閻羅天子高多少，只是我坐在這個職位上好像比他虛高了一些。我剛才唸咒時並沒灌注法力，就算我灌注法力也不見得能影響到他。」地藏說。
「那他為何會冷靜下來呢？」以沫問。
「我只是唸了一段靜心咒給他聽，他聽進去了，開始停下憤怒進行思考了，所以冷靜下來。很多時候，咒語本身的意涵影響一個人程度，比法力的影響來得更多更深刻。」地藏說。
「你們受的苦，地藏都知道。」甄甄這始才開口說了第一句話，聽說，這是地藏這麼欣賞她的原因之一：該說話的時候才說話。

「這宇宙，誰不苦呢？」地藏說完緩緩站起身來，示意大家跟著他走。

遠處，閻羅天子騎著坐騎離去的身影，已近天際。

26 窺探陽世

孽鏡臺的正中央。

鏡臺的底座前。

地藏王從寬大的袖口中托出一顆金黃的渾圓寶石，寶石漸漸的變大，然後飄浮到了空中。

不管看幾次，以沫都覺得心眼石很神奇。

然後，地藏輕輕的吹了一口氣，心眼石漸漸的化成了圓盤狀，飄向鏡座，化成了一面大銅鏡，黑黑黝黝的，毫不起眼。

一旁待審的魂魄有的拍手叫好，也有人驚訝得張大了嘴，也有人的頭連抬也不抬。

因為地獄足球賽需要用到心眼石，所以孽鏡臺照魂的進度也暫時擱置了。直到現在，心眼石才回來，一旁的官吏們紛紛動了起來，有的開始唱名，有的開始整理隊伍。

「來看看你們的家人。」地藏說。

「看家人？」里易問。

「先安心，才能做大事。」地藏示意里易站上臺前。

黝黑的鏡面開始發出淡淡的藍光，並且出現水波狀的紋路。

當水波漸漸平靜之時，鏡面中浮現出醫院的場景。

里易躺在病床上，手上打著點滴，臉上罩著呼吸器，而里易的母親則在一旁守著。

「『你』正在復原，你的母親也正在復原。」甄甄說。

「我媽？復原？」里易驚訝的問。

「從失去了丈夫的打擊中。」

「你怎麼知道？」

「我是她的心理醫師，免費的。」甄甄遞上了一張名片，上面有著「政府特派」的字樣。

「政府？」

「地獄政府，只是地獄沒寫上去而已。你媽媽她以為是陽間的醫院派來的。」甄甄露出難得的狡黠。

「還有想看的嗎？」地藏問。

「我的導師。」里易說。

畫面來到了一處民宅，看來是老師的家裡，里易的導師在丈夫的陪伴下，虛弱的身體漸漸復原，已能下床到處走動。

「我知道自己這樣很過份，但老師的孩子呢？老師現在還好嗎？」里易聲音有點哽咽。

「其實你別太自責，這只是我用的小小手段，你師丈上輩子欠了『他』一些，你的導師上輩子也欠了『他』一些，所以用這次一筆勾銷。並且，我們將『那傢伙』的法力給銷毀了。」地藏說。

「法力？」里易問。

「嗯，他上一世是個修練法力稍有小成的陽世人，但他用法力行了些小惡，來到地獄後不願受罰，用法力擾亂陰差的執法。所以，我們讓他再轉世為人，並且在他未滿一歲，尚未再次學會唸禱咒語前，讓他夭折，這樣他就會忘了曾經學會的法術。受完該受的罰之後，就會好好投胎轉世了。」地藏說。

「原來如此，小閻羅之前有提過這樣的狀況。」里易雖然知道自己並非如之前所想的犯下滔天大錯，但是心情卻很難好起來。

「還有嗎？」

「唔……我……還是算了。」里易強忍住心中的好奇，他決定不再讓父親的行為左右他的情緒，他在慾懼幽林中已經上過一課了。

「你很勇敢。」甄甄短短的一句話。

「她有在剛才那句話中注入法力嗎？」里易心想，雖然甄甄只說了短短的一句話，卻讓他覺得受到很大的鼓舞。

「那麼，換你了。」地藏轉頭向以沫說。

以沫來到了孽鏡前，孽鏡的畫面馬上轉換。

鏡頭再次轉到醫院。

「陰差們將你的身體送回陽間，將你的軀體停放在學校的廁所裡，被同學發現後，『你』立刻被送到醫院。」甄甄說。

「那……『我』怎麼了？」以沫問。

「你正在昏迷中，主治醫生找不出病因，說要持續觀察。」甄甄說。

以沫的爸爸陪在病床邊，低頭滑著手機。

「他一定很擔心。」以沫有些難過。

「不用太過擔心，閻羅托過夢了，我也告訴過他，你隨時都會醒來。」甄甄一邊說，一邊遞出了一張名片，上面寫著「內科主治醫生」的字樣。

「你又是心理輔導員又是主治醫生？」以沫問。

「我是地藏王的特派員，在地獄這麼多年，我多的是進修的時間。」甄甄淡淡一笑。

「你還想看？」地藏問。

「我想看我的媽媽。」以沫說。

「按照規定，孽鏡臺不能窺照地獄內部。」地藏說。

「我媽媽她，她還在地獄嗎？她在受罰嗎？她做錯了什麼事嗎？」以沫著急的問。

「人都會犯錯。」地藏說。

「我知道，但我還是很難接受，在我記憶中，媽媽是那麼溫柔、體貼、完美……我能知道我媽媽犯了什麼錯嗎？」以沫流淚。

「你真的想知道嗎？你先好好考慮一下，以後，只要你問我，我一定告訴你。」地藏溫柔的說。

「我……我……」以沫難以自己。

「別難過了，你媽媽早受完了罰，她還留在這裡是因為孟婆很喜歡她，她被留下來幫孟婆的忙。」甄甄安慰以沫。

以沫聞言看向地藏，地藏對著甄甄微微的點頭後，只是微笑著。看來，地藏礙於規定不能透露，但對於甄甄在一旁的幫腔安慰，地藏覺得很是恰當。

以沫點點頭，拭了拭淚。但她的內心深處依然很難接受，在她心中那麼完美無瑕的媽媽竟然也犯了錯，到地獄之後必須受罰。

「沒有任何人是完美的，連我也是。」地藏說。

孽鏡的畫面陡然一跳，鏡中出現以沫熟悉的身影。

里易先是認出了自己學校的制服，接著再認出了那個熟悉的場景，那是里易的班級教室。

下課時間，教室的後方，遠離走廊的那個角落，聚集著一堆人。通常，那是「喬」事情的最佳場所。

畫面拉近，一群人的中間圍著兩個人，那兩人面對面，看起來是其中一人正怒斥著另一個人，後者頭低低的，連抬起頭來都不敢。

「你為什麼要汙蔑我、抹黑我，還到處跟別人說導師的流產是我害的。」一頭幹練短髮的女生大聲質問，接著是一連串不入流的、難以入耳的髒話。

沒錯，她是大姐頭，而被她罵得抬不起頭來的是貢丸世家。

「你也不想想，以前我都是怎麼罩你的？當你被同學霸凌的時候，都是我出來替你擋的，你現在是怎樣？恩將仇報喔？」大姐頭持續發飆。

「對啊，你怎麼那麼想不開，好好的日子不過，偏偏要惹大姐頭。」小芬達在一旁幫腔。

「你以後不會有好日子過了。」大姐頭狠狠的說。

大姐頭這話可不是隨口說說的狠話，她的確有辦法用盡各種手段，讓同學在班上過不下去。

「糟了，貢丸世家完了。」里易擔憂的說。

「怎麼了？那個女生真的那麼可怕？」小閻羅問

里易試著為大家整理大姐頭常用的幾個招式。

第一招，當面羞辱。當著貢丸世家的面羞辱她，而且只要伶牙俐齒的大姐頭想要，她可以嫌遍所有人的全身上下。例如：怎麼別人制服最上面的鈕釦不扣上時看來很輕鬆，走的是休閒風，但你的不扣，走的卻是妓女風啊！

第二招，指桑罵槐。在當事人身旁不遠處，故意用當事人剛好聽得到的聲音，好像在說別人一樣，卻是在說當事人的壞話。例如，在貢丸世家的身旁不遠處，大姐頭會用剛好讓貢丸世家也聽得到又有點聽不到的聲音對著小芬達說：怎麼那麼不檢點，怎麼會有人長著那種落伍臉，卻又綁著最近流行的髮飾，根本就是在踐踏流行。

貢丸世家只能默默的忍著，如果貢丸世家反駁或是生氣了，大姐頭就會一副得意洋洋的說「我們又不是在說你」、「幹嘛對號入座」之類的話。

第三招，肢體接觸。經過你身旁時，假裝不經意的撞到你或是絆倒你。體育課打籃球時，故意對你下重手。上課時用小紙團、小橡皮擦塊或是橡皮圈等騷擾你，當你轉過頭去時，他們又裝出一副認真上課的樣子。

這個攻勢的傷害，不在第一時間，被撞一下，或是被小紙團丟，根本不會受傷，這個攻勢的傷害在於「後座力」。當你被撞了以後，身後傳來的竊笑聲；當你被紙團丟，轉頭找不到人，又轉身面向黑板後，背後傳來的嘻笑打鬧聲。這些都會化為一把把的利刃，從背後插進你的心臟。

第四招，堅壁清野。放出狠話，讓所有你身旁的人都不敢再靠近你、倍伴你。

大姐頭只要說：「像貢丸世家這樣不講道義的人，誰只要和她當朋友，就和我當不成朋友。」那些原本和貢丸世家有交集的同學，就會望而卻步，不敢造次。

第五招，網路造謠。如果你不上網，她會在網路上製造流言，對你不利，而且，來到學校時，一定會有意無意的讓你知道這件事。如果你上網，那就更糟了，她會全面監控你網路上的一舉一動，你一有失言，馬上被她抓住把柄，就算你不失言，她也會想盡辦法斷章取義、移花接木，鋪天蓋地的毀了你的網路生活。

第六招，風聲鶴唳。趁人不在時，翻人的桌子，用腳踩別人的桌子還故意留下明顯的鞋印。用粉筆塗鴨別人的桌椅、書包，破壞櫃子，甚至是破壞別人的課本、作業簿或是塗鴨考卷。從背後用筆偷點別人的制服，墨水會在白色的制服上暈開，在布面上「公平」暈開的黑色、藍色或紅色的點，像是一枚又一枚的勳章，昭示著你接受過幾次敵軍的嚴刑逼供。最可怕的一次，大姐頭還從背後偷剪別人的頭髮，雖然只有幾根，但那人知道後的驚懼神情，令人永遠也忘不了。

第七招，遠交近攻。聯合其它正在被排擠的人物。大姐頭會開始對他們好，讓他們覺得有朋友了，那些可憐的邊緣人，大多很珍惜這樣得來不易的喘息，根本不會有人去關心幫助大姐頭的「頭號目標」。更甚者，還有些邊緣人甚至落井下石，希望能得到大姐頭的青睞。被霸凌的人霸凌被霸凌的人，那不是地獄是什麼？

「呃……抱歉，你們知道我不是那個意思。我不是在抱怨地獄。」里易道歉。

「天啊，這根本就是霸凌教科書。」小閻羅提高了語調。

「這號人物是？」甄甄看向地藏。

「甲子零零壹壹陸陸。」地藏說出了一個檔案名稱。

「喔，原來，那傢伙前幾世也都是惡名昭彰呢！」甄甄說。

「惡名昭彰？」里易問。

「是啊，每世在各層地獄受苦煎熬，每次都大喊著『下次不敢了』、『再也不會這麼做了』，哭喊得早已鍊得鐵石心腸的陰差們心都軟了，刑械常常是重重舉起，輕輕放下。但……」甄甄幽幽的說。

「但？」

「但下一世總是故態復萌，所以才會被編入罪大惡極的甲子冊內。也因此，地藏才會想改善地獄的體制，希望能用教育配合刑罰。」甄甄望向地藏。

「雖然，人在投胎轉世時，看似失去上一世的記憶，但過去所有的經歷，會存在靈魂最深處的構成。每一世的經歷，都可能會改動靈魂一些些。」地藏說。

「地藏長期的研究發現，教育能改動一個人靈魂的效果，遠比刑罰來得好，因為刑罰會使人害怕，想著如何去避開或是忍受，教育才能讓人去思考，思考自己的錯誤與罪過。」甄甄補充道。

「為何要針對霸凌來做呢？為何不將地獄全區的現況改變，加入教育？」里易提問。

「一來，做出全面性的改變，不知道結果會如何！方針方法是否正確呢？就算方針方法正確了，執行命令的人是否能確實且正確的執行也是另一個重要的成敗關鍵。也就是說，如果不能讓地獄的各級官吏信服，那麼，再好的體制與辦法都有可能失敗。」地藏憂心的說。

「而且，霸凌犯應受的刑罰，分散在各個地獄之中，除了轉移作業麻煩之外，各地獄之間的溝通更是辛苦。」甄甄說。

「溝通？辛苦？」以沫問。

「舉言語霸凌為例好了，對人侮辱或毀謗，屬個人行為者，將由第四殿的飛灰塞口小地獄來進行處罰。而刻意聚眾或聯合他人進行的侮辱或毀謗，則由第六殿鉗嘴含針小地獄來進行處罰。而其中情節嚴重者，造成它人身體上或心理之傷害者，更要照應第十殿陰差，割去其耳或口，受疼痛不止之處罰。」地藏說。

「所以，這三殿需要時時開會協調溝通，避免處罰不夠或是處罰太重。」里易說。

「是的，不只造成業務上的困擾，還常造成業務部份的磨擦。」甄甄憂心的說。

「再者，霸凌者很容易構成案情複雜的重罪，傷害人及影響人的範圍很廣很複雜，因此，在罪行的綜合計算下，很容易被列入『罪大惡極』的甲子冊，甲子冊中，有接近一半受到長期列管的罪魂，都是因為霸凌。」地藏說。

「也就是說，霸凌地獄一旦設置，甲子冊中，會有將近一半的罪魂，能得到教育的機會，哪怕後來檢驗時，霸凌地獄的效果不好，教育的方式將不會被擴大到地獄各殿，最少最少，還能保有這以教育代替處罰的霸凌地獄。甲子冊中這一半的罪魂，還是能在這一個環節，受到教育，對吧？」里易與奮的說完。

地藏露出難得的驚訝神情，對這小子竟然能把自己的心機摸得這麼準而感到驚喜。

「你果然沒有選錯人。」從驚訝中回過神來的甄甄說。

「如果霸凌地獄的設置成功了，那麼，這個經驗將能被傳到地獄其它各部門去。」以沫也興奮的說，在里易的剖析後，她的思緒也漸漸清晰了起來。

「你選的這兩個都沒有錯。」甄甄笑得更開心了。

「那我呢？該不會只有我是錯的吧？」小閻羅擔心的說。

大家都放聲的大笑，引來一旁排隊罪魂的注目。

「大家著手開始研究吧，我去和玉帝商討地獄足球賽的日期。」地藏說完，踩著腳下生出的祥雲，緩緩的上升，直到一定的高度後，快速的離開了。

27 霸凌動機

一個星期後，地獄第五殿第二會議室。

「我覺得我們一定要更了解整個霸凌的樣態。」小閻羅說。

地獄足球賽的日期已經確定，是在一個月後的四月十三日。

閻羅天子將第五殿的第二會議室借給了以沫三人，雖然是第二會議室，比第一會議室來得小，但空間還是綽綽有餘。

三人將此處定為「戰情總部」，將搜羅來的資料與情報統統匯集於此。

會議室呈長方形，四面的牆上光亮潔淨，頂端的天花板雖然不見燈具，卻灑下明亮而舒適的白光。

「我們可以好好利用這些牆面。」這是以沫的點子。

牆面上慢慢增加的便利貼，慢慢增加的標註貼紙，把牆點綴得繽紛多采。綜橫交錯的鏈結線，從一開始的凌亂雜蕪，慢慢有了綱領，慢慢有了明朗的線路。

橢圓甜甜圈形的會議桌上，堆滿了資料與書冊，有些暫時用不到或是找錯方向的資料，被移到了橢圓桌中間的地上去。

會議室前頭的牆面上，只放了一張陣型表，陣型表上還有多處空缺。

「畢竟，地獄足球的兩大要素，一是球員的球技，另一則是辯論員的臨場反應。」閻羅天子說。

「辯論的部份我們會努力的，球員的部份就麻煩閻羅天子了。」以沫對著準備出門拉攏球員的閻羅天子和地獄學園園長老黑鬼說。

在開始比賽說服當場的觀眾們前，先要說服有份量的球員，讓他們願意加盟到自己的球隊。

老黑鬼轉頭對著以沫、里易和小閻羅揮了揮手，跟在閻羅天子的後頭，快步的走出會議室。

「你還好嗎？」以沫對著小閻羅問。

「嗯，看來，父親他還在生我的氣，對於我沒把被霸凌一事告訴他。」

以沫和里易這幾天中，被安排住到了閻羅天子家，一來，他們曾在那裡住過，較容易適應；二來，三人住在一起，也增加了討論的時間與機會。

剛知道地藏這個安排時最感到開心的人，除了能跟好朋友多加相處的小閻羅之外，就屬閻羅夫人了。一直夢想著要有女兒的她，對乖巧的以沫加倍疼愛，常拉著以沫嚐嚐這個、聊聊那個，弄得小閻羅好不吃醋。

「喂喂喂，以前，我們家多久才真正的吃一餐，現在每餐都吃吃喝喝，還有點心、下午茶和宵夜，會不會太誇張了啊？」小閻羅抱怨著。在地獄，更多的時候，進食是以煙貢為主。

「我怕以沫吃不慣啊，雖然透過煙貢吸收了能量，但心裡還是會覺得難以調適的啊！」閻羅夫人笑瞇瞇的看著以沫說。

「那麼，為什麼碗都是我在洗？」好久沒洗過碗的小閻羅，一洗就是好多天。

「因為，他們是客人啊，所以，當然是你來洗碗囉！」

「啊！我來幫忙。」以沫站起身來。

「不不不，要讓他多練習，平常他都被慣壞了，不會做家事的話，以後娶不到好老婆的。」閻羅夫人拉著以沫的手，不讓她起身。

「好好好，為了以後有個好老婆，我洗就是了。」小閻羅的話讓客廳裡的人都笑了。

以沫感到很窩心，照顧自己無微不至的閻羅夫人，大方分享家庭溫暖的小閻羅，讓以沫能稍稍拋開即將到來的決戰所產生的壓力。以沫見到一旁顯得有點落寞的里易，她伸手握住了里易的手。

對於里易來說，剛失去父親，又因無心而犯了大錯的他，帶著贖罪心情努力奮鬥。本以為自己已經調適得很好，但是，哀傷及沮喪卻依然時不時的冒上心頭。里易也很感謝小閻羅一家，大方的分享家庭的溫暖，每天的噓寒問暖，餐桌上的談天說地，都讓里易因被父親拋棄而受傷的心一點一滴的復原中。但在剛才那段歡樂的鬥嘴中，不知怎麼的，里易又想起了父親，雖然不像先前那麼令人難受，但心裡也冒出了不少的沮喪和無力。

此時，里易感到自己的手被握住了，他抬頭看著以沫，發現以沫也正看著她。他忽然覺得受到鼓舞。

「是啊，至少這裡還有一個朋友陪著自己，相信著自己。這個朋友為了自己，勇敢的闖進地獄。是啊，我應該再多放些心思到足球賽，讓自己能再多些奉獻。」里易心想。

里易回想起兩天前的事。那時，在第二會議室中，只剩下他和來訪的地藏。以沫和閻羅天子去採訪甲子冊中，正在地獄受刑的罪魂，那些人是「霸凌專業戶」，而小閻羅則帶著三位「赤髮」到地獄學園的圖書館去查找資料。里易負責在會議室中留守，順便利用陽間的網路查找有關的學術論文。

「如果以沫當時沒有衝進陰間來找我，那麼我們會怎麼樣？」里易實在按捺不住好奇心了。

「這場計劃可能要再推遲好多年。」地藏平靜的說。

「好多年？是等到以沫陽壽盡了？還是你會另外想辦法把她找來？還是會有另外的人選？」里易一股腦的問。

「這是一盤大棋，急不得。」地藏只丟下這句話。

「你們的進度如何啊？」閻羅夫人的提問，將里易的思緒拉回客廳裡。

「我們的進度不太樂觀。」以沫說。

「哦？遇到什麼困難嗎？」

「我們認為，想要找出停止霸凌這個惡行，一定要找出霸凌的成因。也就是說，到底是什麼因素讓人與人之間發生霸凌的，但是……」以沫停了下來。

就好像在寫研究論文時，一定要先找到明確的研究動機，論文才能走在正軌上，朝著目標前進。

「但是？」閻羅夫人偏著頭追問。

「我們發現，霸凌的成因太多太複雜，有很多不同的樣態和不同的原因，我們好像無法歸結出一個最關鍵的原因。」里易說。

「所以，這樣一來，似乎就只能回到老路，『治標不治本』的用刑罰來讓大家感到害怕。找不到最主要的成因，那麼教育的綱要就無從制定起，在辯論時就會落於空談，沒有說服力。」閻羅夫人推敲著。

「哇，夫人你好厲害啊，馬上就能推導出我們花了好幾天才得到的結論。」以沫半撒嬌的說。

「呵呵，我以前可是地獄學園大學部的老師呢！」閻羅夫人打趣的說。

「真的嗎？那你可以加入我們的討論小組嗎？說不定你會是關鍵人物。」以沫說完開心的笑了。

28 地獄九殿

連日的資料收集及罪魂訪問，以沫這邊的進度依然有限。而小平等王那邊，正緊鑼密鼓的編修著新的行刑法典，想以重罰來抑止霸凌的發生。

地獄五殿的第二會議室裡。

「還有一個也許能得到關鍵的可能。」閻羅天子說。

「是指？」里易問。

「甲子冊零零零零零壹號。」閻羅天子說。

「可是，要見到他，不是很困難嗎？」老黑鬼皺著眉頭說

「再困難，都要見到他。」

「九殿平等王會同意嗎？」

「得試試才行。」閻羅天子說完後立即準備出門，前往九殿。

「打電話過去不行嗎？」以沫問。

「有些事，打電話比較容易被拒絕。」閻羅天子笑著說。

以沫想想，覺得閻羅天子說的很有道理，常常，我們對於電話那頭的聲音，較能提起勇氣來拒絕。大概是人們說的「見面三分情」吧，面對面時，表情和眼神較難控管，要拒絕別人也變得困難了起來。

當天傍晚，正當以沫三人熄了會議室的燈，準備回到小閻王家時，閻羅天子風塵僕僕的趕回來了。

「平等王他說不過我，只得讓我們見『霸凌魔』了。」

「『霸凌魔』？聽起來好可怕。」以沫縮了縮脖子。

「因為，他的每一世，都過著霸凌旁人的生活，每次到地獄之後，都被地獄酷刑整得死去活來，大叫『不敢』，但每當他重新投胎，返還陽世為人時，他又會故態復萌，重操霸凌舊業，甚至變本加厲，一次比一次嚴重。」老黑鬼補充說明。

「我想，我們如果能夠和他談談話，說不定會有些什麼收獲。」閻羅天子說。

「不過，平等王還真是卑鄙啊，他讓我們進去面會『霸凌魔』的條件是：不得將『霸凌魔』的證詞拿到足球賽上面使用。」老黑鬼嘆了口氣。

「也就是說，就算我們讓『霸凌魔』說出了『刑罰無法讓我改變』或是『我根本就不怕刑罰，我會一直霸凌別人』之類的話來，也無法在足球比賽上公開使用，對嗎？」

「是啊，這招可真絕。」

「那麼，我們還要花時間在這上面嗎？時間不多了。」里易問。

「我覺得還是要去一趟，畢竟，如果我們能在『霸凌魔』的身上找到霸凌形成的原因，我們要如何設計課綱才會有主要方向，不是嗎？」閻羅天子依然堅持。

眾人聽完後紛紛點頭。

「今晚好好休息，明天一大早前往九殿。」閻羅天子提醒大家。

隔天，一行人早早出門，閻羅天子和小閻羅騎著小麥，以沫和里易騎著小米，快迅的飛向九殿。

途中，望著地面上的景色和建物，以沫抬起頭來，和里易交換了眼色。他們兩個還是覺得很神奇，自己竟然能在地獄裡「趴趴走」，不但知道了世人口中的地獄是貨真價實的，而且還和地獄的管理層級變成了好朋友。甚至，在地獄即將增設一個新的部門時，自己竟然深深的參與其中。

這一切都好像是在做夢。

「當這一切結束之後，我們會被逼著喝下孟婆湯，然後返回陽世。那時，我們還會記得這一切嗎？」以沫有感而發。

「我不知道，但我現在正在努力的記住這一切，努力的牢牢記住。」里易說。

嗚啊……

前方傳來小麥的叫聲。

以沫抬頭，看見坐在小麥背上、閻羅天子身後的小閻王正對著自己揮手，當小閻王看見以沫抬頭看向他後，小閻王將手指向不遠的前方。

「九殿到了。」以沫轉頭對著里易說。

「果然，八殿和九殿使用的刑具耗能較多，這一面的大焦石山果然暗淡不少。」里易指著遠方的大山說。

大焦石山，是地獄能量和光線的來源。聽說，當時會選擇在這個地方設置地獄，就是為了大焦石山。

所以，地獄雖然是在地底深層，但依然會有光線，這大焦石山的光線甚至會隨著晨昏改變，白天時多放出一些光芒，而晚上則會減弱光芒。

而地獄所需要的電力及能源，都是從大焦石山所引來的，所以像是八殿和九殿所使用的重刑具，如「油鍋」、「車裂」等地獄刑具，都需要極大的能源才能運作，這也就是為何大焦石山的這面會比其它面來得暗淡的原因。

來到這裡的罪魂雖然罪行較重，但是人數較少，每每只能分配到較少的維修經費，所以八殿和九殿的建築物外觀看起來都較為老舊。

老舊的建築物加上昏暗的光線，自然而然的營造出一股陰森森的感覺。

小麥和小米熟練的降落在飛航管制區邊緣，小閻羅拴好了二獸，跟上走在前頭的閻羅天子、以沫和里易。

九殿門口的警衛迎了上來。

「來者何人？」警衛已經認出來者是閻羅天子，但他還是依照標準作業程序問了對方的身份。

「閻羅天子。」閻羅天子耐著性子回答，若是在五殿，這樣死板的對話絕對不會出現，閻羅天子鼓勵下屬，更多親切的接待來者。

「我去通報。」

不久，警衛回來了。

「平等王現在有要事，所以不便前來，他會派九殿的警衛隊隊長來接待大家。」警衛說完，冷冷的退回警衛室去。

「又要我們等！」小閻羅沒好氣的說。

「沉住氣。」閻羅天子說完後，席地坐了下來。

「地上很髒。」小閻羅說。

「我想把全部的力氣留到等一下的訪視，衣服的事，我再向你母親陪罪就是了。」閻羅天子闔上眼睛，閉目養神。

以沫和里易也跟著這麼做了，雖然心不甘情不願，但小閻羅也跟著這麼做了。嘴中還不停喃喃著

「這什麼待客之道」之類的話。

約莫過了十五分鐘的時間，一陣急促的腳步聲傳來，讓打坐中的四人睜開雙眼。

「抱歉，讓大家久等了，臨時接到命令，我已經儘快趕過來了。」一道陰柔的男聲。

以沫眨了眨眼，讓眼睛適應了光亮之後，她小心的打量著來人。

來人身高不高，體型偏瘦，短到可以見到頭皮的平頭，雖然有著清秀的五官，卻有著一張慘白的臉。

「如果他吃胖一些，再留個適當的髮型，應該會是個帥哥。」以沫心想。

「抱歉，在這個地方工作，要變胖真的很難。」臉白男說。

「咦？你怎麼？我剛才有說話嗎？」以沫嚇了一跳，她應該沒有說出口才對。

「嗯，你剛才沒有說話。」里易回應以沫詢問的眼神。

「你『聽到』我心裡在想什麼？」以沫一副「別又來了」的表情。

「嗯，好像是，不過，我在這裡真的很難將頭髮留長。」警衛長解下腰上的長鞭，一邊說，一邊緩緩的將長鞭纏在自己的手上。

「可能是因為你是陽間的人吧，我也沒遇過這種將況。」面對以沫求助的眼神，閻羅天子也沒有確切的答案，這是他第一次遇到這種狀況。

打從以沫來到地獄，就多次的發生，以沫心裡所想的事情，週遭的人似乎都能清楚的感知到，有時是週遭的所有人，有時只有以沫心裡想說話的對象。

「你剛才想了什麼？」小閻羅問。

「我……剛才……呃……」這教以沫如何啟齒，在這麼重要的時刻，她竟然還分心在注意警衛隊隊長的相貌。

「大家請隨我來。」警衛隊隊長的話語救了以沫。

以沫鬆了一口氣，不管警衛隊隊長是刻意在此時出言救她，或者是無心的，她都對這名男子多了一絲好感。

一行人進了九殿的正殿，這裡的人潮明顯的比五殿少了許多。但，在正殿中穿行的罪魂，每個人的身旁都有一名陰差押送。

「我們在五殿中看到的罪魂，很明顯就能看出他們生前是為非作歹的人，和一殿中看見的平民百姓差很多。但，九殿這邊的罪魂，給人的感覺就是……」以沫還在努力的尋找詞彙。

「兇神惡煞。」里易斬釘截鐵的說。

閻羅天子聞言皺了一下眉頭，這個表情雖然不大，卻被以沫看在眼裡。

「里易，你這樣子說好像……」以沫趕緊出言提醒。

「不厚道？可是他們真的給我這種感覺。」里易維持原有的看法。

「是啊，這些人來來去去，每次投陽後，又得回到這裡來，如果真要說的話，這些人應該是人類的渣滓，他們就是天神在造人時，沒造好的那一小批。」警衛隊隊長平靜的說。

以沫感到震驚。

她並不是對警衛隊隊長所講的話語感到驚訝，而是對他在講述這段話時的那副理所當然的樣子感到震驚。

就好像地球上的人類陳述著「太陽從東邊昇起西邊落下」、「地球是圓的」這樣顯而易見的常識，那樣的自然，那樣的無心。

「這就是九殿和五殿的不同嗎？是這名警衛員原本就有這樣的觀念？還是這名警衛員受到平等王

的影響？還是他在這個充滿兇神惡煞罪魂的地方的心得？」以沫心裡不斷的轉著。

來到正殿角落的電梯前，警衛隊隊長從上衣的口袋中拿出了識別證。以沫這時注意到，警衛隊的制服有點像是陽間的特種部隊。

「嗯，是的，這是從陽間引進的新制度。」警衛隊隊長說。

其餘三人的目光又投向以沫。

「你又聽到我心裡的想法了？」以沫著急的問。

到底發生了什麼事情？以沫自己也搞不清楚，到底她內心所想，有哪些被旁人聽見了，有哪些不會被旁人聽見，連她自己都搞不清楚。

著急又混亂的她，只能暗暗提醒自己不要在內心多想，避免再出更多的糗。

「沒關係，我很喜歡你這樣的提問，這樣不糗，在這裡工作好幾百年，有些問題我也需要重新思考，只是我一直忘了。」警衛隊隊長對著以沫微微的欠了個身。

以沫害羞的連臉都漲紅了。

警衛隊隊長將識別證靠近電梯門邊的感應器，感應器亮起紅燈，隊長的眉頭皺起。再感應了一次，紅燈依然亮起，他的眉頭皺得更緊了。

「很抱歉，看來我們得用走的了。」隊長皺著眉頭說。

「壞了嗎？」小閻羅問。

「我只能做好本份內該做的事。」

「請帶路。」小閻羅還想追問，卻被閻羅天子打斷了。

警衛隊隊長大步向前，閻羅天子二話不說的跟了上去。從剛才警衛隊隊長的回話，她猜想，電梯根本沒壞，應該是被「上面」動了手腳，無法開啟，所以隊長才會說「份內的工作」這樣的話。而，閻羅天子也應該瞧出了端倪，卻沒說些什麼。

「我覺得電梯根本沒壞，我們只是被刁難了。」里易悄聲的說。

「嗯，我也這樣覺得。」以沫低聲回答。

「煩死了，什麼時候不壞，偏偏這時候壞……」小閻羅一路碎唸著。

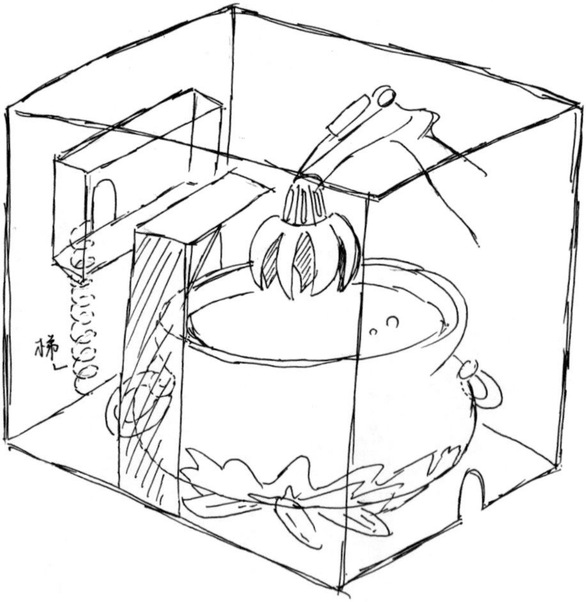

29 油鍋地獄

電梯旁，一個不起眼的角落，有著一道迴旋向下的樓梯。一階一階的石磚，在長久的踩踏下失去了稜角，卻也不圓滑，呈現一種近乎尷尬的凹凸不平，有點像是烤壞的手工餅乾。

每一層的轉角處，都安裝著一盞燈，樓層每往下幾層，燈具就越古老，從明亮的水銀燈到日光燈，從日光燈到電燈泡，從電燈泡到煤氣燈，從煤氣燈到油燈。忘了下到第幾層樓，樓梯兩旁只插著一根根的火把。

飄搖的火焰，隨之起舞的影子，讓周圍的一切加倍陰森。

嗡嗡聲傳來，兩道黑影快速的靠近，一道衝向里易，一道衝向以沫。

反應較快的里易低頭閃躲，而以沫則因為突如其來的變故而愣在原地。

閻羅天子擺起劍指，一道三昧真火由指間射出，燃毀了飛向里易的黑影。警衛隊隊長則揚起手上的長鞭，嗖一聲的擊殺了另一道黑影。

兩人的幾乎同時出手，同時擊殺黑影，這個警衛隊隊長的功力可能不在閻羅天子之下。

眾人定睛一看，跌落在地上的一隻，已被三昧真火燒得焦黑，而另一隻，則被長鞭擊得面目全非，但由屍體依然可以辨識出，那是一隻大大的蜂。約莫有姆指大小的蜂，有著紅色突出的複眼，一對大大的口器，尾部還有一根長滿倒勾細刺的毒針。

「閃得好。」警衛隊隊長對里易豎起了大姆指。

「這是？」小閻羅用腳踢了踢地上的屍體。

「這是地獄毒蜂，應該是從毒蜂小地獄中跑出來的。」警衛隊隊長平靜的說。

「地獄毒蜂！被螫到不只傷口奇癢無比，拔出倒勾刺時，還會扯起一大塊肉的地獄毒蜂？」小閻羅不可置信，之前只在課本上讀到的超級毒物，剛才竟然攻擊了他們。

「是的，他們不時會從毒蜂小地獄中溜出來，很多警衛和陰差也吃過牠們的虧。」警衛隊隊長像是在說一件再平凡不過的事。

「這種事常有？」小閻王一副不相信的口吻。

閻羅天子閉口不語，臉色陰晴不定。

「嗯，九殿的工作環境之差，是個眾所皆知的祕密。」隊長踢開了地獄毒蜂的屍體，繼續往下走。

再過了幾層樓，以沫的布鞋鞋底較薄，感到地面有些溫熱。起先，她以為是走了太久，腳底覺得不舒服。後來，她發現腳底的溫熱感越來越明顯。

她蹲了下來，準備用手探觸地板。

「怎麼啦？」里易轉頭問以沫。

「喔，地板是熱的喔，因為下面幾層就是『油鍋』了。」警衛隊隊長回過頭來說。

再往下兩層，一股燠熱襲來，以沫覺得臉頰好燙好燙，頭髮像是要燒起來一般。

閻羅天子和小閻羅急忙運起內功抵禦，而里易和以沫則被熱風吹得差點暈過去。正當閻羅天子準備施起法術時，警衛隊隊長已經揮起鞭子。

「啪」的一聲清脆，鞭子在空中圍成了一個圈，發出藍色的光環，緩緩的套向里易和以沫。當鞭環套住兩人後，兩人的臉色立即舒緩過來，鞭環完全的阻擋了熱風的侵襲。

「我想起來了，你是『荊棘』，有幸一見。」閻羅天子說。

「在下姚匡，雕蟲小技，閻羅王好眼力。」警衛隊隊長拱手說。

姚匡是地獄裡使鞭的高手，在上一屆的武鬥大會中，拿下了軟武器類的首席。

「你不熱嗎？」里易抓了抓汗溼的頭髮。

「習慣了，習慣就好。」姚匡苦笑。

「我可以參觀油鍋嗎？」以沫抹掉額上的汗珠。

「這……」姚匡轉頭看向閻羅天子。

姚匡和閻羅天子同時露出難以置信的表情，像是在說「這小女生也忒大膽了」。

「方便嗎？」閻羅天子問。

「只要你們時間夠，我是有這個權限的。」姚匡回答。

「那就麻煩你了。」閻羅天子說。

「只是要麻煩閻羅天子，再多施層法術，油鍋地獄的強度太高，我沒把握我的雕蟲小技能護得兩位不傷。」姚匡指向自己的鞭子。

「當然。」閻羅天子伸出劍指，唱了個訣，藍色鞭環的外層又多了一層金黃色的光圈。

姚匡的細心和不托大，讓閻羅天子一行人留下良好的印象，也讓他們對於九殿的想法稍稍有了轉變。

只是，此時的他們都不知道，這樣一個剛萌芽的小小念頭，後來竟然會長成一顆驚人的參天巨樹，會大大的影響了比賽的走向。

再往下兩層樓，姚匡帶著大家轉入一條甬道。甬道口，正是電梯。

一位「赤髮」渾身大汗的從甬道的另一端走來。他伸手按了電梯的按鈕，電梯沒有反應。

以沫一行人剛才在地面層時，就已經知道電梯壞掉的事，一點也不感到驚訝。但，那名赤髮早先並不知情，等到他又多按了幾次按鈕，才發現電梯壞了。
「幹，又壞了，這是這個月的第幾次了？煩死人了。」赤髮用力的踢向了電梯的門。
「咳咳……」姚匡假意清了清喉嚨。
那名「赤髮」聞聲，驚覺身後不遠處有人，連忙轉過身來，拉下頸上的項鍊。
「隊長。」赤髮猙獰的面貌慢慢的變回一名平凡的中年男子，臉現歉疚。
「辛苦了，早點回去休息吧。」姚匡說完帶著客人繼續往甬道的彼端前進。
以沫回頭，看著那名中年男子低著頭離去，等著他的是長長的樓梯。
「這電梯真的那麼常壞掉，我剛才還是為是故意要整我們的呢？」小閻羅說完，閻羅天子白了他一眼。
「哈哈哈……我很怕你們會這樣想，幸好你有直接問出口，憋死我了，我很想向你們解釋，科技部門一直搞不定這該死的電梯，九殿的經費又不夠，但是我又怕這樣會越描越黑，讓你們誤以為九殿是有意刁難你們。」姚匡大笑著說。
大家都跟著笑了。
「原來，九殿跟其它地方一樣，有著各式各樣的人。他們的頭頭討人厭，部下不一定討人厭。」以沫心想。
「是啊，九殿的員工裡有很多好人。」姚匡說。
大家轉頭看向以沫，紛紛猜想以沫在心底又想了些什麼，姚匡才會做出這樣的回答。
甬道的盡頭有一扇門。
甫開門，裡頭的兩名赤髮立刻站起身來，對姚匡行禮。

「這裡可以看見油鍋地獄的全景。」姚匡示意兩名赤髮繼續工作。

原來，這是一間控制中心，裡頭有著各式各樣複雜的儀表板和按鈕，像極了電影中的太空總署火箭發射中心一類的地方。

控制中心的前端，有著一面巨大的透明玻璃，透過玻璃，整個油鍋地獄一覽無遺。

來到油鍋地獄，以沫和里易驚訝的合不攏嘴。

「課本上的圖片拍得太差了。」小閻羅更是發出驚呼。

油鍋地獄是打通了好幾層的地下樓層，合併成一個巨大的正立方體地下空間。這間控制中心被嵌在側面牆壁上不高也不低的位置上。

控制中心的對面，在這個方形空間最底部的地方，另有一個供罪魂出入的甬道。

「工作人員都由這裡出入。」姚匡指著右側的一道窄門。

後沫好奇的打開了門，探頭看了一下，門後有一道十分狹窄的旋轉樓梯。和以沫一起受到鞭環保護的里易，只得跟了過去。

「哇，好窄好窄的梯子喔，而且看起來好高喔！」以沫驚嘆。

「是的，為了要降低罪魂脫逃的可能性，所以，九殿中幾乎都是使用甬道來引導罪魂。」姚匡說。

一行人來到了控制中心的玻璃窗前。這裡擁有絕佳的視野，可以清楚的看見油鍋小地獄的每一個角落。

感覺像是方形的空間中，硬是被塞進了大大的鍋子。就像剛買回家的鍋具禮盒一般，一旦將鍋子從紙盒中用力的拆出來後，就再也放不回去一樣。

那地獄油鍋高出旁邊的地面三公尺多，約莫兩個成年男子的身高。罪魂們排隊來到鍋子邊時，會登上一個類似跳水臺的臺子，那臺子約有五公尺高。

而油鍋的另一邊，則有一支大大的怪手，長得有點像是一般廢車場中，用來吊掛車輛的機具。

鍋子裡，有著神祕的綠色液體，液體的顏色時而轉成淺綠色、時而轉成深綠色，液體中不斷的冒出斗大的泡泡，更蒸出了大量的蒸氣，顯示著它的高溫。

「要深呼吸一下，第一次看都會不舒服。」姚匡提醒。

一個罪魂爬上了跳水臺，準備往下跳。就在他蹲低身子，準備往前躍起時，他忽然猶豫的退了回去。

他身後的陰差大喝了一聲，嚇得那罪魂又往前了兩步。往前兩步看到了鍋中翻滾的綠色液體後，那罪魂又雙腿發顫的退了回來。

「去囉！」臺上的陰差低喊了一聲，然後伸腳將罪魂踢落鍋裡。

那罪魂在空中失去重心，不停的揮舞四肢，試圖抓住些什麼，然後臉部朝下的跌入鍋底。

那罪魂發出的叫聲，由空中開始，只持續到他的臉部跌入了油鍋。罪魂跌落處，冒起了一陣濃濃的白煙，白煙緩緩昇起，久久不散。

罪魂在油鍋中死命的用力掙扎，只有在浮出油面時才會發出短暫卻淒厲至極的叫聲，那慘叫聲從支氣管的最深處被擠壓出來，彷彿每一顆肺泡都使盡了全力。

淒厲的叫聲一聲比一聲更短，一聲比一聲更無力，然後，罪魂不再掙扎，沉落鍋底。

在另一旁的陰差開始操作怪手。支架傾斜，大大的圓盤移向罪魂沉落處，接著，圓盤上的六支鐵爪張開，緩緩的降到了油鍋中。當圓盤再次從油鍋中昇起時，鐵爪已抓著罪魂，罪魂身上的綠色液體還兀自的往鍋中滴。

當罪魂被拋到油鍋的另外一面，也就是靠近出口的那一邊時，那罪魂像是被驚醒一般，忽然又回復了意識。回復意識的罪魂，開始呻吟起來，無意識的向前爬。
以沫這時才注意到，靠近出口的這一面，陰暗的角落處，有著很多的罪魂在低聲呻吟，漫無目的的爬滾著。
一陣嗶嗶聲響起，控制中心的門打開，一名赤髮走近來。
「長官好。」他向姚匡敬了個禮。
「再生液補充完畢。」赤髮走向控制臺。
「准許進入。」控制臺人員在儀器上做了一些記錄。
赤髮打開窖門，走下旋轉樓梯。
「他是？」里易問。
「這是地獄刑罰最重要的一環。」姚匡只說了這句話。
不一會，赤髮下到了油鍋地獄的底層，他走向滿地滾爬的罪魂。
「從第一三五號開始，是嗎？」赤髮的聲音透過通訊器傳來。
「嗯……是的。」控制中心人員檢查了一下螢幕上的數據後說。
只見赤髮走近了一個罪魂，那罪魂已無法翻爬，只能在角落不停的抽搐著，以求減輕被油炸後的痛苦。
「你可知罪？」赤髮大聲的喝斥著。
「知罪……知罪……」那罪魂連忙回答。
赤髮的右手從背後的鐵桶旁抽出一支類似噴霧器的鐵桿，左手伸到背後，壓了壓鐵桶上的加壓桿，右手中的鐵桿噴出了一股紅色的水霧。
「好像早期噴農藥的東西喔。」里易想起兒時的記憶。回鄉下爺爺家時，爺爺總是喜歡騎著腳踏車，帶他到田裡去逛逛。

「真的，真的很像。」以沫也附和著。

那紅霧罩上罪魂，罪魂的痛苦立時得到了舒緩，蜷曲的四肢慢慢的伸展開來。然後，更神奇的事情發生了。

罪魂焦黑的軀體，忽然腫脹了起來，腫脹的身體中，像是有一大群小生物要破蛹而出的感覺。不一會兒，最外面的那層厚硬的焦皮掉落後，罪魂又回復了原先的模樣，被油炸之前的模樣。

那罪魂緩緩站起，走向出口的甬道。

「他受完罰了？」以沫問。

「他已經完成一百六十七次，還有三十三次。」控制人員轉頭看向姚匡，在姚匡點頭同意，才報出螢幕上的資訊。

「天啊，他承受這樣的酷刑那麼多次？」以沫難以置信的說。

「這就是地獄，地獄的原則就是，讓你重覆的接受苦痛，將這概念牢牢印記在你的靈魂深處。」閻羅天子說。

「那他一定不敢再犯了吧？」以沫焦慮的問。

「這罪魂每次轉世都會再犯，他這世是個人口販子，專門拐騙小孩，將他們賣到國外去。」控制中心的人員得到姚匡的同意後，再次透露了資訊。

「百分之八十的罪魂會重覆回到重罪地獄來。」姚匡皺著眉說。

「所以，加重刑罰能減低再犯的機率？」里易問。

「也有人認為，要用教育的方式來改變。」姚匡意味深長的望著閻羅天子。

以沫解讀不出來姚匡那微妙的語氣與神情。他是認同閻羅天子的理念，用教育來取代刑罰，但礙於自己在重罪地獄的工作而不敢明確的表態？還是，他根本不認同閻羅天子的想法，而出言暗暗諷刺？

「走吧！」閻羅天子發出了催促。

30 霸凌成魔

密不通風。

甲子層監禁牢房。

這裡是專門囚禁甲子冊內頭號罪魂的地方。

別說風透不進來了，這裡的幽微昏暗，恐怕連光都穿透不進來。只靠著牆上的小小油燈，勉強照亮著走道。

狹窄走道的兩旁，是一道道又厚又重的鐵門，鐵門上只有兩個小小的開口。上面的開口有著直豎的鐵桿，讓人能看到裡面罪魂的狀態。下面的窗口較寬較長一些，且緊貼地面，讓煙貢的煙能飄進囚室，維持罪魂的能量所需。

由於走道的照明較囚室內稍稍明亮一些，所以，從走道往囚室中看，所見到的只是一片虛無的黑暗。連續經過了幾道鐵門之後，以沫放棄了窺探重罪罪魂的可能性，專心的跟著姚匡前行。

「很抱歉，重罪罪魂不能帶離牢房，除了受刑。」

姚匡從背後摸出了一把鑰匙。他的雙手在鑰匙上又搓又揉，鑰匙的形狀產生了變化。

「這是？」里易提問。

「除了在這裡執行公務的陰差，沒有人能知道鑰匙長得怎麼樣。」姚匡扭轉鑰匙，鐵門發出沉重的「喀吱」聲響。

「要麻煩閻羅天子了。」姚匡示意以沫和里易深呼吸。

當護體的鞭環被姚匡收回後，一股燠熱感突然襲來。

「哇，好燙啊。」以沫雖然有了心理準備，也努力壓抑，依然忍不住的低叫出聲。

四週的空氣彷彿鼎沸了一般。雖然在悶不通風的環境裡，以沫和里易仍然感受到熱氣在自己的身體表面流竄，像是有人拿著大型的吹風機對準自己狂吹。

幸好閻羅天子的法術立刻生效，將以沫和里易包覆其中，熱氣褪去後，以沫和里易才稍微感到輕鬆一些。

姚匡催動鞭環，鞭環向囚室的上方飄浮，然後發出明亮的白色光線，囚室了的景況開始清晰起來。除了四面粗糙的磚牆、一面天花板和一面地板，囚室中什麼也沒有。

囚室的正中央，一名妙齡女子正襟危坐著。

「她是霸凌魔？」以沫驚訝的問。

「應該錯不了，為了管理容易，罪魂會以最近為人的那一世離開陽間時的形相來到地獄。」小閻羅說。

「他們是閻羅天子派來的人。」姚匡圓滑的隱藏了閻羅天子的身份。

「請代小女子向閻羅天子大人請安。」

「你應該知道我們來的目的吧？」閻羅天子對著霸凌魔問。

「小的知道。」霸凌魔低頭回答。

「那就開始吧！」小閻羅說著，從口袋中拿出了錄音筆，並且在霸凌魔面前按下了錄音鍵。

「你為什麼這麼喜歡霸凌別人？」以沫率先發難。

「這個嘛……我也不太知道，每次來到地獄受罰時，我總是告訴自己，我再也不要霸凌別人了。

可是……」霸凌魔難以啟齒。

「可是什麼？」以沫追問。

「可是不知道為什麼，一投胎轉世到陽世後，我就會故態復萌，欺侮別人讓我覺得……很紓壓……。」霸凌魔越講頭越低。

一陣沉默。

以沫利用這個短暫的空檔，努力的觀察了霸凌魔。只見她長髮垂肩，雖然穿著破舊的罪魂白衣，苗條的身形依稀可辨。白皙的手臂上佈滿血污，頭髮顯得蓬鬆凌亂。

以沫不禁想起，她一定也經過了多次的油鍋小地獄酷刑，甚至是更多的酷刑，讓她有了深切的悔悟。

「他們……呃……我們……來到地獄後，前幾世的記憶會回復嗎？」精明如里易，也有措詞困難的時候。

「會的。但是越靠近的幾世印象會鮮明一些，較遠的幾世印象幾乎完全模糊了。不然，我們的每一次轉世，就沒有意義了，經由不斷不斷的犯錯、反省、改進，人才會越來越好。」閻羅天子說。

「除了化生為「溼生」或「卵生」，像是飛蠅或是禽鳥蛙魚等，那樣的記憶會留下的較少。」姚匡點頭表示認同閻羅天子後，補充說明。

「那麼，喝下孟婆湯後，在地獄的體悟，不是也會全部忘光嗎？」以沫問。

「嗯，這個嘛，應該這麼說，在喝下孟婆湯後，忘掉的是前世的記憶，但你之前的『積累』，會化成『種性』，有點像是……」姚匡試著說明。

以沫和里易來不及消化，皺著眉頭思考著。

「有點像是，埋在靈魂的最深處。」小閻羅用簡單的話試著補充。

「那，你這一世為何又因霸凌回到重罪地獄來？」以沫對著霸凌魔問。

「因為，我的遭遇，將我靈魂深處的霸凌習性完全勾引出來，我知道這不是藉口，但這遭遇完全蓋過我靈魂深處的進步。」霸凌魔眼眶泛著淚光。

「發生了什麼事？」以沫追問。

霸凌魔開始了充滿鼻音的述敘。

國中時，我遇到了一個可惡的老師，他帶頭霸凌班上同學。那是個色魔老師，他未婚，喜歡吃學生豆腐。

他會以行為表現不佳或品行不佳為理由，搧動班上大部份的同學，去排擠和霸凌少數人，要同學們都不要去理睬某一位同學。

你說同學為什麼會被他搧動？

大概是大家的年紀都還小吧！他常請同學吃東西，常送同學小禮物，對於在班親會上敢大聲表達意見的家長們，特意討好，讓這些家長們到處去宣傳他是個認真負責的好老師。

沒有人發現嗎？當然有，被他霸凌過的學生都會有深刻的體悟。

沒有人揭發他嗎？一開始當然有，但那個學生早被他塑造成壞學生、爛學生的形象，所以，試著揭發他的學生，被他霸凌得更慘，同學們也紛紛指責那個學生是故意要害老師的。

只有被帶頭霸凌過的學生，才會知道那個老師是一個怎麼樣的人。

他為何要霸凌學生？有可能是某個學生比較有想法，不完全認同他的作為。比較有辦法的學生，都轉班或轉學了，剩下的人只能默默的忍受。

也有可能是，嗚嗚，像我這樣，比較內向，比較不會溝通或表達意見的人，反正，他很會看人就是了，他很會使用霸凌技巧。

我，長得不算漂亮，但白白淨淨，他知道誰可以欺侮，誰不可以欺侮，誰會大聲說話或反抗，誰會默默吞忍。

他發動全班來排擠我，然後在我孤立無援、沮喪低落時，對我伸出「援手」，找我講話談天，給我東西吃，送些小禮物給我。

然後？

然後，他藉口加強我的數學，讓我放學後留下來。

第一次感到他別有用心，是在他教我數學的時候，他會靠我越來越近。然後，有一次，他偷親了我。他靠近我的臉旁，看我算數學，越來越近，越來越近。然後，他就親了我的臉頰一下。

我的反應？

我當然是嚇一跳啊，雖然心中早有不好的預感，但還是會嚇一跳啊！忽然有個異性親了你，你不會嚇一跳？更何況親我的是老師！

他的反應？

他一直跟我道歉，說些什麼我很漂亮、一時迷惑之類的話。

然後？

他對我更好了，開始跟班上同學說我好話，讓同學們又慢慢的回到我的身邊。

太好了？

不。

我很害怕。這些幸福來得太突然。

結果？

又一次的放學加課，他又想親我，結果我躲開了。

他先是道歉，說太喜歡我，太想保護我。然後開始勸說，希望能接受他的關心。

告訴我爸爸？

我不敢。我知道爸爸要身兼母職，早已身心疲憊。

每次留校加強數學，我都覺得害怕。看著辦公室中的同學和老師，一個一個的離開，我很怕，萬一又只剩下我和他兩個人怎麼辦？

一次，他趁著教我數學的時候，握住了我拿筆的手，然後又將他的嘴唇湊過來，我躲不開，情急之下，將手肘抬起，抵住他的下巴，他暴怒了起來。

他爆炸了。

暴怒的他開始用嚴厲的語氣細數我的不知好歹，說他幫助我的人際關係、幫助我的學業、幫助我的家庭，還說他花錢請我吃東西、送我禮物……

連我都忘了或沒意識到的事，他都鉅細靡遺的列舉出來。然後，那天就沒再繼續上課了。

我那時想，這樣也好，畢竟，我覺得自己已經快要到達潰堤的邊緣。

結果？

隔天，他在班上把我當成透明人一般。接著又開始搧動同學來排擠我。陪我說話或是上廁所的人都被他約談，說是要同學們注意慎選朋友之類的話。有部份的同學受他搧動，開始不理我；有部份同學不想遭受牽連，也不敢接近我，只有兩個同學還願意陪著我，其中一個最後受不住老師的壓迫，動用了爸媽的關係轉班了，另外一個，日子一久也就累了，只好離我遠遠的。

我忽然覺得好空虛，好害怕。

我的爸爸？

他跟我的爸爸講了很多我的壞話，而且還說了他有多關心我，只想要我變好。面對爸爸的責難，我盡力辯駁，但，這場戰爭，我全盤皆墨。

於是，我又被留校加強數學了。

爸爸還多次語重心長的對我說，你的老師真的是一個好老師，你要多多聽他的話。

跟我爸爸說他親我？

你要我怎麼開口呢？我那時連月經來了，都不敢跟爸爸說。教我如何使用衛生棉的，是我最要好的朋友。你要我如何突然開口，說我的老師對我有非份之想，我的老師一定又會辯解，這次不曉得會把我說成什麼樣子。

我就這樣默默的忍了。

我只要忍耐個幾分鐘，就可以換取一個星期甚至是兩個星期的太平日子，有平凡的導師、平凡的同學、平凡的爸爸，我太想擁有這樣平凡的幸福。

親臉頰要親個幾分鐘？

你是真的單純，還是裝出來的啊？

他親了臉頰，見我沒反抗，他就要親我嘴啊！然後摟我肩，然後摟我腰，然後熊抱我……

然後，一次校外教學後，他又提議要載我回家，我不肯，他就找了另一個同學，說是順路兩人一起載。

另一個同學樂得可以不用擠公車，當然開心的答應了。我心想，那個同學的家比我遠，應該沒問題吧！

沒想到，我的導師竟然藉口開錯路，先載我的同學回家。等同學下車後，車子回轉時，他側頭看著左側的後視鏡，說，「終於只剩下我們了。」在副駕駛座的我，雖然看不見他的表情，但，光用想的就讓我嚇死了。

我開始冒冷汗、發抖、心跳加速，我一直在想，他會對我做什麼？他會對我做到什麼地步？我能忍受到什麼程度？我能忍受得了嗎？

結果，他開到濱海工業區，把車停在兩座大大的風力發電機中間。我看著風車轉呀轉的，等到我回過神來，他的手已經滑到了我的兩腿中間，我想要掙扎，他的手已經滑進我的百摺裙裡。

然後，當痛的感覺從我的陰道中傳來時，我腦中的迷霧完全被打散，我驚覺自己是無法忍受這種感覺的。

我伸手按住了他的手腕，他的手指在我的陰道裡又不情願的蠕動了幾下，然後才悻悻然的抽離。我不知道我的臉上是什麼樣的表情，我只知道，我的腦袋一片空白，有很多的東西閃過，但閃過腦袋的東西太多了，導致我的腦袋一時失能。

他又搓揉了幾下我的胸部，然後，他才發動車子，送我回家。

一進家門，爸爸還沒回來，家裡空盪盪的只有我孤身一人。我還記得，鎖上門的同時，我的眼淚開始不停的滑落，從家門口，一路滴到我三樓的房間，然後滴滿了我的枕頭。

十五歲的我，能做些什麼呢？

隔天早上要出門上學前，我經過二樓爸爸的房間。爸爸的房門敞開，從房內的各種跡象顯示，爸爸昨天應該又住在公司了。

我不知所措的來到學校，赫然發現抽屜裡多了一個陌生的紙袋。我抬眼四望，四周的同學們都忙著趕作業或是惡補著等一下的考試。忽然，我發現我的導師正帶著一抹若有似無的微笑看著我。

我猶豫了一下後，打開紙袋，發現裡面裝著一張專輯，是我最喜歡的韓國偶像團體的最新專輯，是我在存夠了零用錢後才要去買的專輯。

不知道為什麼，我竟然對那張專輯生出嫌惡感，我好像不再覺得那些明星們很帥了。我不知道到底出了什麼事，但，那個時候，我就是無法覺得這天底下會有哪個男人是好人。

下午的課堂，他對著全班稱讚我，說我在這段時間內進步很多，希望大家也能多多幫我。同學們看我的眼神開始改變，原本離我而去的好朋友又低調的湊過來和我說話。

我拆開專輯的封面，開始若無其事的讀著專輯附贈的筆記本。我覺得我好像可以，我好像可以忍受那短短的幾分鐘，以換取一整個星期的美好的平凡。

然後？

然後，我開始覺得，我好像也可以用這樣的方式，幫自己爭取些什麼，幫自己找回些什麼。

我開始學習言語霸凌和關係霸凌。不久後，我發現自己是箇中好手。後來才知道，那是潛藏在我靈魂深處的「性格種子」。

所以，我覺得你們的理念是對的，利用刑罰，一再的折磨，根本無法改變「性格種子」的惡，是時候該換成用「教育」的方式了。

「對吧！雖然她的證詞不能用，但她一定能給我們很多重要資訊，說不定能讓我們了解霸凌的核心原因。」以沫興奮的說。

「說不定真有這個可能。」小閻羅感染了興奮。

就在眾人交頭接耳的低聲討論接下來的提問時，一陣尖銳的笑聲淒然響起。

眾人回望，發現笑聲是由霸凌魔所發出來的。霸凌魔一手捧著自己的肚子，另一手拍打著地面，還不時的指著以沫等人，笑到上氣不接下氣，一時間說不出話來。

「怎麼了？」眾人面面相覷，最後是由小閻羅提問。

「怎麼了？怎麼了！哈哈哈……」又笑了好一陣，霸凌魔才喘吁吁的回答：

「笑你們被我騙了，霸凌就是霸凌，我就是愛霸凌別人，霸凌讓我感到快感，有什麼狗屁原因？哈哈哈……」

「你……」里易雖然生氣，但一時為之語塞。

閻羅天子低頭不語，像是在思索著些什麼，姚匡則站在一旁，冷眼的盯著霸凌魔的一舉一動。

「是誰？」霸凌魔忽然露出驚恐的神情。

眾人好奇的看向霸凌魔。

「你到底是誰？」霸凌魔仔細看向在場的每一個人，發現他們根本沒有人開口說話時，她的眼神飄向四周的牆壁，像是在努力的找尋些什麼一般。

「沒有，我剛才說的都是假的，沒有任何一絲真正的成份。」霸凌魔已完全沒了剛才那猖狂的模樣。

「你覺得錯了，你說的那些都只是你的猜測而已。」霸凌魔看來稍微的回復冷靜。

里易突然驚訝的轉頭看向以沫，以沫微微的點點頭回應里易。閻羅天子將兩人的互動看在眼裡，忽然出聲斥責霸凌魔：

「你自己一個人在發什麼癲？大吵大鬧的？」

閻羅天子突如其來的爆怒，讓姚匡和小閻羅都嚇了一跳。

「閻羅大人息怒。」姚匡微微欠了身。

「你……你就是閻羅王？」霸凌魔張大了嘴，彷彿看見了什麼可怕的東西一般。

「是，我是閻羅，你再繼續囂張吧，等你落到我手裡時，再看看你會過上什麼樣的日子？」閻羅天子低聲的說。這時的閻羅天子，比剛才爆怒時還更駭人。

「快，趁現在，不然等會兒她冷靜了下來後，就問不出個所以然了。」里易趁機偷偷提醒以沫。

霸凌魔的神色變得十分慌張，眼神也到處飄來飄去，好像在往內心尋找些什麼一樣。

「好，我試試。」以沫低聲回答。

「什麼權力不權力的，我沒有渴求那種東西。」霸凌魔又驚恐的看向四周。

「我像他？你去死吧！你知道那個男的有多噁心嗎？你有見過他霸凌我的時候，嘴角的那一抹上揚嗎？」霸凌魔歇斯底里的吼叫著回答。

「我跟他不一樣，我是被逼的，我是被逼的。」

「既然你都知道……既然你都知道的話，你就看進我靈魂的最深處，你就會知道，上一世受完罰後，我已經下定決心不再霸凌別人了，可是……」

「別的人不會從被霸凌者變成霸凌者？他們是他們，我是我，我遭受到的是一般的霸凌嗎？這樣不公平，這樣太不公平了。」霸凌魔徹底失控了，她伏在地上，身體一動也不動的嗚泣著。

看到霸凌魔的情緒崩潰，以沫不禁流下同情的眼淚來。

31 霸凌核心

回程，一行人沉默不語。

搭著修復好的電梯，電梯室裡，只有電梯運作的低頻聲響，還有以沫那被壓抑住的啜泣。

告別了姚匡，走到二獸身旁，閻羅天子解開了拴繩。

「剛才發生了什麼？」小閻羅終於壓抑不住心中的好奇。

「霸凌魔承受不住以沫的逼問。」里易說。

「以沫？她逼問霸凌魔？」小閻羅完全摸不清狀況。

「我也不確定。」里易雙手一攤。

「你還記得，自從以沫來到這裡以後，她常常在心中問的問題，都會被她想問的對像聽見？」閻羅天子說。

「嗯，我記得，剛才姚匡好像能聽見以沫心裡的疑問。」小閻羅說。

「那好像是一種讀心術，或是意念控制之類的特異功能。」閻羅天子皺著眉頭說。

「讀心術？所以，剛才以沫心裡想的問題，都傳進霸凌魔的心底了？」

「我覺得以沫的這個能力，好像比較不像是讀取別人內心的想法，反而比較像是能過穿透別人的心房，將想法直接塞進別人的心裡。」閻羅天子推敲著。

「真的嗎？怎麼會有這種能力，來到地獄後才發現的嗎？還是你以前就可以？」小閻羅問。

「我和以沫之前同班的時候，好像沒有發生過這樣的事情，所以，我猜想這是以沫進到地獄之後，才突然擁有的能力。」

「好像是這樣。」以沫收吸了吸鼻子。

「那麼，她為何會如此驚慌失措？」小閻羅問。

「我也不知道。」

「可能是因為霸凌魔太擅於偽裝自己，總是覺得自己把自己藏得很好，總能把真正的自己和外人隔絕，所以，一旦有人闖進她的內心，她就開始緊張。」閻羅天子推測。

眾人一時不語，都在細細的推敲閻羅天子的猜想。

「那麼，你剛才對她問了些什麼？」小閻羅問。

「呃……在她大笑的時候，她剛開始大笑的時候，我只是在心裡覺得霸凌魔應該是強裝出來的，我覺得她在說自己的經歷時很真實。」以沫說。

「真的嗎？她大聲取笑我們的時候，我只覺得很生氣，覺得被她騙了，覺得她怎麼能夠演得那麼好。」小閻羅說。

「然後，我心裡就想，她好可憐，有了那樣的經歷，既想被人知道，所以她說了出來，說了出來之後，又怕被人知道，所以要用這種『無恥』的方式，讓我們覺得她是在說謊騙人。」以沫叨叨絮絮的說。

「那她全部聽見了嗎？」

「我不確定，開始意識到她好像聽得到我的內心話時，，是她開始驚訝的望著我們。」以沫說。

「所以她問了『是誰』，對嗎？」里易說。

「是的。」以沫回答。

「然後？」

「然後我心裡又想，『為什麼你要這樣說謊呢？這是一種怎麼樣的煎熬呢？』。」以沫回答。

「所以，她又問了『你到底是誰？』。」

「然後，我覺得很驚訝，於是在心裡又問了她『你為什麼要一直說謊呢』。」

「沒有，我剛才說的都是假的，沒有任何一絲真正的成份。」里易試著背出了霸凌魔剛才的回答。

「那一瞬間，我好像清楚的感受到霸凌魔內心的恐懼的痛苦。」以沫的聲音有些哽咽。

「然後呢？」小閻羅追問。

「那種恐懼，我不太會形容，那是好黑、好深層的恐懼，準確的來說，我除了恐懼之外，我只感覺到恐懼，不知道是我的這種『特殊能力』只能感覺到恐懼，還是她的內心只有滿滿的恐懼？」以沫有些顫抖。

「所以，她才會說那些都只是你自己的猜測而已？」里易推測著。

「嗯，然後我感覺到她開始命令自己冷靜下來，我感受到的恐懼感慢慢的被她壓抑下來。閻羅天子大人好像也察覺了。」以沫說。

「所以你才會大聲罵她？」小閻羅問。

「嗯，看到里易看了以沫一下，我才察覺，以沫有可能進入了霸凌魔的內心，看著霸凌魔快要冷靜下來，我先利用大聲的訓斥和暴露我的身份來擾亂她的心智。」閻羅天子說。

「閻羅天子幫以沫爭取到一個突破口，但是，以沫，你到底問了她什麼，會讓她如此的失控？」里易好奇的問。

「我問她，她是否渴求像那噁心的色狼導師一樣的權力，那種能掌控著整個班級的權力，在那個小天地裡，所有的人都必須聽他的，他就像是一個至高無上的皇帝一般。」以沫臉帶羞愧的說。

「哇，你問得好犀利。」小閻羅拍了一下手說。

「所以，她才會回答『什麼權力不權力的，我沒有渴求那種東西』。」里易的記憶力實在驚人。

「我覺得自己很過份，盡往別人的傷口上灑鹽。」以沫很自責。

「然後呢？」小閻羅追問。

「我感覺到滿滿的恐懼，那種又黑又深的恐懼就像要把我吞噬了一般，她的心就好像一顆被灌滿了黑色墨水的水球，隨時都會爆開。」以沫膽顫心驚的說。

「對不起，我那時不該逼你的。」里易低聲說。

「不管如何，從結果來說，這是對的選擇。」閻羅天子安慰里易。

「最後，我不知從哪湧上了一股狠勁，我用力的想，『你就跟那個色魔導師一樣，把霸凌當成滿足自己的手段。』」以沫的聲音越來越小。

「難怪，她會大吼『我跟他不一樣』、『我是被逼的』。」小閻羅說。

「最後，我無力的問她，『從被霸凌者轉變成霸凌者，心裡有舒坦一些嗎？』這是我真心的疑問，但是，從她的反應看來，好像是覺得我在嘲諷她。」以沫摀著臉。

「啊啊！難怪她會反應那麼激烈。」里易說。

「這樣的話，我們這趟不就白跑了。為了探視在九殿的霸凌魔，平等王先規定她的說法不能用在『地獄足球賽』裡。現在，這些關鍵的對話，有一半是在以沫和霸凌魔的心中進行的，就算我們不理會平等王的抗議，硬要用在『足球賽』裡，也沒有任何人可以證明，連在一旁全程參與的姚匡都沒有辦法證明。」小閻羅搔著頭。

「就算能證明以沫和霸凌魔的對話，也只能說明霸凌魔這一世為何又成為霸凌魔，對於該用教育或是加重刑罰來當成『霸凌地獄』的主要設立宗旨，一點的幫助也沒有。」閻羅天子說。

「對吼！」小閻羅頭搔得更用力了。

「我倒覺得這趟有些收獲。」里易提出相反意見。

「我也覺得這趟有些收獲，雖然，過程令人很不舒服。」以沫說。

「哦？怎麼說？」閻羅天子問。

「我好像，有一點點快要抓住『霸凌核心』了。」以沫說。

「嗯，我也這麼認為，我們好像有那麼一點點窺見了霸凌行為的原動力。」里易說。

「那麼，接下來呢？」小閻羅問。

「我想見更多的霸凌重犯。」以沫提出。

「你不是覺得過程很不舒服嗎？」小閻羅說。

「嗯，但是，只是從旁感受就覺得那麼的不舒服，深陷其中的人會是何等痛苦呢？我連想都不敢想。我想盡自己微小的力量，希望能找出辦法，讓更多人免於霸凌的恐懼，這一點點的不舒服，我會試著忍耐、試著調適。」以沫的表情堅定。

「嗯，那個人是一定要見見的。」里易說。

「誰？」小閻羅問。

「霸凌魔的色狼導師。」里易說。

「什麼！」小閻羅和閻羅天子脫口而出。

眾人又沉默了一陣。

「嗯，我也覺得我們應該去探探他。」閻羅天子說完後，轉身走向九殿的入口大廳。

和姚匡商量後，姚匡表示這在他的職權範圍內，他能做決定。

一行人搭著電梯，很快來到色狼導師所關押的樓層。

「咦！這不是？」來到牢房前，以沫發出疑問。

「是的，他也被關押在甲子層牢房內。」姚匡低聲的說。

「又是你們，你們又要幹嘛？」霸凌魔的牢房內傳出聲響。

霸凌魔的聲音透過厚重鐵門的小小柵欄口傳出，聽來模糊不清，有著一股沉重壓抑的感覺。

「我們不是來找你的。」小閻羅沒好氣的回答。

「那你們又來幹嘛？」霸凌魔氣沖沖的問，對於自己剛才藏不住自己的內心，她的挫敗和沮喪都轉成了怒氣。

「我們來見『色狼導師』。」里易試著用最平靜的語氣回答。

「他，你說的是他，他在這裡？」霸凌魔開始激動。

姚匡拿出鑰匙，他再次展現了魔術一般的手法，他用手指在鑰匙的尖端搓揉，鑰匙開始變形。

「什麼？那個賤人就被關在我的隔壁，那頭該死的賤豬就一直被關在我的隔壁？放我出去，我要殺了他。」霸凌魔發出撕心裂肺的喊叫聲。

當定形的鑰匙被插進鐵門中，發出沉悶的解鎖響聲時，霸凌魔牢房的鐵門突然發出巨大的響聲，看來是霸凌魔用盡全力的衝撞了鐵門所發出的。

在那之後，霸凌魔的牢房裡再也沒有傳來任何的聲音，但以沫卻開始摀起了耳朵。

除了姚匡之外，其他三人都知道以沫一定是從霸凌魔的內心聽到了些什麼。

「你還好嗎？還是今天到這裡就可以了？」閻羅天子擔心的問。

「我想，我可以的。」以沫放下摀著耳朵的雙手。

反正再怎麼摀也摀不住霸凌魔的內心吶喊，以沫做了一個長長的深呼吸，率先踏進『色狼導師』的牢房裡。

32 賽前發佈

比賽前一週，旅人咖啡館，賽前發佈會。

旅人咖啡的門口，擺了一排的長桌，地藏王菩薩坐在正中央，閻羅天子和平等王分別坐在兩旁。長長的桌子只坐了三個人，對比著面前大陣仗的媒體陣容，顯示了外界對於這次比賽的重視程度。

有的媒體來自各文化的天堂，有的媒體來自其它文化的地獄，有的來自各地的精靈世界。

「來自各界的友朋，歡迎你們來到中華區的地獄。這次中華區得到了優先試辦新地獄的機會，我們感到很榮幸，也戰戰兢兢的期望做到最好，希望能得到好的成果，供各界的同業參考，尤其是地獄界的友朋。」旅人咖啡的店長甄甄字正腔圓的誦讀著講稿。

喀擦喀擦的拍照聲不絕於耳。

「各種文化、各個地域、各個時代，霸凌無處不見。近代，因為生活形態的改變，霸凌的發生案件越來越多，手段越演越惡。雖然各文化圈的地獄努力工作，似乎無法阻止霸凌增加的趨勢，況且，霸凌的各種行為，必須分散在地獄的各部門內進行刑罰，造成地獄的業務增加，並且變得複雜。」

「原來，不只人類的世界有那麼多的媒體啊！」以沫問。

「是啊，這次是個大事件，所以中外各界的媒體都派出人來採訪了，我也是第一次見過這麼大的陣仗。」小羅閻回答。

兩隊的代表分別坐在旅人咖啡館裡兩邊，看著咖啡館前的賽前發佈會。大部份參賽的選手是「大咖」，因職位上的關係，無法前來參加賽前發佈會。

「我們將創辦一個新的部門，獨立在十殿之外，不會改動原先的地獄體系，讓以霸凌為主要罪行的罪魂們，能直接進到這個新部門來，免掉在各殿之間曠日費時的罪魂移交，也能減少各殿之間疊床架屋的檔案移轉及交接。」甄甄說完，轉頭看了一下地藏。

「謝謝各界的關心，以下開放提問。」地藏起身，對著媒體們說。

「請問。」一位穿著全白西裝的記者舉手說，在得到地藏的同意後，他站起身來發問：

「為什麼要舉辦這場足球賽呢？是內部有分歧嗎？」

此問一出，媒體一片譁然。記者們紛紛交頭接耳，有的交換情報，有的試著擬出新的問題。而攝影師們則是催動著快門，試圖捕捉地藏臉上的表情。

「是的，我們內部的確存在著意見分歧，所以，我們試著透過這場地獄足球賽，來進行溝通，希望能釐清未來的方向。」地藏毫不掩飾的說。

媒體記者們又是一陣騷動。

「現在，我們將公佈先發陣容。」甄甄的聲音重新吸引了媒體們的注意。

地藏揚起手，桌上一疊白色的綢布翩然昇起，張開成一副大大的布幕。地藏王一個彈指，布幕上漸漸浮現了靈動的墨跡。

「這幾乎是靈界盃時，地獄代表隊的全先發陣容了嘛！」一個來自埃及的記者驚訝的說。

靈界盃相當於陽間的世界盃足球賽，每十年舉行一次，議題通常圍繞在人類的生死學上。

「等等，這有點奇怪。」一個身著米白色長袍的矮胖記者，開始在自己的筆記型電腦上查找資料。

「什麼奇怪？」另一名記者問。

能當好記者的人，先天感覺本就敏銳，再加上多年的經驗，任何一點蛛絲馬跡都逃不過他們的「天線」。慢慢的，越來越多的記者將頭湊向那名米白長袍記者的電腦前。

「不用查囉，應該是查不到的，閻羅隊的三名外籍選手，除了甄甄之外，其餘二人都是陽間人類籍。」地藏王平靜的說出答案。

雖然地藏的語氣平靜，但記者們又是一片譁然，紛紛交頭接耳打探消息。甚至，有的人已經打電話回總部，提前預定今天晚報的頭版頭條了。

就像一個堅硬的巨石入水的瞬間，轟然的聲響緩緩褪去，只剩下水面的細沫和若有似無的波紋。

「平等隊的三個外籍名額，找來了人間界的三位神祇，是號稱驅魔三大天王的『伏魔大帝』、『驅魔帝君』、『蕩魔天尊』，而閻羅隊只找了三個人間界的……呃嗯……三條人間界的魂魄，這樣的實力差距不會太大嗎？」一個有著明亮光頭的和尚問。

「驅魔三大天王？那個什麼魔什麼天王的，還有那個什麼大帝的，那是誰啊？」以沫低聲的問。

「喂，你還好吧？」里易推了推在一旁發愣的小閻羅。

「喔……這太不公平了吧！竟然找來了『他們』。」小閻羅有些喪氣。

「他們是指？」以沫問。

「就是驅魔三大天王啊！好可惡的手段啊！」小閻羅生氣的說。

「我覺得我們也很強啊，聽閻羅天子說，閻羅隊裡的成員都是一時之選。」

其實，之前大家都還沒想到這場比賽兩隊的隊名。但剛才的記者隨口提了閻羅隊和平等隊，用兩隊的領隊來當隊名，簡明易懂又好記，以沫馬上就跟著用了起來。

在文明的社會中，記者是個特殊的存在，他們肩負著傳播知識見聞的責任，一個好的記者能為社會帶來諸多良善的影響，由此可見一斑。

「你如果認識驅魔三大天王，你就不會這麼說了。」小閻羅說。

「他們是誰？」里易問。

「『蕩魔天尊』是真武帝君，『驅魔真君』是鍾馗，而『伏魔大帝』是武聖關羽。」小閻羅如數家珍的將三個人的名號背了出來。

「哇，你記得好熟。」里易打趣的說。

「地獄的孩子們，誰不知道這三名偉大的足球員。」

「而且，閻羅隊的辯論員竟然是人間界的魂魄，這樣會有勝算嗎？」另一個記者追問閻羅天子。

「第一，邀請這三位人間界的成員，是經過一番深思熟慮才做出的決定。」閻羅天子停頓了一下，眼神望向了坐在身旁的地藏。接著又說：

「馬以沫，她絕對有資格擔任辯論員，比賽的那天你們就會明瞭了。」

「等等，閻羅天子是說大家在比賽那天會明瞭什麼！我到現在為止，連自己都還不太明瞭自己為什麼能擔任辯論員啊！」以沫心裡一陣混亂。

「那，我們能對馬以沫提出幾個問題嗎？」

閻羅天子看向地藏，地藏微微的點點頭。

得到地藏的首肯後，閻羅天子霍的站起，轉身走向旅人咖啡的店裡，朝著以沫走近。

「記者想問你幾個問題，你可以嗎？」閻羅天子溫柔的說。

「我？萬一我答不上來怎麼辦？」以沫擔心的說。

「別擔心，答不上來的話，不想說的就說不想說，不知道的就說不知道，做你自己就好了，馬以沫就當馬以沫就行。」閻羅天子的語氣聽起來是那麼的堅定。

以沫點了點頭，隨著閻羅天子來到了旅人咖啡店前的長桌上，來到了眾多閃爍的鎂光燈前。

「請你笑一個好嗎？」

「不要緊張喔，擺個活潑點的動作吧。」

「這是今晚頭條的照片，笑一個吧！」

以沫勉強的擠出了一個僵硬的笑容，鎂光燈刺得以沫的眼睛都快睜不開了。以沫忽然想起了一則曾經讀過的新聞，有師奶殺手封號的韓國明星來到台灣舉辦見面會時，聽說那名男星的眼睛被鎂光燈給弄傷了，在戴起墨鏡的同時，男星還鞠躬道歉。讀到那則新聞時，以沫只覺得有點好笑，覺得那名男星忸怩作態。沒想到，那竟然是真的，因為以沫現在真有種眼睛快要瞎掉的感覺。

鎂光燈轟炸漸漸平息，開始有記者舉手，準備提問。

「你對地獄印象最深刻的事是什麼？」穿著米白色長袍的記者又搶到先機，第一個提出問題。

以沫微微的搖了搖頭。

眾人搞不清以沫搖頭的意思。

「你是學生嗎？最討厭的科目是什麼？」一個頭上戴著綴有鳳凰羽毛頭飾的記者提問。

以沫又搖了搖頭。

記者們又開始低聲的交頭接耳。

「你們不問我有關霸凌地獄的問題嗎？」正當記者們摸不著頭緒的低聲交談時，以沫忽然說。

這句輕如細蚊的話語，此刻竟然發揮了推動巨牛的力量，現場突然一陣沉默，大約有三秒鐘吧！然後，眾人紛紛笑了出聲，包括記者，包括圍觀的群眾，包括閻羅天子和地藏。他們都感受到了純真、正直，和一股勇往直前的力量。

但，在場有人無法開懷的笑。平等王皺起了眉頭，小平等則是低聲碎唸……

33 暖心練球

五殿旁的荒地上。

「出現了！出現了！」小閻羅大喊。

在一旁忙著準備資料的以沫被大喊聲吸引，抬頭一看，只見不遠處加緊操練的閻羅天子、小閻羅、老黑鬼和里易四人開心的手舞足蹈。小閻羅和里易那樣也就算了，連閻羅天子和老黑鬼也那樣蹦蹦跳跳的，讓以沫忍俊不住。

「啊，你快看！」小閻羅抬頭發現以沫正看著這邊，連忙大聲叫。

只見小閻羅低頭和里易說了幾句話，然後將手裡的球拋到腳邊，在數到三的時候，用力的將球踢得老遠。

只見在一旁的里易，在聽到「三」的同時，奮力的衝了出去。

「這樣里易怎麼追得到球？」以沫心中感到疑惑。

就在以沫大感不解的同時，一陣藍色的光芒在里易的身體週圍顯現，藍光化成了一隻鳥，在光芒的形體漸漸明顯的同時，以沫認出了那是一隻燕子。里易乘著神功的威力，像把鋒利的剪刀，左閃右躲的繞過荒地上的障礙物，在球落地前，輕巧的用腳碰到了球。

賽前的協調會，閻羅隊將會以紅色球衣出戰，所以在比賽時閻羅隊的神功將會以紅色顯示。但，在平時，所有的神功都會以原本的色澤被施展出來。

「是『神功護體』？里易竟然也會？」以沫開心的跑向四人。

「是啊，我也覺得很驚訝，天生擁有這項資質就很難得了，悟性這麼高，更是難得啊。」閻羅天子大笑著說。

「你要不要留下來？我幫你弄個官做做。」老黑鬼笑著對跑回來的里易說。

「不了，謝謝！」里易也笑著回答。

「這樣我們就多了一點獲勝的可能了。」以沫說。

「不過是隻小鳥，就敢說多了獲勝的可能？」遠方天空傳來挑釁的言語。

「是誰？」以沫和里易吃驚的望向聲音來源。

只見空中幾個豆大的黑點，說這句話的人能將聲音傳得這麼遠，又能聽見這麼遠的聲音，看來是個厲害的人物。

以沫轉頭看向閻羅天子和老黑鬼，他們不但沒有生氣，反而滿臉堆滿笑意。

「麻煩的人物都來囉！」老黑鬼笑著說。

約莫過了一盞茶的時間，一個巨大的葫蘆緩緩飄落，葫蘆上坐有兩個人。

一個身材矮小，臉容削瘦，腆著肚子的神祇從葫蘆上「飄」下來，他的足不點地，約離地有一公尺那麼高。

「這是日夜遊神，就是個愛打小報告的小鬼，不管是白天還是晚上，都會在陽間巡視，遇到行不義的人類，就會將他們登記在這柄破木牌上，呈給地獄處理。」老黑鬼笑著說。

「人們說的『舉頭三尺有神明』，那個神明說的就是我啦。」日夜遊神翻了翻手上的木牌，那木牌一面寫著「日巡」，另一面則寫著「夜巡」。

里易、以沫跟著小閻羅行了鞠躬禮，而閻羅天子則是對著日夜遊神揮了揮手，而日夜遊神則是搖了搖手中的木牌。那木牌雖然髒髒舊舊的，卻給人一種十分堅固的感覺。
另一位黑面黑髮黑衣的神祇，將葫蘆給停好後，緩緩的由葫盧上爬下來。
「陰陽司，你的動作也太慢了吧！」日夜遊神對著葫蘆上的人喊著。
「趕趕趕，你以為每個人都能像你一樣日行五千里啊？」陰陽司沒好氣的說。
陰陽司甫落地，就露出了截然不同的另一邊的身子。
「啊！」以沫驚訝的喊出聲來。
「唉，又一個被嚇到的！」老黑鬼故做嘆息的口吻。
「我這是個人風格，天下相貌像黑碳一般的人那麼多，像我這種的才是拔尖的風格。」陰陽司說話總是尖酸刻薄，卻又留著餘地。
以沫緊盯著陰陽司看，他的相貌實在太奇特了。
陰陽司身子的左半全部都是黑色的，黑色的頭髮，黝黑的臉龐，漆黑的衣服，黑色的鬍子。而他右半邊的身體卻全部都是白色的，白色的頭髮，蒼白的面容，純白的衣服，白色的鬍子。
「你們聽到『陰陽司』這三個字了，還被我的長相嚇到？唉……地獄的宣傳部門的宣傳效能真的是越來越差了，大家連我都認不得了。」陰陽司失望的搖搖頭。
「沒辦法嘛，信仰薄弱，不是一天兩天的事了。」閻羅天子笑著說，但大家都感覺得出來，他並不是在開玩笑。
「這是城隍爺所掌管二十四司的第一司，陰陽司的負責人。」老黑頭介紹說。
「你的老闆有為難你嗎？」閻羅天子問。
「老闆可開明了，他自己認同平等王的想法，到平等王那去了。在我表明自己認同閻羅的想法，他兩話不說，立刻蓋章准假，大家各為理想。」陰陽司說。

「老闆？」以沫問。

「就是城隍爺啦，他就像是警政署的署長，專門管陽間的魂魄。」小閻羅補充。

「這小妮子，多了一隻小鳥就說多了一點獲勝的機會，那再加上我，不就穩操勝券。」牛頭也停好坐騎，走了過來。

「加上我才能大獲全勝吧！而且，那個字是唸了『券』，不是唸成『卷』啦！」馬面也搶著說。

「誰說的，你每次都愛瞎鬧我。」

「誰鬧你了，不然你問大姐。」

「好好好，你們都對。」安撫完小米後的閻羅夫人朝眾人走來。

眾人好多天沒聚在一起，這幾天，大家都各自忙著自己手頭上的事，以沫等人更是為了辯論賽而不斷的奔走，這次的相聚，雖然打打鬧鬧的成份大過於噓寒問暖，卻讓以沫覺得好放心。

「喔，孟婆來了！」老黑鬼變得正經。

「嗯！」閻羅天子也微微的打了個戰慄。

大家紛紛抬頭，只見一朵大大的蓮花緩緩從天而落，所有人屏氣凝神。這朵蓮花和以沫之見所見的蓮花都不大相同，看起來像是琉璃材質的花瓣發出難以形容的白光，而花托部份則像是翡翠，隱隱的透射出綠色的光芒。

這朵蓮花的尺寸十分驚人，應該可以坐進十個人也不覺得擁擠。

只見蓮花落地時微微的晃了一下，與地面產生了些許的碰撞，蓮花的葉子鍬起了一些泥土，看起來像是乘駕的人並不熟練。

「如果說其它人的座騎是一般的房車的話，那麼這朵蓮花應該就是『高級豪華加長型禮車』了吧？」里易低聲的說。

蓮花的光芒消褪，一瓣花瓣垂落下來，變成一道小巧的階梯。

這時，一名約莫四十歲的美婦從蓮花上走下來。

「咦！」以沫驚呼。

「怎麼了？」小閻羅低聲問。

眾人的眼光也都看向以沫，他們的神色緊張，看來頗為懼怕孟婆。

「媽媽。」以沫勉力的從喉中擠出這兩個字，那聲音有點像是剛入門的新手正在做銅管樂器吹嘴的練習一般，乾乾澀澀的，斷斷續續的。

「咦，這是……」里易聽到以沫的低語，定神一看，也發現那婦人像極了以沫去世的母親，只是她身著幹練的西式套裝，梳著整齊的光馬尾，所以里易一時沒認出她來。

「以沫，那真的是你媽？還是……」里易壓低了聲音，但一旁的小閻羅和眾神祇們都聽見了。

正當小閻羅想要轉身追問時，一聲爆雷般的喝斥將大家的注意力又拉回了前方。

「搞啥玩意兒！連個車都開不好！」聲音從蓮花裡傳來，是個中氣十足的低沉嗓音。

「是的，我會改進。」以沫的母親站在蓮花的階梯旁，神色恭敬的等候。

「改你個大頭鬼，每次都說你會改，每次都沒有改。」聲音的主人終於出現了。

只見一個身高不高的年長女性，脂粉不施，頂著膨膨的銀灰色小卷髮，穿著寬鬆的碎花上衣和寬鬆的碎花七分褲，腳下踏著一雙白布鞋。那布鞋看起來像是平常在服喪時，向葬儀社訂購的那種，穿完就會燒掉的那種，五十元一雙的那種。

如果不是她那銳利的像是能看穿鋼板的眼神的話，以沫和里易可能會以為她是路過的婆婆。

「一個一個像木頭一樣杵著幹嘛！」孟婆又大吼。

「隊長好。」所有人大聲問好後，行了鞠躬禮，久久直不起身來，除了里易和以沫之外。

小閻羅扯了扯里易的衣角，里易連忙鞠躬，將身體彎折成和大家一樣的角度。

里易也扯了扯以沫的衣角，以沫不為所動，依然直挺挺的站著。

「你為什麼不鞠躬？」孟婆問。

以沫轉頭看向媽媽，她看見媽媽正冷靜的看著這一切，一點也不替自己擔心，彷彿不認識自己。

於是以沫又轉頭回來面向孟婆。

「這小丫頭怎麼這麼沒教養？」孟婆又大聲的斥責。

以沫木然不動。

所有人都慌了手腳，除了知情的里易之外，所有人都在猜測到底發生了什麼事。

里易知道，以沫是在為了孟婆大聲的斥責自己母親而感到氣憤。

「執祕，把這丫頭帶下去好好的斥責一頓，現在，把她帶得越遠越好。」

「是的，孟總經理。」以沫的媽媽敬了個禮，走向以沫。

正要衝口而出的以沫，看著媽媽機械式的表情，硬是把「媽媽」兩個字給吞了回去。

「跟我來，無禮的傢伙。」以沫的母親嚴厲的說，示意以沫跟著她走向另一邊的樹叢後方。

以沫看向眾人，閻羅天子夫婦都露出擔心的神情，里易則是眼神堅定，大概是要以沫勇敢一點吧，小閻羅則是緊張的看著閻羅天子，大概是要閻羅天子出手幫幫以沫。

「還不快來練習，你們這些懶惰鬼。」孟婆大聲的叫罵。

對於從小都被好聲好氣教養的以沫，她實在很難容忍這樣的溝通方式。

來到樹叢後，以沫的母親突然轉身，抱住了以沫。

以沫吃了一驚，完全反應不過來，只覺母親的身子微微顫抖著，像是在哭泣，只是壓抑住了哭聲。

「媽媽？你還記得我？」以沫傻傻的問。
「傻孩子，我當然記得你。」以沫母親聲音中帶著哽咽。
「那你剛才……」以沫不解。
這一切來得實在太突然，突然見到了多年不見的媽媽，然後媽媽又一副早已忘了自己的模樣，接著媽媽又被人命令來責罰自己，卻又突然抱住了自己。實在有太多太多的「突然」。
以沫的媽媽依然緊緊的抱著以沫，以沫忽然覺得答案變得不再那麼重要了，她也緊緊的抱著媽媽，感覺著媽媽的激動。
以沫任由自己的淚水濡溼了媽媽的衣襟，也感覺到媽媽的淚水灑落在自己的頭頂與肩膀。
「你一定很困惑，對不對？」以沫媽媽輕輕的推開以沫的身子，對著以沫問。
「嗯。」以沫一時不知道該說些什麼。
「好感人。」牛頭帶著鼻音說。
「噓，你太大聲了啦。」小閻羅著急的說。
「怎麼哭那麼久？怎麼都不說話？」陰陽司說。
「別擠啦！一直擠一直擠是怎樣啦？」日夜遊神不耐煩的低聲抱怨。
以沫和媽媽循著聲音往樹叢邊望去，發現那些原本在練球的神祇們，都好奇的躲在樹叢後，探出半個頭來，正觀察著兩人的一舉一動。
就這樣，四隻眼睛和很多隻眼睛同時對上眼，瞬間，一股溫馨又尷尬的氣氛瀰漫在眾人之間。
「喂，你們這些失禮鬼，還不練球，還杵在這裡幹什麼？」孟婆率先站直的身子，整了整身上的衣服，然後大聲吼著。
「是。」所有人齊聲回應後，一溜煙的跑掉了。

以沫隱約聽到閻羅天子碎唸著「你自己還不是看得很開心」之類的抱怨。
「哈哈，事情就是這樣。」以沫的媽媽破涕為笑。
「這樣？」
「孟婆其實是個好人，但礙於地獄的規定，我們兩人是不能私下見面的。」
「所以？」
「所以，她故意帶了我來，故意對我和你很兇，故意讓我來『訓斥』你。」
「真的？我剛才還誤會了她，以為她是個惡婆婆。」以沫後悔的說。
「很多時候，面惡的人不見得是可怕的人。因為，當你遇到面惡的壞人時，你會先對他有三分警戒，較不容易被他陷害。真正可怕的是面善的壞人，說不定你在被面善的壞人賣了之後，還在幫他數鈔票。」以沫的媽媽臉色凝重的說。
「怎麼可能！」以沫笑著說。
「嗯，當然可能，你馬上就要被我賣了還幫我數鈔票。」一道聲音從兩人背後傳來。
「地藏！」以沫驚喜。
「地藏王！」以沫的媽媽驚恐。
以沫的媽媽一慌張，就要跪下地去。
地藏王伸手輕輕的一托，一股巨大的力道傳來，以沫的媽媽就站挺了身子，一道暖流流過身體，剛才因驚懼而發軟的雙腿竟然不再顫抖。
以沫的母親深深的鞠了個躬，非常感激地藏王在孩子的面前給了她尊嚴。
「我本來就想讓你和她見個面。」地藏說。
「真的嗎？」以沫說。

「你母女都是有慧根的人，一個被孟婆收為己用，一個被我用計拐來了地獄。」地藏嘆了口氣，像是在責備自己。

「這是……您安排的？」

「是啊，為了這盤大棋，我牽動了不少人的輪迴，在這裡向你們致歉。」地藏的語氣中有著不捨。

「所以，我的前世和我的前前世是誰，在做些什麼？和現在都有關囉？」以沫大著膽子問。

地藏搖搖頭，像是在說「不可說」，又像是在說「不知道」，又像是在說「不是這樣」。

「大賽在前，希望你能安安她的心，希望這場大賽，能夠有個『好結果』。很失禮的，我在這個時候出現，還是為了一己的私心。」地藏再次欠了個身。

「別這樣說，我也很重視這場大賽，這對三千大世界來說太重要了。」以沫的媽媽也欠了身。

「孟婆果然很會看人。比賽結束後，你可以到媽媽的工作場所去見習幾天。」地藏笑著說。

「小心，球飛過去了。」樹叢另一邊傳來人聲。

地藏將手指豎立，放在唇上，示意兩人不要將自己出現過的事告訴其他人，然後就在一陣的金色光暈中倏的消失了。

34 賽前晚宴

足球賽的前一晚，所有與會的選手、領隊、媒體及舉辦方，都會聚集在一起，出席一場盛大的晚宴。

這個晚上，吃的是真正的食物，沒有人會在這個場合「煙貢」。

旅人咖啡二樓露台的一角。

「那是關聖帝君吧，臉好紅喔！」以沫小聲的說。

「真的欸，喝了酒也看不出來。」里易也小聲的打趣著。

上次以沫和里易跟著小閻羅上到這裡來時，這裡空蕩蕩的，現在這裡則搖身一變，變成一個豪華的露天宴會場所。只是，小小的旅人咖啡店的二樓露台，空間竟然比一樓大上數十倍，還是讓以沫覺得很神奇。

風呼呼的吹著，以沫和里易在會場的角落裡，低聲的聊著天。以沫手上拿著一塊松子糕，而里易則用竹杯盛裝著桂花烏梅汁，有一口沒一口的啜飲著。

小閻羅跟著閻羅天子在會場裡穿梭來去，他們有太多的舊識要寒喧，而閻羅夫人則在另外一個角落裡，和自己久未謀面的好友長談著。

不遠處爆出一陣吵鬧聲，正當大家將要把注意力轉移到這件事情上面時，吵鬧聲旋及化成了笑罵聲，接著變成了大笑聲。大家立刻了解這只是別人的笑鬧後，立刻將注意力轉回自己身旁。

以沫注意到角落處的飲料吧，甄甄正揮汗如雨的忙著。

「我來幫忙？」以沫站到甄甄的身旁。
「真的嗎？你不多逛逛？」甄甄頭也不回的問。
「里易和小閻羅不知跑到哪裡去了，他們看來很能享受這種場合。」以沫輕輕抱怨著。
「是啊，男生都是這樣。」甄甄遞了一個空杯給以沫，示意她裝滿柳澄汁。
一個小時下來，以沫早已累得不成人形，而甄甄依然不減速度的忙著。
「你好厲害喔，一個人負責了將近一百個人的飲料。」
「因為，我喜歡做這件事啊！」甄甄將一杯拿鐵遞給了日夜遊神。
日夜遊神啜了一口，對甄甄比了個讚的手勢。
宴會進入中後段，對食物和飲料的需求漸漸少了。
寒喧和招呼也變少了，因為該寒喧招呼的，都在宴會的前半完成了。現在，在宴會中，人潮的流動越來越少，大部份的人都找到了聊伴，細細長聊著。
「點咖啡的人比點酒的人多呢！」以沫說。
「對啊，這是難得能暢飲咖啡的時候，為了這次的宴會，地藏還特別讓我跑了陽間一趟。」甄甄開心的說。
「真的嗎？辛苦你了。」
「我順道跑了一趟醫院，你爸爸看起來狀況還不錯，有個真心為他著想的女人，陪著他渡過你『臥病』的這段時間。」甄甄溫柔的說。
「真的嗎？太好了。」雖然知道這樣爸爸會比較幸福，但剛見過媽媽的以沫，還是覺得爸爸怎麼會忘了媽媽，找了別的女人。
這種複雜的感覺，讓以沫的心裡脹脹的，有點像是狼吞虎嚥後，肚子飽滿的感覺。雖然一面覺得肚子很充實，卻又覺得剛才沒有仔細咀嚼的食物，彷彿還用著它殘存的稜角刮擦著胃壁，滿足中卻又帶點些微的不快感。

「和陰陽司開心聊著的那人，是城隍嗎？」以沫指著角落的兩個人說。

「是啊，他們雖然各自代表不同的陣營，但還是不礙他們的交情。」甄甄遞出一杯波本威士忌後說。

「我還以為『閻羅隊』和『平等隊』會勢同水火呢！」

「再多些經歷後，你就會發覺，人啊，會有著理念的不同，有時，自己的善，是別人的惡，正義，並沒有絕對。」甄甄終於有個空檔能停下手來，休息一下。

「沒有絕對的正義？」

「對於同樣一件事，大家有不同的看法啊。例如這次的地獄足球賽，是為了新地獄設置的大方向，有人認為教育是較好的方向，有人認為加重刑罰是較好的方向。」

「我好像能了解你說的。」以沫正試著努力消化。

「也就是說，理念本身並沒有善與惡，只有執行理念時，人所使用的方法有善與惡之分。」甄甄故意放慢了說話的速度，因為她發現以沫正聽得有些吃力。

「也就是說，平等王所堅持的理念也沒有錯囉。」

「應該說，他們也希望藉由地獄這一端的運作，能讓天地人三界更加的美好，尤其是對於『人界』來說。」甄甄的眼神堅定。

「閻羅王和平等王都是為了讓三界更好，但是兩人的做法不太相同，是這個意思嗎？」以沫推敲了好一會兒才問。

「嗯，你很聰明。」

「但是，我很怕這次的比賽輸掉，萬一我害這次的比賽輸掉的話，這樣新的地獄不就會走錯方向了嗎？」以沫擔心。

「別擔心，其實，不管是『平等隊』贏或是『閻羅隊』贏，結果都會差不多的。」甄甄分析。

「原來你躲在這裡。」滿頭霧水的以沫正待發問，里易和小閻王跑了過來。

「你看你看。」里易抬起了微微發光的手掌。

里易比了個劍指，手掌的光芒慢慢的凝聚到了劍指的尖端。

然後，里易唸了一小段口訣後，伸出劍指，將指尖的光芒射向小閻羅，小閻羅忽然全身抽動，倒在了地上，還不停的滾來滾去。

「你怎麼了？」以沫擔心的叫著，試著蹲下去查看小閻羅的狀況。

「呃……啊……」小閻羅痛苦的低叫著。

「你對他做了什麼？」以沫抬頭問里易。

里易則是聳聳肩，一副事不關己的樣子。

「我變成這樣了。」小閻羅忽然挺坐起來，指著自己的臉說。

以沫見到小閻羅的整張臉都變成了紅色，愣了好一會兒，一動也不動，這種情狀，應該就是「呆若木雞」的最佳寫照。

「哈哈哈……」小閻羅、里易同時爆出笑聲。

以沫疑惑的看著兩人，然後再轉頭看到甄甄，她發現，甄甄也正微笑的搖搖頭，像在責備里易和小閻羅的不是，但嘴角和眼角卻是滿滿的笑意。

以沫這才發現，自己被整了。

接著，里易把自己的臉也弄紅了，但這次，里易一點都不痛苦，臉就慢慢的變成了大紅色。

「喂，你剛才演太大了吧！」里易笑著說。

「不這樣，她那麼聰明，怎麼會被整到？」小閻羅得意的說。

兩個人你一言我一語的打鬧著。

「那是玩具法術。」甄甄笑著說。

「玩具法術？」

「嗯，法術的效果只能持續一到兩個時辰吧！我看，那應該是關聖帝君賞給他們兩個玩的。」甄甄眼露開心，畢竟，這裡很久沒有這麼熱鬧了。

「關聖帝君？他不是『平等隊』的成員嗎？」以沫似懂非懂的說。

「嗯，說不定，這兩個臭男生，在這場宴會裡，比你還早感覺到這件事。」甄甄說。

「這件事？是指理念和正義嗎？」

「嗯，他們不一定像你這樣剖析和理解，但他們一定『感覺』到了。」

「但他們這樣整人還是很可惡。」以沫有點生氣的說。

「呵呵，我來幫你一次吧！」甄甄在飲料吧上擺上「暫停服務」的牌子，然後拉著以沫的手，鑽入人群之中。

「兩位好，小女子有事相煩。」甄甄帶著以沫，對著兩個高頭大馬，身穿官服的神祇行禮。

「咦，老黑鬼？」一行完禮甫抬頭，以沫脫口而出。

甄甄連忙摀住了以沫的嘴。

「哈哈，沒關係沒關係，要怪就怪我從來沒跟她自我介紹過。」老黑鬼雖然身著官服，那不拘禮節的親和力依然滿點。

「謝謝大帝不責。」甄甄再次行禮。

「我說甄甄啊，每次我們都要你別那麼多禮，你怎麼總是講不聽啊，再這樣我們會生氣喔。」另一位身著官服的神祇笑著說，但語氣中自然展現出了一股威嚴。

「是的，我會的。」

「你們長得好像喔！」以沫看著眼前的兩人說。

雖然他們一人黑臉，一人白面；一人虬髯，一人美髯；一人鳳眼，一人怒眼。但兩人的五官及輪廓卻是極為相似的。

「你看，我就跟你說這小妮子不簡單吧！」老黑鬼說。

「真的是！一般人看到我們的打扮，都被表象的膚色和鬍子樣式給吸引了，她竟然能看穿表象，注意到我們的五官，真的很不容易。」白臉神祇說。

「哈哈，我是東嶽大帝，掌管陽間和陰間的出入口，在東嶽泰山。」白色神祇說。

「雖然晚了些，但容我自我介紹，我是酆都大帝，掌管陽間和陰間的出入口，在四川酆都。」老黑鬼說。

「酆都和我東嶽是雙胞胎，但一眼就認出來的，上一次，唔……是誰啊？好久以前了。」東嶽大帝說。

「但是，酆都大帝你不是在地獄學園當園長嗎？」以沫問。

「是啊，近來因為電子化管理，只需要一個人就夠了。所以，我們兄弟之間約定好，一人管理地獄諸門，另一人管理地獄學園，一百年後再交換，這樣誰都佔不到誰的便宜。」東嶽大帝說。

「這樣比較不會職業倦怠。」老黑鬼說完，兄弟兩人齊聲大笑。

「對了，甄甄要我們幫什麼忙呢？」東嶽大帝問？

「因為，剛才閻聖帝君好像借給了這小女孩的朋友『玩具法術』，所以她被惡整了一下，現在，想請求兩位是否也能借她『玩具法術』一玩？」甄甄眼帶笑意的說。

「當然沒問題啊！」老黑鬼示意以沫伸出手。

以沫伸出右手，只現酆都大帝低聲唸咒，然後將凝聚在食指尖的黑色光球，轉移到以沫的右手食指指尖，然後，黑光緩緩的褪去，隱沒在以沫的指尖。

接著東嶽大帝也如法炮製，白光緩緩隱沒在左手食指的指尖，以沫開心的道過謝，和甄甄一起回到飲料吧臺。

「該怎麼把他們整回來呢？」甄甄偏著頭。

「我有辦法了，我去找他們。」以沫開心的說。

「我們不用套招嗎？」甄甄驚訝的問。

「嗯，我有一個更直接的方法，先試試。」以沫說完，快步的離開。

不一會兒，宴會的某個角落傳出哀嚎聲，接著是一群人的大笑聲。

這麼多年來，甄甄從沒有見過地獄的宴會能這麼有朝氣的。

正當甄甄猜想著以沫是怎麼整回里易和小閻羅的時候，她看見以沫大步的奔回飲料吧臺來。

正當甄甄想開口問時，她就知道答案了。

從人群中閃出兩條黑影，正緊追著以沫不放，那兩個人，一個有著粉紅色的臉，一個有著紫黑色的臉。

「出來，別躲在吧臺裡。」小閻羅氣呼呼的說。

「對啊，敢做敢當。」里易也氣呼呼的說。

「誰叫你們剛才要整我？」以沫躲在甄甄的身後。
「你們兩位就忍耐一下吧！這粉紅色也蠻好看的，像是頑皮豹。」甄甄指著小閻羅笑著說。
「對啊！還有一個茄子人。」以沫指著里易笑著說。
「快把我們變回來。」兩人齊聲說。
「你還真有創意，他們用玩具法術把臉變成紅色的，所以，你再將東嶽大帝借你的白色玩具法術施用在他的臉上，是嗎？」甄甄笑著問。
「嗯，然後正當大家因驚訝而將目光放在小閻羅的身上時，我再將酆都大帝借我的黑色玩具法術施用在里易的臉上。碰！一個茄子就這樣產生了。」以沫笑得好開心，雙手在空中劃了一個大圈。
「變不回來嗎？」里易擔心的問。
「不會的，玩具法術只能持續一到兩個辰時，最多四個小時後，你們的臉就能恢復原狀了。
「我要一杯純麥威士忌，咦，你們兩個怎麼玩的啊？這兩個顏色還蠻好看的。」關聖帝君來到飲料吧。
「真的嗎？」里易和小閻羅兩人齊聲問。
「嗯，這大概是我看過最特別的玩法。」
「真的嗎？」兩人相看了一眼，覺得關聖帝君說的好像有理，又跑回了宴會的人群裡去。
「您真的覺得那樣子好看嗎？」在甄甄遞上了威士忌後，以沫好奇的問。
「才不，那樣醜斃了。」帝君說完，三人哈哈大笑。
在這陣大笑聲中，以沫好像漸漸的了解甄甄所說的。
沒有真正的敵人，只有擁有不同價值觀的人。

晚宴接近尾聲，地藏集合了所有的人。

「明天就是重要的比賽，希望大家都能好好休息，明天能盡全力，為了自己的理想而戰。」地藏舉杯。

「為了理想而戰。」大家舉杯。

一飲而盡後，大家紛紛將杯子摜碎在地上。

以沫和里易也都跟著做了。

不知怎麼的，摜碎杯子的同時，兩人的心中也冒出了奇特的感受。

那是一種決心或是勇氣之類的混合體。彷彿胸中所有的不安與疑惑，統統隨著杯子一起粉碎了。心中只剩下一道決心，想要盡全力把明天的比賽贏下來；心中只剩下一股勇氣，拼了命守護自己的理念。

眾人陸陸續續道過晚安，搭乘自己的座騎回家，平時在陽間任職的神祇，今天晚上可以放一天假，回到自己在陰間的家，和家人好好的相聚。

最後，旅人咖啡的陽臺上，只剩地藏、閻羅天子夫婦、小閻羅、里易、以沫和甄甄。

「我們來幫忙收拾。」以沫打起精神說。

「我來就好。」地藏催動咒語，滿地的杯盤狼藉立刻消失無蹤，只剩下飲料吧臺上，和咖啡有關的器具。

「這些我來就好。」甄甄邊說邊開始動手整理。

對於法術無法對咖啡起作用的這件事，雖然不是第一次看到了，以沫依然覺得很神奇。

「大家好好休息，明天要盡全力。」地藏說完，和甄甄協力，手動收拾咖啡用具。

小閻羅喚來了小米和小麥，一行五人朝著閻羅天子的家前進。

35 上半場次

閻羅隊的成員，早早就進到了球場的更衣室準備。

「這樣說不定聽得到隔壁的戰術。」小閻羅將耳朵緊緊的附在牆上。

「別鬧了。」閻羅天子笑著說。

「說不定隔壁也有人正在跟我做一樣的事呢！不可不防。」小閻羅朝牆壁捶了重重的一拳。

鏘隆匡鎯……

隔壁傳來東西被撞翻在地的聲音。

「你看，我就說吧！」小閻羅得意的說。

大家大笑一陣。

「做了那麼多功課，待會兒就盡百分之九十九的努力就好。」孟婆指著以沫身旁的資料說。

「呃？百分之九十九？不是應該要盡百分之一百二十的努力嗎？」以沫從資料堆中抬起頭來。

「小子，百分之一百二十的努力是沒準備好的人想贏的時候用的，超過百分之九十九，哪怕只是百分之一，都會讓比賽中失去控制的可能性大大的增加。」孟婆說完，右腳輕輕一掃。

說也奇怪，孟婆輕輕的抬腳，約三公尺外的資料堆順勢傾倒，高疊的資料潰堤般的倒下。

「這？」以沫呆住了，這是這些日子以來，大家辛苦的成果，不論是收集來的資料，或是實察訪查的訪談稿。

「你應該利用現在想一想你的初衷，我不要待會上場時，我的辯論員是個只會口若懸河，努力背出大把大把資料的百分之一百二十努力者。」孟婆嚴厲的說。

「大人，你這樣會嚇著她的。」閻羅天子趕忙求情。

「小子，我這樣會嚇醒她的。」孟婆只丟下這句兇狠，就走出休息室，踏著球員通道上的紅色地毯，上場去了。

「別太擔心了，婆婆她是為你好。」小閻羅拍拍沮喪呆坐在長凳上的以沫。

「我的初衷？是什麼？」以沫茫然的說，聲音小到只有她自己聽得見。

「比賽開始囉。」第四裁判的催促聲由門外傳來。

「走走走……」日夜遊神用充滿喜感的動作，飄在空中，揮舞著手上的木牌。

休息室內只剩下呆坐的以沫和站在以沫身旁的里易。

里易因為緊張，這兩天來一直寢食難安，話也變得很少很少，情緒變得高亢，也很容易莫名的憤怒。

里易發現，以沫這兩天的狀況跟自己很像。

雖然，昨晚的晚宴讓兩人得到了些微的喘息。但，說到底，里易和以沫還只是十三歲半大不小的孩子。

在一個人遭遇橫死，另一個人誤打誤撞的闖進地獄後，生活產生了全面性的翻轉。就在兩人覺得因犯法而被逼進絕境時，卻又出乎意料的承擔重任，參與了地獄足球賽，除了認識很多從小就聽過的神祇之外，還東奔西走的把地獄逛了好幾圈。

現在，自己居然要參加這場可能是地獄百年來最重要的比賽，這場比賽甚至有可能會影響接下來的天地人三界好多好多年。

「我的初衷是什麼？」當以沫回過神來，發現更衣室中只剩下她和里易。
「幫助別人。你來救我了，不是嗎？」里易帶著一抹微笑。
「救你？是嗎？」以沫又低頭沉思了一會兒。
「走吧，現在還不知道也沒關係，上場去找吧！」里易拉起了以沫的手。
「怎麼可以？我怎麼可以沒讀完書就參加考試？」以沫焦慮的說。
「我相信你，我們都相信你。有時，要參加了考試之後，才知道自己弱點在哪？才知道自己還有多少不足。」里易拉著以沫走過了球員通道。
這條長長窄窄的球員通道，頂上雖掛有燈具，卻昏暗不明。以沫每經過一組燈具，都彷彿從昏黃的光圈中看見了最近的經歷。回憶一幕幕的，那麼的清晰，卻又那麼的模糊。好像是才剛經歷過的事，又好像已經過了很久。
球員通道終點的光亮越來越大，以沫和里易的腳步也漸漸加快。最後，當他們沐浴在大焦石山所發出的光亮之中時，全場的熱情立刻化為銳利的爪子向他們攫來。身著紅衣白袖白褲的閻羅隊，正在左邊的球場上練球；而身著淺藍上衣白褲的平等隊，則在球場的右邊熱身著。
大家都「平凡的」活動伸展著筋骨，並沒有人運用神功。
地藏從袖子中捧出了一顆小金球，那是心眼石，輕輕往天上一拋，小金球慢慢的昇起，變成了大金球，然後，從空中緩緩的落下，停在球場中圈的正中心，微微的上下飄浮著。
「看來，孽鏡臺今天又公休了。」以沫心裡想。
「歡迎到場的各位，來自天界和人界的貴賓、來自各界的記者朋友、地獄的諸位成員們，大家好。」地藏的聲音透過心眼石傳達給在場的每一個人。

「有人界的代表？」里易驚訝的問著小閻羅。

這時，兩隊隊員已集中到中圈的兩旁，各自排成一列。

「今天，這場比賽的主題是『地獄為因應霸凌業務日漸增加，擬制訂新一殿的地獄以分散各殿之工作壓力，在新地獄的規劃中，對於霸凌者的對待，應重罰以取得威嚇的效果使其來生不要再犯』。」地藏緩緩的唸完冗長的辯題。

「有啊，今天有兩個有名的人界的法師有來，一個道教的，一個佛教的。」小閻羅偏著頭低聲的回答。

「這樣不會很奇怪嗎？人間界的人來到地獄。」里易問。

「不會啊，他們還蠻常來的說，這可能是地獄宣傳部門的策略。」小閻羅一派輕鬆的說。

「也就是說，新地獄的創設，應該以重罰為主，還是以教育為主？今天代表正方的是平等隊，身著藍色球衫，主張以重罰為主；代表反方的是閻羅隊，身著紅色球衫，主張以教育為主。」地藏說得很慢，一字一句都刻入在場每一個人的耳中。

兩隊隊旗入場，平等隊的藍色隊旗和閻羅隊的紅色隊旗。

賽前，公佈先發陣容。

閻羅隊（紅）

守門：孟婆

後衛：馬面、牛頭、酆都大帝

中場：小閻羅、閻羅天子、甄甄、閻羅夫人、傅里易

前鋒：陰陽司、日夜遊神

平等隊（藍）
守門：目蓮尊者
後衛：白無常、城隍爺、東嶽大帝、黑無常
中場：崔府君、姚匡、平等王
前鋒：鍾馗、關聖帝君、真武大帝

此場比賽，因為兩隊都是地獄的隊伍，所以，以代表正方的平等隊權充主場球隊。客場閻羅隊的隊員，排成一列，走過平等隊隊員面前，一一的擊掌示意。然後，兩隊隊長交換信物，閻羅隊準備了一張錦旗，錦旗上印有全隊隊員的名號，而平等隊則準備了一塊銅質的金屬牌，上面刻了日期和地點，還有全隊隊員的名號。

兩隊隊長走向裁判，準備猜取球權。

裁判擲出硬幣，當硬幣即將落在左手手背上時，裁判的右手迅速的覆蓋住硬幣。

「正面。」主隊隊長平等王優先猜取。

裁判緩緩的移開右手，正面。

「面向大焦石山。」平等王說。

猜對的人先選擇要攻擊的球門，而開球的球權則由猜輸的球隊取得。下半場則交換過來，球權和球場都是。

兩隊隊員散開，緩緩的走向自己的位置。

裁判將球擺在中圈的開球點上。

小平等將藍色的隊旗披在身上。

以沫將紅色的隊旗披在身上時，頓覺隊旗好沉重好沉重，她覺得自己好像還沒有準備好這一切。閻羅天子則對站在中圈裡心眼石旁的以沫揮手致意，那意思像是在說「放輕鬆」。

「第一次比賽，很緊張嗎？」小平等不懷好意的笑著。

「是的，有點緊張。」以沫則是大方的回應。

對於這樣直截的回答，小平等反而顯得有點忸怩不安，就沒有再說任何的話了。

「嗶～～」比賽開始的哨聲響起。

甄甄將球往前輕踢，球滾向日夜遊神的腳下，日夜遊神則輕鬆寫意的將球往後傳。在足球規則中，開球時，發球者要將球向前踢過中場線，且球要完整的滾動一圈後，隊友才可以觸球。

原本屏氣凝神的觀眾們爆出了歡呼聲。

閻羅隊今天採用的是三－五－二陣型，看起來是防守薄弱三後衛，但其實，牛頭馬面和老黑鬼，都是中後衛的好手。而他們身前的是閻羅天子和閻羅夫人，這兩人也是區域防守的好手，這樣一來，閻羅隊等於有五個後衛。這是以守為攻，屬於較保守、穩紮穩打的隊型。

兩旁的里易和小閻羅，則是隊伍的兩翼，要回撤防守，也要插上進攻。居中的甄甄、陰陽司和日夜遊神，則扮演著快速反擊的三叉戟。

日夜遊神輕鬆寫意的回傳球才剛悠閒的來到閻羅天子的腳下，真武大帝就已經來到閻羅天子的面前了。

看來，平等隊的計劃是前十五分鐘的搶攻。

平等隊採用偏重進攻的四－四－二陣型，除了前鋒鍾馗和真武大帝雙箭頭，中場採用菱形中場，關聖帝君靠前，串連進攻，姚匡靠後，穩固防守，崔府君和平等王雖一左一右，卻也是靠近中路。而後防線上，左後衛的白無常和右後衛的黑無常，都是腳程極快的好手，比起防守，將會有更多的時間是插上協助進攻。也就是說，平等隊專職防守的隊員，只有中後衛的城隍和東嶽大帝，以及拖後的防守中場姚匡而已。

「別擔心，他們這樣的積極搶攻撐不久的，我們先穩住這十五分鐘。」老黑鬼一面大喊，一面比手劃腳提醒牛頭和馬面收縮後防陣型。

「你們似乎做了不少功課？」小平等問。

「我們盡全力做功課。」以沫認真的回答。

小平等和以沫的辯論透過心眼石傳到了在場的每一個人的耳朵裡，甚至，包含在場上奮戰的每一個人。

而小平等輕佻的語氣，似乎並沒有對平等隊帶來負面的影響，反而，心眼石中的金色液體流淌了一些到了平等隊那邊。

「咦？我這樣堂堂正正的回答，不對嗎？怎麼會？他這樣討人厭的語氣，怎麼反而讓觀眾支持他了？」以沫心裡一陣慌亂。

其實，觀眾受到的影響並不大，只是，有些觀眾覺得他講得一副成竹在胸的模樣，似乎很有把握，自然而然的相信了他一些。

閻羅天子將球踢給了右邊的翼鋒小閻羅，小閻羅被崔府君守住了去路，再將球回踢給扯到邊路來接應的馬面。

「你們想用教育來取代刑罰，根本是天方夜譚。」小平等率先開炮了。

「我們不是想用教育來取代刑罰，而是，在新制度的施行方面，試著評量刑罰和教育何者較適合這層霸凌地獄。」

「這根本是在玩文字遊戲嘛！」小平等訕笑著。

「這不是文字遊戲，我們只是不想將這麼重要的觀念，簡化成太過簡單的口號或是文字，不想要讓這個活動淪為單純意識形態上的爭論。」以沫嚴肅的說。

小平等一時為之語塞，答不上來，趕忙收斂起不莊重的態度。

心眼石中的金黃色液體流向了閻羅隊。

馬面大腳一踢，趁勢向前傳出了一記低飛的長傳，球恰恰高過了崔府君的頭頂，落向右前方的角旗位置。

小閻羅施展出神功，周身籠罩著一團紅光，紅光化做一隻火鳥，優雅的在空中劃出一條弧線，在角旗附近，成功截下了即將出界的球。

平等隊的左後衛白無常立刻上前防守。白無常回頭一看，閻羅隊的雙箭頭陰陽司和日夜遊神都已趕到了禁區邊緣。白無常催動神功，周身的一團藍光化成了一塊長長的布條，隨風招展，讓小閻羅左擺右晃，卻怎麼也找不到傳球的縫隙。

最後，小閻羅勉強的起腳傳中，球到了白無常身邊，像是踢中了一塊布巾一般，軟弱無力的順著布巾滑落下來，白無常輕鬆的將球踏在腳下。

「你們認為教育比刑罰來得有用？」小平等問。

「是的。」

「那，根據你們的資料，人類社會中，學校裡發生的霸凌事件多不多？」小平等又問。
「很多，甚至是人類生活的所有時期中最多的。」以沫認真的回答。
「學校是進行教育的場所，不是嗎？」
「當然是。」以沫回答得有些遲疑，她覺得小平等的這幾個問題都來得太過好回答了。
「那麼，專門進行教育的學校，發生的霸凌事件是最多的，你們還認為教育能夠防止霸凌？」小平等露出了獰笑。

觀眾一片嘩然，紛紛交頭接耳起來。

心眼石中的金色液體，一瞬間，大半流向了平等隊這半邊，平等隊隊員身上的淡淡藍光變得明亮。白無常將球傳給了防守中場姚匡，姚匡轉身，再將球傳給了左前鋒鍾馗，企圖攻擊對手馬面上前助攻的身後空檔。鍾馗拿球快速的向前推進，來到了閻羅隊的禁區外邊，閻羅天子後追防守，閻羅隊的右後衛馬面也趕回來幫忙。

鍾馗使出神功護體，身上的藍光化成一隻蝙蝠的形態，像隻蝙蝠一般，左右上下飄忽的晃動著。閻羅天子和馬面兩人辛苦的防守著，鍾馗在來回的晃動運球中抓住了角度，迅速的踢出了強勁的射門，球直朝球門快速的飛去。

孟婆手杖一揮，球立刻被揮到遠處的界外。

「該死的，這麼容易就讓對方攻到門前，再偷懶，我就把你們變成那顆球。」孟婆這一下，並不是勉力用手杖擋開了球，而是用力擊球以示恫赫。

只見閻羅天子吐了吐舌頭，表示已經接到了孟婆的「威脅」，而馬面則是恭敬的鞠躬致意。

「所以我們才會想要在地獄的矯正部門施行教育，讓教育本質能夠深入人心種子，不要像陽間的教育大多淪為競爭和惡鬥的工具。」以沫有點著急的說。

「競爭和惡鬥？」

「為了升學，為了就職，成績最好的人總是能優先選擇。可是，偏偏身而為人最重要的特質往往無法量化，也就是無法用數字來評斷，所以，決定某個人未來的，往往不是身而為人最重要的特質，只是一些知識的理解和背誦。」以沫試著解釋。

心眼石中的金色液體又緩緩流向閻羅隊。

平等王來到平等隊的右側角球點。他運行神功，周身的藍光化為一座大炮的形象。角球開出，一記強勁的平飛球帶著些微的弧度，迴轉飛向球門前的人群。

關聖帝君和真武大帝兩人同時衝向角球後點的第二根門柱，而鍾馗則待在平等隊左側的角球點附近。

牛頭奮力一躍，架開了關聖帝君和真武大帝，將球頂高，卻沒有改變球的路徑，球直向另一側的角球點滾去，鍾馗開心的準備接球，嘴裡還碎碎唸著「我就知道」之類的話。

就在鍾馗即將用腳踩住球的時候，紅色的八腳馬帶著勁風狂奔而至，馬面一記精準的滑鏟將球鏟出邊界。

「小子，這算鏟球嗎？」孟婆大吼著。

不知道為什麼，馬面好像被孟婆針對了，馬面又鞠躬道歉了。

「連地獄學園的教育體制也是如此，成績高的人優先分發單位，你有信心能夠做出改變嗎？」小平等說。

「我覺得我們可以。」以沫回答。

「你覺得可以！那你們有什麼辦法嗎？」小平等不屑。

「我們希望，能制訂一個合格的標準，而不是依賴排名的先後順序。」

「合格的標準？那麼，如果有人根本沒有受到教育的影響，但每次考試的時候都通過呢？」

「我們設計的考試，將會避開這樣的考題，讓考題更能反應出這位受教育魂是否學會了。」以沫有條不紊的回答。

「你想得太簡單了吧！依照我們的經驗，那些重覆犯同樣罪行的罪魂，常常在受罰時裝出懺悔的模樣，在刑罰結束轉生後，依然故態復萌。」小平等有些著急了。

「所以，聽小平等王您的意思，也就是重度的刑罰依然無法對這些罪魂產生良善的影響，是嗎？」

以沫此言一出，心眼石中的金色液體開始大量的流向閻羅隊。

平等王再度開出角球，藍色的大炮直朝閻羅隊的門前飛去。門前一陣激烈的對抗，牛頭使出神功，一頭紅色的巨大蠻牛，用犄角頂著鍾馗和關聖帝君。

當運動戰陷入僵持的時候，代表兩隊的實力相當，誰也難以越雷池一步。每當陷入這種局勢時，定位球將會變成很重要的進攻手段，一但防守失誤，或是被對手抓住了機會得分，球隊的攻守策略將會產生改變。有時，勢均力敵的兩隊，先被得分的那隊往往會加強進攻而削弱防守，如果不是反擊成功的話，就會落得「一瀉千里」的慘況。

所以，對於定位球的攻防，兩隊都卯足了全力。

忽然，酆都大帝使出了神功護體，一面紅色的大纛高高突起，將球給捲了下來。

「老黑鬼。」日夜遊神大喊酆都大帝的綽號。

老黑鬼將球往前直送，一記強勁的地面傳球向日夜遊神飛去，面對己方球門的日夜遊神輕巧的用腳內側一碰，將球碰給了在邊路快速前進的里易，里易運起了神功護體，一隻紅色的家燕，輕巧靈敏的使出了燕子三抄水的速度技。

場邊響起了一陣鼓勵的掌聲，對於里易這個初到地獄的罪魂，竟然能以爆炸性的成長習得神功，地獄群眾很是驚嘆。

里易球一運過中線，真武大帝立刻運起神功，一條藍色的大水蛇張開血盆大口向前猛咬。

真武大帝，又名玄天上帝。統領所有的水族，因水在五行中屬黑，所以又叫黑帝。真武大帝腳踩龜精蟒靈，能治水救火，廣受信徒擁戴。

這個靈蟒鏟球卻被里易在千鈞一髮之際給避了開去，現場觀眾一片驚呼。

被這麼一干擾，里易速度稍受影響，真武大帝速度不足，只能目送里易繼續沿著球場邊線前進。

平等隊的右後衛是黑無常，黑無常見里易來得快，怕里易在成功的過人之後，將會有一個不小的射門角度，連忙運起神功，祭出了成名的防守手段。

黑無常的身體周圍被一道藍色的氣流圍繞，氣流變化成了一道令牌的形狀。里易在兩個假動作後，起左腳吊高球傳中。這極為俐落流暢的連貫動作，卻被黑無常的藍色令牌給擋了下來。球出邊界，邊線擲球。

「里易剛習得神功護體，利用神功長距離的奔襲，此刻看來有些疲累。他應該要好好調理自己的體力才好。」比賽播報員說。

「是的。」小平等頓了一下後，霸氣十足的說：「所以我們主張更重的刑罰，讓那些罪魂能徹底的害怕，讓恐懼的種子深植在人心之中。」

心眼石出現異樣的晃動，心眼石內，平等隊的金色液體有些流向閻羅隊，而閻羅隊中的金色液體有些流向平等隊，在心眼石的中央，產生了一個華麗的漩渦，那流動感覺起來像極了太極的模樣。

「好久沒見到心眼石這樣了，今天的辯題實在太開放，太具挑戰性了，短短的兩段話就引起現場觀眾如此激烈的思想衝擊。」比賽播報員興奮的說。

「恐懼本來就不是解決霸凌的辦法，更重的刑罰，更多的恐懼，也不能讓被教育魂學會。」以沫慢慢找到節奏，變得冷靜了。

「聽你的意思，你們好像覺得『不霸凌』是一種能力？」小平等又是一副輕佻。

「應該是說，有了某一種能力，就不會想要去霸凌別人，也不會招至別人的霸凌。」以沫說。

心眼石中的金黃液體流動暫時停了下來。

「哦……」小平等拉長了質疑聲，在心中盤算著該不該再往下追問。

畢竟，平等隊完全沒有準備到這樣的議題，他們從來沒有想過霸凌這種罪行是因為某種能力不足所導致的。萬一，以沫提出來的話題讓他招架不住，在上半場剛開始就被對方先馳得點，可是非常不妙的。

「如果施行加重的刑罰的話，地獄官員和職員們，有著豐富的經驗，以多年來累積的經驗為基礎，勢必能讓效果更加的提升。」小平等決定改變策略，先探探以沫虛實。

「可是，我方覺得效果並不會有更多的提升，只是浪費更多的時間，更多的資源。你看看地獄油鍋中的那些罪魂，被熱油炸得一次又一次的通體焦黑後，在來世依然再犯。」以沫有些發顫的說，彷佛那在油鍋中掙扎呻吟的罪魂就在她面前受苦一般。

「看看你，都怕得發抖了，還說加重刑罰不會有效果是嗎？」小平等咄咄逼人。

「我是很害怕，但是，我覺得一個被油鍋炸兩百遍的待教育魂，他應該會覺得炸兩百遍和炸四百遍差不多。」以沫環抱雙臂，試圖平復自己的心情。

「你沒有被炸過，你怎麼知道他們會覺得差不多？」小平等問。

「你也沒有被炸過，你怎麼知道炸四百遍會比兩百遍來得有用。」以沫問。

「所以，我們不能貿然改變，因為我們沒有支持的論據。」小平等眉飛色舞的說。

「這根本就是莊子和惠施壕梁之辯的翻版嘛！」比賽播報員激動的說。

「我們有論據喔。」以沫將手上一份資料放到心眼石表面。

資料被一股吸力吸引，伏貼到心眼石的表面，而資料的內容則被投影到球場上方的天空。

「這裡是我們的抽樣訪問，簡單的說，我們從甲子冊裡，正在受油鍋地獄酷刑的受教育魂中，抽出了一千個，做為調查的依據，你知道有多少的受教育魂不知道自己還剩下幾次的油鍋酷刑嗎？」以沫問。

「應該不多吧。」

「對嗎？我一開始也覺得應該不多吧！畢竟，是那麼痛苦的刑罰，每一次都會刻骨銘心，對於已經被罰幾次了，還要被油鍋滾煮幾次應該都會算得一清二楚吧！」

「廢話，這是當然。」小平等冷哼了一聲。

「可是，結果卻不是這樣。」以沫伸手點了文件一下。

文件上的某個部份被放大投射到了天空。那是一個數據，上面寫著「858/1000」。

「八五八？」小平等疑惑。

「沒錯，一千個受教育魂中，有八五八個不記得，或者說是不在意，根本不記得自己受了幾次罰。再看看這裡。」以沫又放大了另一個部份，接著說：「很多受教育魂都會回答，『大概快兩百次了吧！』或是『應該還有五十次吧！』這樣約略估計的值。」

「現場心眼石的流動並不明顯，大概是對於閻羅隊的數據和說法感到疑惑吧！」主持人說。

「怎麼可能？他們怎麼可能不在意？」小平等大聲的質疑。

「根據我們訪談的結果，前幾次的油鍋酷刑，受教育魂會把數量計算得很清楚。慢慢的，他們就會覺得一次又一次數實在太痛苦了，不久，他們就會開始放空，每次，都只要忍過當下的那一次處罰就好，不要再去想還要一八五次之類的。」

「這……不是每一個罪魂都是這樣吧！」小平等反擊。

「嗯，但是，就我們訪談的結果，比例約高達八成，他們往往會到最後幾次的油鍋酷刑，才會開始倒數。或是，偶然的問起鬼差『我還剩下幾次呢』。」以沫平心靜氣的說。

「那麼，獄卒難道沒有盡責的提醒他們嗎？」小平等有些生氣，他覺得這些獄卒沒有盡到責任。

「我們也訪問過鬼差先生。一開始鬼差先生們都會提醒，但是，這些受教育魂們根本不在意，大多充耳不聞，甚至有些還會大聲斥責他們，久了，他們都只回答受教育魂的詢問，不再主動告知。甚至……」以沫停了下來。

「甚至？」小平等追問。

「甚至，還有些受教育魂，在鬼差先生們告知他們『你的刑罰滿了喔』的時候，他們竟然回答『是喔，那麼快』、『什麼？滿了喔』之類的話語。」以沫指著資料上的另一個部份。

這時，心眼石內的金黃色液體開始大量流向閻羅隊。

平等隊的左中場崔府君在中場接到球，閻羅隊的右前鋒陰陽司立刻上前壓迫，崔府君試著將球回扣，想往自己的球門方向帶球帶個兩步，以爭取處理球的時間。

正當崔府君抬起頭來，要將球傳給姚匡的時候，閻羅隊的進攻中場甄甄竟然冷不防的從身後竄出，輕輕鬆鬆的將球截走。

姚匡立刻使出神功，在這裡丟球實在太危險了。姚匡的神功化成一條藍色的長鞭，呼嘯的朝甄甄砸來。

此時，心眼石中的金黃液體幾乎全在閻羅隊這一邊，甄甄感受到神功力量的加成，於是她放手一搏，運起神功護體，奮力一記射門。

只見這個射門球速及球威都不算強，被紅色神功包住的球以弧線朝球門上方略高處飛去。

城隍和東嶽大帝構不著高球，只能轉身回望球的去向。

「來了，是甄甄的成名絕技。」比賽播報員大聲的說。

球在來到球門前方的高空處，包圍著球的紅色神功化成了一片紅色的葉子，在球落下的過程中，就像是一片被秋風掃著的落葉，時而以猛烈的速度下落，時而因葉片旋身而變慢，忽左忽右的飄動著，往球門而去。

目蓮尊者早就研究過對手，此時不敢大意，鎮定的運起護體神功，往球落下的點撲去，周身藍色的神功向四面八方延展而出，形成了一面蛛網。

葉子在空中連次的翻轉，眼看就要被蛛網給沾黏住，但無奈心眼石中的金黃液體大多流在閻羅隊這一邊，掃著落葉的風勢太過強勁，蛛網竟被打穿了一個洞。

目蓮尊者雖然雙手勉強撲到了球，被改變了軌跡的球依然落入了球網之中。

閻羅隊得分。

0：1

面對這麼快失球的情勢，平等隊的隊員們顯得有些不知所措。

姚匡緩緩的走向己方的球門，目蓮尊者也一樣的行動緩慢。他們都試圖讓平等隊能得到一個喘息的空檔，讓隊員們能恢復一下心情，思考一下戰術，最重要的是，要止住氣勢的墜跌。

目蓮尊者緩緩的把球從球門網裡掏出來，然後，用極慢的速度拋了一個滾地球給姚匡，姚匡接到球後，慢條斯理的將球運到中圈弧裡。

「追回來就好。」關聖帝君猛擊雙掌說。

平等隊找回了氣勢。

球賽再度開始。

「那麼，如果霸凌地獄採用教育的方式，會不會有大量的罪魂爭取到霸凌地獄來受刑，規避掉在一般地獄應該受到的刑罰？」小平等審視自己手上的資料，重新發起攻勢。

「這不是會在一殿就做出決定嗎？」以沫有點不確定。

「但是，第一殿的事務這麼繁忙，不一定都能準確的判決，往往，罪魂都要到了各殿，才由那一殿的判官，精準的裁判出該罪魂應在該殿受怎麼樣的刑罰。對吧！」

「嗯。」

「那麼，如果在第一殿，罪魂就被裁罰到新設立的霸凌地獄去，那麼，到了霸凌地獄裡，有專業的判官可以準確的定出刑罰嗎？」小平等問。

「目前沒有，但如果以霸凌為主的受教育魂，來到霸凌地獄後，應該先以霸凌的教育為主，其他的犯行，再送交給各殿地獄處罰。」以沫回答。

「那相較起來，刑罰的效果和教育的效果，哪一個會比較好呢？」小平等問。

「這個，我不知道，因為我們沒有這個方面的實驗或研究。」以沫有點沮喪的說。

「是啊，沒有人知道，如果就這樣貿然的施行以教育為主的霸凌地獄，會不會只是白費力氣呢？」小平等有力的做下結論。

心眼石裡的液體開始大量流向平等隊。

鍾馗將球往前輕踢，真武大帝上前踩住了球。日夜遊神全速上前搶球，真武大帝將球穩穩的後傳給進攻中場關聖帝君，關聖帝君正要接到球時，卻沒有伸腳，反而加速向前跑。

「哇，這是一個漂亮的『漏球』。」比賽播報員評論。

球穿過關聖帝君來到了防守中場姚匡的腳下，姚匡接球，向前推進了兩步。

閻羅隊全隊上前搶球，希望能藉由剛得到一分的氣勢再下一城，但是這個「漏球」，讓閻羅隊的逼搶彷彿一頭飢餓的野獸在撲向綿羊之後，發現那頭綿羊竟然只是一只白色的塑膠袋。

平等隊的三箭頭，開始全力的向前奔跑。

姚匡一個拉球轉身，將球傳給了扯動到球場最右邊的平等王，平等王用右腳將球向前輕輕一撥，運動神功，周身的藍氣再度化成一門大炮，平等王右腳的腳踝微微向外轉，看準時機，搶在鍾馗和真武大帝衝過閻羅隊最後的一名後衛牛頭之前，大腳一踢，大炮擊出了一發長程傳球。

牛頭、馬面和老黑鬼三人，一面急忙轉身，一面搜尋著邊線裁判的身影。

「沒有越位。」最靠近邊線裁判的老黑鬼，看見邊線裁判沒有舉起旗子後大喊。

目送著鍾馗和真武大帝穿過自己的身邊，三人死命加速，但啟動回追的他們，怎能在短時間追上速度已加到極限的雙箭頭，他們只能一面回追，一面分出神去阻擋稍微拖後的關聖帝君。

逆旋轉的藍色炮彈不偏不倚的落在大禁區的邊緣。

逆旋轉的動能會讓球在落地的一瞬間以較高的弧度彈起，球向前躍動的速度也會大大減低。鍾馗不等球再次落地，胸口一頂一收，球被輕巧的收在靠近球門的那側。鍾馗瞄了一眼正在追來的馬面，慢下腳步，調整姿勢，神功因心眼石金黃色液體的加持，更顯神威，鍾馗大力抽射，靠近球門時，包圍球的神功化為一隻兇猛的藍蝙蝠，快速的上下左右飄忽飛舞。

孟婆嘴中啐了一口，連忙運起神功，神功化為一只湯碗，但礙於金黃液體大多流向敵方，所以這只紅色的湯碗比平常小了許多。

孟婆揮杖擊球，將紅色的碗擊向那只藍色的蝙蝠，藍色的蝙蝠在即將被碗給罩住之際，輕巧的翻了開身去，落入了球網之中。

平等隊追回一分。

1：1

閻羅隊開球。

對於剛進球後，馬上就被對手回擊，閻羅隊的士氣一點也沒有降低。

「有些人的個性容易招來別人的霸凌，這些人也要進霸凌地獄？」小平等乘勝追擊。

「容易招來霸凌的人，應該要進霸凌地獄？請問對方辯友，是什麼樣的理論支持你這樣的論點呢？」以沫問。

「因為，有些容易招致霸凌的人，他們總會先攻擊別人，對別人不友善，像是說別人壞話、佔別人便宜之類的。這樣的小罪，可能在一殿時就會被判定會『功過半半』，也就是，他一生之中的功和過相差不多，會直接被判到十殿去轉生，進行下一輪的人界修鍊。而，被他所害的人，如果在反擊時，遇到其他的人同時在反擊他的話，就很容易被判定成霸凌，就會被地獄判官們判成重罪。」小平等一口氣說完。

「所以，你覺得被霸凌的人也有錯？」以沫反問。

「嗯……在某些清況下，被霸凌的人自己也有錯。」小平等說。

「在哪些情況下呢？」以沫追問。

「嗯……嗯……例如，有些人總喜歡到處在背後說人壞話，或處處做小手腳欺侮人或佔人便宜，卻又不肯承認，當大家感到生氣和不爽，慢慢開始聚在一起說他的壞話時，他就開始覺得被大家霸凌了。」小平等字斟句酌的說。

「然後呢？依你的例子來講，事件後來的發展呢？」以沫這個問題很巧妙，一邊好像在問小平等所舉的例子，一邊像是在問小平等帶頭霸凌小閻羅的這件事。

「發展嗎？事情就這樣子。」小平等似乎有隱瞞。

「難道，那群人僅止於說他壞話嗎？」以沫想起了閻羅天子在賽前的叮嚀，於是決定再大著膽子追問下去。

閻羅天子在開賽前，貼心的叮嚀以沫：在心眼石前辯論，決定不能說謊，或說昧著良心的話，否則會受到嚴重的懲罰。

「這個……」小平等遲疑不答。

「還有捉弄他、惡整他一類的事件發生吧？」以沫相信小平等也知道「心眼石前不得說謊」這個規則，所以緊追不放。

「唔……那是有一些比較不懂事的人，才會有這樣的行為。」小平等頭上冒出了薄汗。心眼石中的金黃色液體開始大量流向閻羅隊。

「那麼，我想請問你，在那群人之中，哪些人該因為霸凌而受到處罰呢？」以沫問。

「當然是那些對他做出後續行為的人啊！」小平等回答得很心虛。

雖然，他也帶頭霸凌過小閻羅，但是，在辯論的當下，他並不覺得自己有錯。而且，他說做出後續行為的人理應受到處罰這樣的論點，並不算是說謊。小平等的心裡是這樣理解的。

「那麼，如果沒有一開始的一群人聚在一起說他壞話，你覺得這些對他做出後續霸凌行為的人，還會那麼容易的出手嗎？」以沫問。

「你是什麼意思？」小平等腦袋空白，藉由讓對手複誦問題來緩和自己的情緒。

「你聽過破窗效應嗎？」以沫問。

「破窗效應？」小平等利用反問來讓自己重新啟動思考。

「以一幢建築為例，如果建築一直是完整的，那麼就沒人敢破壞。但是，一旦有了一扇破窗，如果那扇窗沒有即時被修理好，將會引來更多的破壞者。破壞者會先觀察，在他們認定這裡是沒有主人或沒有人管理的屋子後，將會恃無忌憚的進行更多破壞，甚至佔據此棟屋子。」以沫說。

「這些人是在發洩自己的破壞慾吧？並不是每個人都有這樣的破壞慾。」

「我的意思是，如果這群人裡的每個人，都僅止於一對一的爭吵或是反擊，而沒有聚在一起共同反擊的行為，就不會壯大群體中那些霸凌者的惡膽，更不會催生出後續一連串的霸凌行為。後續的霸凌行為帶來的傷害，往往會遠遠的超出那些說人壞話或佔人便宜的惡行。」以沫有些生氣的說。

「也就是說，如果我有一個同學叫小明，小明到處說人壞話，後來引起同學的霸凌，這樣小明也不用因霸凌而受到刑罰嗎？注意一下，在這樣的案件中，他才是霸凌形成的主因。」小平等也有點生氣了。

「當然不用，小明到處說人壞話，下地獄後或是割舌或是針口或是喝沸油。反擊小明的人自己要下決定，反擊的方式有很多種，或是報告師長請求協助，或是選擇攤牌將話說清楚。但，和其它人聯手攻擊小明，就是霸凌。甚至到了後來，反擊的霸凌往往會收不住勢頭，演變成遠遠超出說人壞話的其它霸凌行為，小明得到的反擊將會遠遠超過他所犯下的錯誤。」以沫說。

閻羅夫人使出神功，一條紅色的靈蛇環繞著閻羅夫人的腳下，閻羅夫人輕巧的連續幾個轉身和拉球，避開了平等王和關聖帝君的先後逼搶，將球往對方的禁區逼進。

來到了禁區外緣，姚匡快速的補位過來，展開了神功，一條藍色的長鞭和紅色的靈蛇纏在了一起，因為心眼石的液體較多的流到了閻羅隊，所以，閻羅夫人還遊刃有餘的在轉身之後，將球往橫向輕輕一挑。

只見紅色靈蛇的尾巴輕輕一擺，皮球被挑起約一個人高，正緩緩的在禁區外大約距離球門三十碼的地方落下。

「不妙。」姚匡大喊。他已經看見閻羅天子從後方迅速補位上來。

平等隊的中後衛連忙運起神功護體。

東嶽大帝的神功護體，是一張藍色的門簾，隨風招展。

城隍爺的神功護體，是一座藍色的城牆，防守範圍之廣，堪稱地獄第一。

閻羅天子趁著心眼石中大量的金黃色液體流向了閻羅隊，大膽的使用出了神功。閻羅天子的神功威力強大，所消耗的體力甚多，必須格外的謹慎使用。

神功護體，紅色的氣場籠罩著閻羅天子，閻羅天子身體前傾，右腳向後高高抬起，紅色的氣場幻化出了一台巨型投石機的模樣。投石機的手臂強力揮出，足球的周身夾帶著雷電和霹靂射向球門。

這一著來得太突然，夾帶著雷電的球筆直的穿過東嶽大帝藍色門簾及城隍爺藍色城牆的間隙，朝著球門左上角飛去。

目蓮尊者連撲救都來不及，更別提使出神功護體，只能眼睜睜的看著球再度掛網。

閻羅隊得分

1：2

平等隊有些喪氣的開球。

「那麼，大家都只能接受那些『怪人』的欺負嗎？什麼都做不了嗎？」小平等氣憤的說。

心眼石內金黃色的液體開始流回平等隊。想必，大家在成長的過程中或是日常生活中，都有遇過這樣的同學或是同事。

「這就是我說的『能力』問題。」以沫充滿信心的說。

「能力？霸凌是種能力？」小平等反問。

「我覺得，準確的說，擁有某種能力，能停止霸凌。」以沫故意賣關子。

「是什麼能力？智慧嗎？」小平等說。

「不，是『同理心』。」以沫說。

「同理心？別開玩笑了！」小平等說完後哈哈大笑。

「在這種場合開玩笑，你覺得適合嗎？」以沫突然散發出一股驚人的氣勢。

心眼石中的金黃色液體又開始大量的流向閻羅隊。

帶球向前的甄甄忽然用腳底將球踩在了原地，身子卻繼續向前跑。而盯防她的姚匡在發現球已落在甄甄的身後時，已經是五到六步之後的事，這樣一個五步的空間，又給了閻羅天子再一次發動神功的機會。

紅色投石機甩發出雷電球，這次，目蓮尊者有備而來，運用神功，一張藍色的蛛網，勉強的將球擋往底線外去了。

平等隊險些被得分。

「小平等你再不好好比賽，我們就把你換下來。」平等王嚴肅的說。

小平等趕忙收起不莊重。

「同理心如何防止霸凌？」小平等再次發問。

「我們在訪談許多的被教育魂後，我們發現，參與霸凌的人，可以分成『三大類型』，一種是主動霸凌別人，一種是被霸凌的人，這兩種人，其實都過得不好。」以沫說。

「被霸凌的人過得不好，這我可以理解，可是，霸凌人的人，也過得不好，這是為什麼？」小平等問。

「因為，霸凌人的人，大多是因為沒有自信，沒辦法接受與自己不同的人事物，那些與他們不同的人事物，會讓他們的心理產生恐懼。」以沫說。

「產生恐懼？」

「例如，我國小的時候，班上一個女生叫小紅，在網上學了TT舞，當紅流行的舞蹈。她來到學校時，想找同學一起練，有好幾個同學覺得新鮮，很熱情的想向她學，小紅覺得很得意。這時，在一旁的我，只想趕快享受從圖書館借來的書，小紅問我想不想學，我很委婉的告訴她我想看書，並跟她說謝謝。然後，她就不悅的離開了，不久，有些女生也開始覺得學舞不太有趣。而且，在練舞的期間，小紅就是一副不可一世的模樣，慢慢的，退出學舞的人越來越多，最後，小紅把氣都出在我的頭上，她把大家漸漸遠離她，不再將她當成『中心人物』的這個結果都歸咎在我身上，開始煽動別人來霸凌我。」以沫娓娓道出。

「這是少數的特例吧？」小平等無力的反擊。

「在座的各位，都可以仔細的想想，在你們的生活經驗中，是不是也遇過這樣的事情。因為不了解自己是誰，所以沒有自信，因為沒有自信，所以遇到和自己不同的人事物，就會產生恐懼，一種深層的恐懼，一種不知道自己是誰，不知道自己的人生過得如何的恐懼。因為恐懼自己比別人差，所以要霸凌別人，讓別人難過，看見別人難過了，就會產生一種錯覺，一種自己過得比別人好的錯覺。」以沫再度發出一股強烈的氣勢。

心眼石中的金黃色液體全部流向了閻羅隊這邊。

甄甄踢出了一記有神功護體的落葉球，直逼球門而去，這球在空中劃出了一道極漂亮的弧線，到了球門正上方時，紅色的神功幻化成漫天飄落的葉子，讓人無從防守起。

目蓮尊者拼盡全力，拉起藍色蛛網，範圍之大，前所未見，幾乎籠罩了整個球門。

「我從來沒見過目蓮尊者守門守得這麼拼命的，但是，範圍拉得這麼大的神功，厚度一定會變薄吧！」比賽播報員的解說淺顯易懂。

但，甄甄的落葉球也是屬於利用巧勁一路的射門，所以，就在球門的右下角，目蓮尊者勉強的將球給碰了出來。

球滾向右邊中後衛東嶽大帝的腳下。但，東嶽大帝是右腳球員，球滾向他的左腳，這就是一件有趣的事了。

一般來說，這時的後防球員，在球門前，應該不管三七二十一的將球給用力踢走，不管球飛到哪裡去。在這種情況下，球大多是直接飛出了界外，這種踢法稱為「清球」。球被這麼一「清」，哪怕又將球權送給了對方，也能為己隊爭取到一小段重整隊形的時間。

這次，東嶽大帝在衡量情勢後，選擇用左腳將球回拉，然後轉身，試圖將球踢向球場前方，好讓自己的隊友可以多出一波進攻機會。

這次，東嶽大帝錯估了形勢，大概錯估了〇・三秒左右的一個差距吧！

而這錯估的〇・三秒，被閻羅隊的左前鋒日夜遊神給抓住了。

日夜遊神，是少數不會神功護體，卻能站在地獄足球界頂峰的球員，靠的就是他抓錯的能力。

平時，日夜遊神在陽間，離地三尺飄浮飛行，日行千里，專門將陽間犯錯的人記錄在手中的那柄破木牌上。我們所說的舉頭三尺有神明，那個神明指的就是日夜遊神。

而在大量心眼石金黃色液體的加持下，日夜遊神的速度來到了最顛峰，再加上他平常挑找錯誤的能力驚人，東嶽大帝的這個錯誤，在即將發生之前，早早被他瞧在了眼底。

就在球滾向東嶽大帝時，日夜遊神早已將速度催發到極致。在東嶽大帝用左腳將球回拉的瞬間，日夜遊神以一個速度驚人的滑行鏟球，將球給「夾」走了。

會用「夾」這個字，是因為日夜遊神的鏟球速度驚人，一開始，球被鏟斷後，往往會飛出界外。後來，日夜遊神在聽從了孟婆的建議後，在鏟球時，試著用雙腳去夾住球，一旦成功了，球將會在日夜遊神的控制之下，立刻能發動反攻。

「出現了，日夜遊神的筷子鏟球。」比賽播報員大聲的喊出日夜遊神的成名絕技。

這次，日遊夜神也成功的「夾」到了球，順著向前快速滑動的勢頭，就這麼連人帶球的衝進了球門之內。

在滑過球門白線的那一瞬間，日夜遊神還不忘頑皮的對著目瞪口呆的目蓮尊者眨了眨眼。

閻羅隊再得一分。

1：3

「那麼，你們有教育罪魂能產生多少效果的證據嗎？」小平等試著引開話題，他現在開始後悔，當初自己太過輕敵，沒有好好的踏實準備這場辯論。

「第三種人呢？」一個觀眾大聲的問著。

「對啊，第三類是什麼？」另一個觀眾對著場內大喊。

群眾中開始有人紛紛附和，眾人你一言我一語的討論著。

「第三種、第三種、第三種、第三種……」場中有一股節奏，慢慢的變大變強，彷彿宣誓著場中的情緒也漸漸的沸騰。

「我轉播比賽三百多年來，第一次見到這樣的情景，觀眾竟然群起加入辯論裡。」轉播驚呼。

「我沒看走眼，終於挑對人了。」坐在主播身後貴賓席中的地藏王菩薩，難掩心中興奮的挪了挪身子。

辯論的進行一度被中斷，小平等的臉上流過一抹憤恨的表情，其中還摻雜著挫敗和不安。

「那麼，第三種人呢？」小平等決定順從民意，他不想顯得自己很孬種，他決定要正面迎擊。

場上爆出零星的歡呼聲和加油聲，有的認同小平等的順從民意，有的讚許小平等的正面接受對手的猛攻。

「第三種類型的霸凌者，是先被霸凌後，轉而霸凌別人。」以沫一開口，場子忽然變得鴉雀無聲，大家都屏氣凝神的聽著。

「這種霸凌者，自己受過霸凌的苦，還轉而將苦加在別人身上，教育會對他們產生效果嗎？」小平等覺得自己很無力。

「當然，這種第三類型的人，有的是消極型的，希望自己不要成為首要目標就好，所以，當被人被霸凌時，他們會在一旁小手小腳的幫襯，力求能搏得主要霸凌者的認同，希望能加入『有力團體』裡面，這樣就能免掉被霸凌之苦。這消極型的也是出自於恐懼。」以沫說完停了下來。

「消極型的？還有積極型的不成？」小平等沒好氣的說。

心眼石中的金黃色液體又開始大量流向閻羅隊。

「是的，第三類型的人中，有另一部份的人是積極型的，他們會在被霸凌的過程中感受到霸凌對人心產生的破壞力，進而去追求這種力量，希望能用這種力讓自己脫離被霸凌的苦。所以，積極型的人還是出自於恐懼。」以沫說完，場邊的觀眾依然鴉雀無聲，彷彿都在反覆咀嚼著以沫的分析。

閻羅隊的右中場小閻羅運起神功，一隻紅色的火鳥頂著球快速的向前推進，一個翻身，越過運起藍色老虎神功的崔府君，白無常使出神功，防止小閻羅長趨直入，長長的藍色布匹困住了小閻羅的出路。

「嘿！」馬面低喊了一聲。

只見一匹紅色的八腳馬由禁區的邊緣往底線推進。

小閻羅奮力一踢，夾帶著心眼石金黃色液體的能量加成，生發出紅色火焰的球在白無常的藍色布匹上燒灼出了一個洞。

球沿著大禁區的邊線滾動，馬面變動奔襲的路線，觸球後往禁區內閃電般的切入。

城隍爺運起神功，一座藍色高聳的城牆轟然升起，試圖阻止馬面繼續推進。

怎奈馬面的速度實在不慢，而且小閻羅傳球的時機實在巧妙，這麼一下大角度的變線內切，即使城隍反應再快，也是難以應對。

城隍眼看著馬面已經將球向前推過自己的滑鏟範圍，只得勉強將腳一抬。藍色的城牆更提高了一層，卻只能絆住紅色八腳馬的後腳。

馬面重摔在地，滾了兩圈。

閻羅天子連忙衝上前來，準備找城隍理論。馬面急忙起身，咬牙忍耐著疼痛，抱住了怒氣沖沖的閻羅，示意自己沒事，要閻羅天子冷靜。

城隍走過來，向馬面致意，表示抱歉。馬面搖搖手示意自己並無大礙。

大家看向裁判，裁判將手指向罰球點。

馬面抓抓頭，露出大男孩般羞赧的笑容，他為球隊贏得了一個點球的機會。

閻羅隊派出甄甄主罰點球，她是冷靜的罰球高手。

罰球是不能使用神功護體的。

目蓮尊者集中心神，蹲低身形，讓自己保持著規律的左右來回微微晃動著。甄甄在三步的助跑後，做勢將球踢向右上球，卻在觸球的一瞬間，將腳踝轉向，腳掌包住了整個球的右半面，球向球門的左上角飛去。

準備撲向球門右上角的目蓮尊者發現自己判斷錯誤後，想要做出反應，卻已重心不穩，跌坐在地。球掛網。閻羅隊得分。

1：4

閻羅隊已經呈現大比分的領先，但場上的球員並沒有人歡呼慶祝。

而觀眾席上也沒有人歡呼鼓譟，反而瀰漫著一股奇異的氣氛，大家都還在思索著以沫剛才報告的一席話。

「喂，小弟，你賺到了，今天的這場比賽不管結果如何，你都大賺特賺。」玉皇大帝用手肘輕輕的撞了撞地藏的肋下。

「是啊，謝謝大哥你給我這個機會，地獄的暴戾說不定會因此又消弭幾分。」地藏王菩薩微笑。

「你喔，野心總是這麼小。」玉皇大帝打趣的說。

嗶～～

中場哨聲響起。

雙方球員進入球員通道，回到休息室。

全場觀眾起身鼓掌，向他們心目中的理想致敬。

36 中場休息

平等隊休息室。

「你表現得太差勁了吧！你丟光了我的臉。」平等王用力將手上的水罐摜在地上。

「可是，我只有自己一個人準備這次的資料，他們一整個團隊都……」小平等試著抗議。

「廢話，你有多少現成的資料可以找？不要說第九殿的資料庫，地獄十殿、轉劫所、孽鏡臺的資料庫，就連最難搞的孟老太婆那甌忘臺的資料庫我都幫你搞到通行證了，你還找什麼藉口？」平等王接近怒吼。

「少說兩句吧！」目蓮尊者雙手合什，平靜的說。

「少囉嗦，我在管教我自己的兒子，輪不到你來說。」平等王頭也不回，眼神直瞪著小平等。

「你把這個這麼重要的工作都丟給他一個人？」關聖帝君的紅臉略帶著不滿神情。

「主上只是想要好好的磨鍊一下小平等王，並不是把工作都丟給他。」姚匡跳出來幫平等王緩頰。

「這不是丟是什麼？磨鍊？不是這麼個磨法！」省話一哥真武大帝少見的開口了。

「好啊！地獄三利刃輸不起，比賽快輸了就將過錯都推到我父子兩身上來了？」平等王將目光射向和關聖帝君、真武大帝並稱「地獄三利刃」的鍾馗身上，惡毒的要求鍾馗表態支持自己。

「別擠兌我，我啊，是支持『教育』的，只是我看不慣那地藏的躁進，短短百年就想改變地獄的制度，自以為熱血，完全沒考慮到會產生多少混亂。」鍾馗一副事不關己的模樣。

「你……怎麼現在才講這樣的話！」平等王氣炸了。

「你才是，怎麼現在才講這樣的話？當初你來拜託我參賽的時候，那副卑躬屈膝的嘴臉，哪裡去了？那些口口聲聲為了地獄著想的假理想丟到哪裡去了？你才輸不起。」鍾馗不甘勢弱的反擊。

「你們才輸不起。」平等王嘴上不停。

關聖帝君和真武大帝看來就要再說些什麼，眼看「戰線」就要擴大，姚匡著急得不得了。

城隍和東嶽大帝看來不想淌這渾水，靜靜的坐在一塊，背靠著背閉目養神。

誰也沒料想到，這場失控的中場討論竟然會終結在這個人的話語上。

「我們還沒輸。」小平等起身大吼，吼得身子都彎了。

平等王和「三利刃」都轉過頭來，城隍和東嶽大帝也睜開了原本鐵了心閉著的眼睛。

此時，更衣室瀰漫著多股壓迫的氣勢，交雜在一起之後，讓人喘不過氣來。功力較低一點的姚匡和崔府君，還得暗暗運起神功護體，才能使得呼吸順暢一些。

「你們好，我有事想說。」一道原本不屬於這間更衣室的聲音，貫穿了每一個人的耳膜。

「你怎麼敢出現在這裡？」平等王轉過身後，對著踏進更衣室的女孩問。

那個女孩是以沫。她隻身來到對方的更衣室。閻羅天子也勸過她，說這樣不太適合。

但以沫認為，有些話，現在不說就遲了。

「我有話想說，卻不知道在這樣的情況下適不適合。但是，在聽見你們的吵鬧聲後，我下定決心進來。」以沫乖巧的說。

雖然以沫說得乖巧，但平等王完全不領情。

「你是來嘲笑我們的嗎？贏了就了不起嗎？」平等王低吼著。

「不要心理戰，一個小女生，想對幾個加起來上億歲的老傢伙使用心理戰？」關聖帝君露出一臉不解。

「你以為你們贏定了嗎？」平等王再次咆哮。

更衣室裡一點聲音也沒有，大家都在等著以沫的回應，房間的角落彷彿還回盪著平等王的吼叫聲。

「這樣下去，我們誰也贏不了。」以沫帶著些微責備的口氣說。

「誰也贏不了？」關聖帝君疑惑的複誦著。

「這話怎麼說呢？」姚匡提出疑問。

「地獄足球，真正的贏家，是地獄全體成員。」以沫回答。

「地獄全體成員……」關聖帝君一邊喃喃覆誦著，一邊好像想通了些什麼。

「雖然比數有輸贏，但是，做決定的還是心眼石湧出的力量，讓心眼石湧出力量支持場上球員的，是全場的觀眾。」城隍試著分析。

「所以，真正的贏應該是……」關聖帝君咀嚼著。

「大家都了解辯題，做出心中覺得最好的選擇。」以沫開心的接著說。

「拋開個人的成敗，締造出雙贏，是這個意思嗎？」鍾馗面色凝重的說。

「不，準確的說，我們沒有人可以『贏』。」以沫對著鍾馗說。

「那麼，應該怎麼說？」鍾馗怒目對著以沫問。鍾馗會怒目相對，是因為他覺得驚訝，這個女孩兒竟然跟面目兇惡的自己講話，卻不帶有絲毫懼色，所以，他想再加上三分威嚇，看看這女孩會有什麼反應。

「我們只是工具，我們的義務就是讓辯題的正反兩面能夠更清楚的呈現在地獄眾人面前，比賽的過程引導著地獄眾人思考，最後，選擇和決定是由地獄眾人所做出來的。」以沫好似沒看見鍾馗的威嚇，鎮靜的說。其實，她的心臟跳動得超級快，一個心都蹦到了喉頭，彷彿快要吐了出來。

更衣室陷入了另一波的靜默。
以沫沒再說些什麼，悄悄的退出了房間，就像她剛才來時那樣，靜悄悄的。
外表看似靜默的每一個人，其實內心都被投入了巨大的震撼彈。

「我啊，好像在漸漸的被捧為場上的明星後，不小心的忘了地獄足球的初衷了。」關聖帝君率先打破了雙倍濃厚的沉默。
「我好像也是。」目蓮跟著承認。
「你們就要這樣被那個小妮子牽著鼻子走？」平等王酸溜溜的說。
「至少吾等有認錯的勇氣，平等王你就繼續執迷不悟吧！」鍾馗幽幽的說。
「你呢？」平等王用惡狠狠的語氣對著小平等說。
「我也覺得我霸凌了小閻羅是不對的，因為我缺乏勇氣，所以靠霸凌他來增加優越感。父親大人，你也應該從被霸凌的情緒中走出來，求學時，閻羅天子霸凌過你的事，是閻羅天子的錯，不是你的錯。」小平等鼓起勇氣說出了這段話後，跟著眾人走出了更衣室。
留在更衣室內的平等王，像是洩了氣的皮球一般，癱坐在更衣室一角的木椅上。

37 下半場次

平等王姍姍來遲，他一踏進球場的邊線後，裁判立刻吹響比賽。

「請多多指教。」小平等有禮貌的對以沫說。

「怎麼回事，和上半場的態度完全不一樣，會不會是什麼詭計？」小閻羅對著站位在他身後不遠的馬面說。

「不知道，我比較想相信也許是以沫對他們說的話起了效果。」馬面咋咋舌。

「專心一點，兩個臭小子。」他們兩人明明壓低了音量，卻還是引來了孟婆的罵聲。

「如果新設的霸凌地獄，是以教育為主體，慢慢的，在發現了效果不好的時候，有可能會增加刑罰嗎？」小平等問。

「咦？這是什麼新策略嗎？」

「起內鬨了嗎？好像幫起對方來了。」觀眾們議論紛紛。

「如果設立地獄的主要方針是教育的話，一切就會以教育會努力的方向，不會再增加刑罰於其中。」以沫斬釘截鐵的說。

「咦？閻羅隊的辯論員不是順著平等隊的辯論員的論點，就能得到最大的支持嗎？」轉播員不解。

「也就是說，一但設定新地獄的方針是教育，就不會考慮加進任何刑罰，是嗎？」小平等又問。

「是的，一旦有了刑罰，大家就容易依賴刑罰。因為可以增加刑罰，增加刑罰是相對容易，又看起來有效果的，大家就不會盡全力在教育的改進上。」以沫說。

「那如果教育的效果不如我們的預期呢？」小平等王問。

「怎麼樣算是不如預期呢？」以沫問。

「就現有人才不足這項來說，我們面臨初期師資不足的問題，或是，我們可能一直培養不出足夠的、適合的師資來進行教育。」小平等王說。

「嗯，這是有可能的，只要是教育，就要面對多元化的問題，畢竟每個人都不一樣，需要的師資也不一樣。」以沫邊想邊回答。

心眼石中的金黃色液體開始流向平等隊。

「在師資不足的情況下，也不加進刑罰輔助？」小平等問。

「是的。我覺得要努力補足師資，估量師資後，才開放處理得完的待教育魂的額度。」以沫很篤定。

「你剛才也提到了，教育是多元的，每個人都不一樣，那麼，需要的師資可能也要有很多種不同的師資？」

「是的。」

「那麼，待教育魂可能也要被分成很多種不同的種類？」

「是的。」以沫的語氣中帶著一點開心，因為小平等王似乎認真了起來。

「看來雙方不再是隔空交火了，賽事開始切入核心。」比賽報播員興奮的說。

「那麼，教育人員如何確認這個待教育魂需要怎麼樣的師資？」小平等王問。

「是的，這就是教育的難處。同樣的課程不見得適合所有的人。面對不同的待教育魂，我們需要先進行個人的評估，以找出最適合他們的課程。而課程是否適合，只能在待教育魂重返陽世後，觀察他們在陽世裡的表現，才能再做出調整。」

「那麼，在這樣複雜而艱難的情況下也堅持不加入刑罰輔助嗎？」小平等王問。

「是的，決不輔以刑罰。」以沫咬牙回答，立場堅定。

心眼石中的金黃液體大量流向平等隊。

真武大帝接到球，轉身向前推進，卻遇到閻羅夫人的阻擋。真武大帝的神功護體有蛇和龜兩種形象，這次，他使用藍色的大蛇，靈巧的盤球前進。而閻羅夫人也使出神功護體，一條紅色的大蛇使出纏功，和藍色的大蛇纏在一起，看起來像極了潦草水電工組裝出的配電箱，紅色和藍色電線混亂交纏。

真武大帝賴著金黃液體的助力，輕鬆的架開閻羅夫人的逼搶，瀟灑轉身，將球護在自己的腳下。

「我來也。」平等隊的右後衛黑無常快速的插上進攻。

真武大帝將球踢向右邊，球往邊界滾去。黑無常即時趕到，黑無常使出神功護體，周身藍氣化為一面厚實的令牌，令牌一揮，球立即被擊打出去，高高的飛向球閻羅隊的球門前。

平等隊的前鋒鍾馗和進攻中場關聖帝君快速的向前移動，而閻羅隊的三後衛馬面、牛頭和酆都大帝則快速的收縮防守，不貿然的頂球將球清出，卻也不讓平等隊輕易的拿到球。

鍾馗使出神功護體，藍色蝙蝠輕巧靈活的走位，讓閻羅隊的三後衛很難保持完整的陣形。

黑無常的高傳球在閻羅隊大禁區的邊緣落下，牛頭使出神功，一頭紅色的公牛高高躍起，用犄角刺向由空中落下的球。

鍾馗的藍色蝙蝠搶在紅牛的犄角之前，輕飄飄的一擋，球落向牛頭身邊的地面。

關聖帝君運起十足的神功，周身的藍色氣場幻化成一把大關刀，那把大關刀被倒拖在地，向球揮去。

這是關聖帝君的成名絕技「倒拖刀」。

禁區邊緣，關聖帝君射門，藍色的大關刀隨著足球激射而出，緊貼著地面直朝球門飛去。那聲勢教全場觀眾膽寒，球場的地面彷彿被氣壓所迫，揚起了不少的草屑和塵土。

孟婆絲毫不敢大意，運起十足神功，一個紅色的湯碗罩向低空飛來的藍色大關刀。

一聲裂空的巨響，藍色的關刀擊穿了紅色的大湯碗，直奔球門。

平等隊得分。

2：4

「天啊，依據我這裡的記錄，這是孟婆有史以來，第一次在比賽中被進了兩球。」比賽播報員激動的說著。

比賽再度開始，閻羅隊發球。

「我不懂，為什麼對方辯友會這麼堅決的不採用刑罰，你是想完全否定地獄系統嗎？」小平等問。

「這，這言論實在是太驚人了。」比賽播報員吃驚的大喊。

兩名辯論員的聲音是透過心眼石傳送到在場的每一個人的腦裡，辯論員只要輕鬆的說話便可。但，比賽播報員則是利用陽間的擴音系統，所以當播報員大喊的時候，觀眾也不會有震耳欲聾的感覺。

「地獄一定就是處罰與苦痛的代名詞嗎？不，我支持地獄系統，不然我就不會站在這邊為了地獄努力。」以沫說。

「那麼，你為什麼如此反對刑罰呢？」小平等又問。

「因為，在教育這個系統中，如果又加進刑罰，雖然能較快速也較方便的取得績效，卻對最終的結果不好，如果可以，我想維持純粹。」以沫回答。

「我還是不懂，你可以舉個例子嗎？」小平等說。
「天啊！小平等王竟然還請對方舉例子，這是我近百年來見過最有風度的比賽了，他和上半場簡直判若兩人。平等王在中場時間的更衣室內到底施了什麼法術呢？」比賽播報員興奮的喊著，他自然不知道，在更衣室中發生的一切。
「如果要舉例的話……舉零體罰的例子應該會稍微有點相似。」以沫低頭沉思了一小會兒後說。
「體罰？」小平等王感到驚訝。
「地獄學園中不能使用體罰嗎？」以沫之前沒注意到這件事。
「嗯……可以。」
「有人主張零體罰，顧名思義，就是一點點的體罰都不能有。」以沫說。
「可是，不是有適度的體罰比較好嗎？老師先和學生約法三章，然後，在學生沒能遵守的時候，再給以適度的體罰以提醒他們，這是為了學生好，不是嗎？」小平等問。
「是的，先進行教育，然後，教育沒有成效或成效低落的時候，再加進體罰，如打手心或是罰半蹲之類的。剛開始，的確能促進成效。但時間一久了，老師不會再去想，該怎麼用更好的教法來教導學生，只會更輕易的祭出體罰這個手段，因為，體罰了就會有效果。」以沫說。
「這樣，學習的效果不是會越來越好嗎？」小平等說。
「如此一來，體罰將會越來越常出現在教育中。」以沫回答。
「但是，如果擁有堅定的理念的話，應該不會出現這樣的狀況。」小平等說。
金黃色液體開始流向平等隊。
「是的，如果擁有堅定的理念的話，應該還不至於太快淪落至此。可是，能如此堅定理想的人畢竟是少數。在各種原因交相襲來時，教學的進度太慢、個人情緒、過多的工作量、個人的個性不同等原因，會將理念切得支離破碎。只要有了一次，老師的腦中興起了「體罰吧，這樣比較快」的念頭，就一定會再有第二次、第三次。」以沫有點沉重的說。

心眼石中金黃色的液重開始流向閻羅隊。

「如果零體罰的話，就能阻止這樣的可能性？」小平等質問。

「當然沒辦法完全，但，既然立法通過了，就算不能打從心底相信的老師，也要在表面上尊從，不會再那麼輕易的用體罰來解決教學上的困境。」以沫說。

「可是，據我所知，在陽世間，就算零體罰的地區，也還是有人施行體罰。」小平等追擊。

「但是，除去原本就不施行體罰和一直施行體罰的那些最頂端和最底端的老師外，中段大部份的老師，會受到這樣的法規影響，而改變自己的教學法。既然要面對這些教學困境，既然不能使用體罰了，就再想想有沒有別的方法可以來改變，讓學生如期交出作業、讓學生上課專心不要搗蛋……」以沫說。

「你這樣……唔……這樣會不會太過理想化了？」小平等硬生生收住不禮貌的口氣。

「你難道不想試試看？說不定，地獄可以打造出一個理想的境界。」以沫的眼神裡充滿光亮。

心眼石中的金黃色液體並沒有出現太多的波動。

「這真是太出乎意料之外了，以沫選手的說法及理念明顯的打動了多數人，但是，大家好像正在努力的思考兩種觀念的可行性，實際和理想，所以心眼石中的液體竟然沒有出現波動。」比賽播報員驚呼。

「那麼，陽間對於廢除死刑的爭論，也是源於此種堅持囉？」小平等又追問。

「是的，罪大惡極者死，用死來剝奪犯罪者的生命，這是最重的處罰。」以沫說。

「那是陽間最大的處罰。」小平等補充。

「呃……對。」以沫先是愣了一下，隨即會意過來，如果在幾天之前，她還不知道地獄的存在，那她一定也會覺得被剝奪生命是最大的懲罰。

「用死來威嚇的效果一定很好，殺人者償命，罪大惡極者剝奪生命。」小平等說。

「但是，我們將會在遇到罪大惡極者時，只想著如何剝奪他的生命，彷彿剝奪了他的生命後，我們就能感到安心，一個罪大惡極的生命逍逝了，世界彷彿從此太平。我們就會忘了去找，是什麼樣的社會機制和環境，會豢養出這樣的罪大惡極者？只要這樣的機制和環境存在，就會再催生另一個罪大惡極者。」以沫說。

「從輪迴的角度來看，這樣的罪魂，不，這樣的待教育魂回到了地獄，經過刑罰之後依然沒有改變靈魂中的種子意識，然後，他投胎轉世之後，將會再犯類似的過錯，是嗎？」小平等改口，開始將「罪魂」稱為「待教育魂」。

「老實說，就我們這些日子以來對地獄圖書館的館藏資料盡可能的做了研究，但依然無法確切的提出這兩者間的關係。」

以沫老實的承認己方的不足，現場一片譁然。

「這……這像是辯論比賽嗎？竟然承認自己準備得不夠充份！但是，卻又能讓觀賽的人對於內容易於了解，好像又更能引起觀眾們的思考。我相信，今天來觀賽的觀眾們一定能有滿滿的收獲，更會把今天的收獲帶回家去，和更多的地獄成員們討論。」比賽播報員驚嘆的說著。

心眼石中的金黃色液體大量的流向平等隊。

平等隊開角球，平等王施展神功，藍色大炮將球高高的開出，球速之快，令人得目不轉睛的盯著才看得清楚。

而平等隊的後衛們紛紛進到禁區之中，只留下平等隊的防守中場姚匡留在了中圈弧。

平等隊的兩個中後衛接連施展神功護體。先是城隍爺築起了藍色的城牆，接東獄大帝張開了大大的藍色門簾，兩人狠狠的卡住了位子。

平等隊的球員在禁區內不斷的換位，引得閻羅隊的隊員們難以跟防。里易施展神功護體，紅色的燕子在城牆和門簾中穿梭，搶在眾人之前，將落下的球給頂出了禁區。身高不高，但體型精悍的崔府君施展神功護體，藍色的猛虎張開大口啣住了球，猛撲球門而去。孟婆的紅色湯碗發揮到了極致，她可不想再丟一球。

藍色猛虎高高躍起，躍過了湯碗的阻擋，向著門線最後一撲。眼看著球就要進了。

噹！

在一聲巨響之後，大家都還反應不過來的時候，球已落在球門裡面。

嗶！裁判響哨，得分。

只見馬面低頭向著孟婆道歉，神色十分慚愧。

沒想到，就在大家預想著馬面準備要領收一陣指責時，孟婆卻拍了拍馬面的背：「沒事的、沒事的，這球守得好。」

大家紛紛拍了拍馬面的背，連里易都過來按了按馬面的手肘，給與支持。

「剛才，大家有跟上嗎？崔府君的猛虎射門打在了門柱之上，球高速的反彈了回來，卻打在閻羅隊後衛馬面的後背，馬面背心一縮，雖然減緩了球反彈的力道。但，一來這個反彈來得太快太突然，角度又太刁鑽，再者，孟婆剛全力施展完神功，實在無法在短時內做出另一次的撲救。所以，球就在這兩個折射之間，進了球門。」修煉有火眼金睛的比賽播報員為大家解說。

平等隊得分。

3：4

比賽來到了最後階段，時間接近九十分鐘。

場上的兩隊彷彿要放盡全身氣力一般的拼鬥，攻守快速來回轉換著。

「所以，如果在設立新的霸凌地獄時，我們使用刑罰來矯正受教育魂的話，至少能維持現狀。但是使用教育來矯正受教育魂的話，有可能情況會變得比現在更好，也有可能變得比現在更糟，對吧！」小平等繼續。

「是的。但是，我們可以確認的是，以刑罰來矯正，或者可以說是以刑罰來『牽制』受教育魂，受教育魂們只會為了不受刑罰而改變己身的行為，而不是發自內心的改變種子意識，不是發自內心的覺得霸凌這件事是不對的，而去修正己身的行為。」以沫興奮的說。

「發自內心嗎？」小平等一邊複誦一邊思考著。

「就好像老師使用體罰來逼學生學習，學生的成績看似提高，但學生只是害怕，害怕被體罰而學習，並不是為了想學習或體認到學習是為了自己而學習，一旦外在的逼迫停下來後，就不會再學習了。所以，體罰存在的教育體制，學生常在畢業之後，就不再學習了。」以沫連珠炮發射。

心眼石中金黃色的液體又開始回流到閻羅隊這邊來。

「比賽進入最後的五分鐘，看著下半場比賽的流暢，傷停補時，最多不過三分鐘。雙方的辯論員應該會進入最後的攻防。」比賽播報員看著錶說。

「我認為，在創立新的霸凌地獄時，應該保守一點，採用傳統的方式。原本，創立新的霸凌地獄的原因，就是因為霸凌案件日益增加，依現有的體系會造成地獄人力過度吃緊，而且霸凌的罪刑常會橫跨好幾個殿的多個小地獄之間，如沸湯澆手小地獄、戮眼小地獄、銜火閉喉小地獄等等，如此一來，才能真正的達到簡省地獄人力的目的。」小平等漸有大將之風。

「我認為，趁著這個創設新地獄的機會，應該試試新的可能性，試著以教育取代原本的刑罰，試著將人力花在教育方面，如此一來，雖然施實初期會花費更多的人力，可是，一旦被教育魂們從種子意識中學會了認同自己，對自己有自信後，將會不再容易因為害怕和恐懼而施展或協助霸凌暴行，長期看來，這樣能有效降低霸凌的發生數量。趁著這個機會，推行沙盒，如果真的效果不如預期，也能試著將損失降到最低。」以沫的台風也漸趨穩健。

「沙盒？」小平等問。

「嗯，這是陽間的經濟體制，我唸定義給你聽：『沙盒是可以讓小孩盡情玩沙並發揮想像力的地方，金融監理沙盒即是在一個風險規模可控的環境下，針對金融相關業務、或遊走在法規模糊地帶的新創業者，在主管機關監理之下的一個實驗場所，讓業者盡情測試創新的產品、服務乃至於商業模式，並暫時享有法規的豁免與指導，並與監管者高度互動、密切協作，共同解決在測試過程中所發現或產生的監理與法制面議題。』電腦程式中也有這種概念，讓不確定來源的程式在一個不會影響主系統的位置中執行。」以沫將一份文件放到了心眼石之中。

資料被投映在場地正上方的空中，全場的觀眾都仰頭觀看。

心眼石中的金黃色液體加速流向閻羅隊。

落後的平等隊，在眾人的默契之下，雖然落後，卻仍決定賭一把，大舉壓上，試圖圍攻閻羅隊。

沒想到心眼石的金色液體卻又大量留向閻羅隊。閻羅隊的防守中場閻羅夫人一個截球，球高高彈出，穿過了平等隊壓上進攻的後衛之間，滾向了中圈弧。

黑白無常已經壓到了禁區邊緣助攻，平等隊的中後衛城隍爺和東獄大帝拼了命的咬牙回追。

這時，收縮防守的閻羅隊陣中竄出了一條黑影，是日夜遊神。

雖然日夜遊神並沒有神功護體，但是，心眼石中金黃色液體的力量，可以提升球員的整體能力。日夜遊神的速度本來就無人能及，再加上心眼石的助威，他就這樣長驅直入，來到了禁區之前。

對速度快的前鋒來說，單刀球是必修的課題，他們總是要在和守門員一對一的對決之中，多取下幾次勝利。

日夜遊神慢下腳步，盱衡局勢。只見目蓮尊者放低重心，正結起藍色的蛛網，準備封住日夜遊神的射門角度。

日夜遊神卻在此時，再次把球用力的一推，加快了速度，往右邊的門柱前進。

此時，目蓮尊者連忙轉換重心，準備以更好的角度來封堵日夜遊神，就在這一慢一快之際，平等隊的城隍爺和東獄大帝已然回追到禁區的邊緣。

目蓮尊者勉力維持著藍色的蛛網防守，卻也被日夜遊神的走位扯出了一個縫隙，蛛網和球門之間，有一個不大也不小的間隙。

日夜遊神起腳勁射，目蓮尊者死命撲向球門的角落，卻發現球並沒有被射向球門。

「這……太驚人了……太誇張了……」連比賽播報員都被這一幕嚇得停頓了好一會兒。「這種時候還做假動作，日夜遊神的心臟也太大顆了吧！」

日蓮尊者撲向球門右下角，此時，日夜遊神只要輕輕的推射就能將球打進，但日夜遊神還是全神貫注的將腳下的球射向球門的左上角，絲毫沒有一點大意。

「這是多麼職業的表現啊！一點都不托大。」比賽播報員讚嘆的說。

閻羅隊得分。

比數3：5

「我認為我們應該要用刑罰來控制人內心的種子意識，畢竟人心不是做不到不去施行霸凌，而是不去做。」小平等說。

「我反倒覺得，人是因為不懂得如何去停下霸凌的行為，因為，恐懼是干擾人的意識種子一股太強大的力量。要有同理心，更要善良，但我們無法時時刻刻付出全方位的關懷。每個人都要誠實的面對自己，學會處理情緒，要會『自己解決自己的問題』，當每個人都趨向更完整的人格，產生心靈的免疫力後，霸凌才會越來越少。」以沫說。

「謝謝你今天的指教。」小平等微微點頭，行了一個禮。

「謝謝你今天的指教。」以沫也微微點頭，回了一個禮。

兩人透過心眼石，將最後一句話傳達給了現場的觀眾們後，互相和對方握了手。

嗶。

終場的哨音響起。

「比賽終了，終場比賽，平等隊三分，閻羅隊五分。今天這場比賽應該會讓大家銘記好幾十年吧！這真的可以稱得上是一場偉大的比賽。我上一次轉播到這麼令我熱血沸騰的比賽應該要算是兩百三十年前的那場……」比賽播報員如數家珍的說著。

「喔喔……」現場一道清亮的女聲響起。

準備離場的觀眾們，紛紛轉頭看向場內，只見以沫將一個小小的方盒放進了心眼石之內。

原來，那是小閻羅的MP3隨身聽，隨身聽正播放著以沫、里易和小閻羅最喜愛的歌曲，歌曲透過心眼石傳到了場內的各個角落。

「這首歌陪我走過被霸凌的日子，我想和大家分享。」以沫有點害羞的說。

有雷聲在轟不停
雨潑進眼裡看不清
誰急速狂飆　濺我一身　的泥濘

很確定我想去哪裡
往天堂要跳過地獄
也不恐懼　不逃避

這不是脾氣　是所謂志氣（與勇氣）
你能推我下懸崖　我能學會飛行
從不聽　誰的命令（很獨立）
耳朵用來聽自己的心靈

小平等走向自己的隊友們。

輸了比賽的他們，在繞場一周向自己的支持者示意之後，正圍坐在自己的球門前。關聖帝君和鍾馗都有點失落的躺著。東嶽大帝和城隍則是背對背的靠坐著。

小平等走到平等王的面前，準備接受責罰。畢竟，他讓全隊輸了比賽。畢竟，再怎麼樣他也不該頂撞父親。

小平等低著頭，眼神中卻有一股光采，那是一種在知道了自己該做什麼，然後盡自己全力去做好之後所得到的滿足感，那種滿足感會在後來的日子裡慢慢的醞釀成自信。

沒想到，平等王不但沒有責罰小平等，反而一把抱住了小平等。

「呃……」小平等驚訝的說不出話來。

「我也懂了。」平等王低聲的說。

「爸，你別這樣啦，放開我。」小平等回過神來，發現大家都在盯著他們兩個人看，忽然覺得兩個男人這樣摟摟抱抱的很丟臉，於是趕緊伸手，想要推開平等王。但平等王的力氣奇大無比，對於小平等的推搡渾然不覺。

淋雨一直走　是一顆寶石就該閃爍
人都應該有夢　有夢就別怕痛
淋雨一直走　是道陽光就該暖和
人都應該有夢　有夢就別怕痛

有前面盤旋的禿鷹
有背後尖酸的耳語
黑色的童話　是給長大　的洗禮

「我就說一定會贏吧！」馬面輕挑的說。

「你哪裡有說？你這死馬臉。」牛頭吐槽。

「我哪裡沒說？你這死笨牛，你有證據嗎？」馬面回擊。

「吵死了，你們這兩頭畜牲，好不容易贏了比賽，讓我耳根清淨清淨，好好享受一下這美妙的氣氛，行不行？再吵，一人領一碗湯去。」孟婆氣呼呼的說。

牛頭和馬面一聽到要領孟婆的湯，連忙用雙手摀住了自己的嘴巴。

要獨特才是流行
無法複製的自己
讓我連受傷　也有型

這不是脾氣　是所謂志氣（與勇氣）
你能推我下懸崖　我能學會飛行
從不聽　誰的命令（很獨立）
耳朵用來聽自己的心靈

淋雨一直走　是一顆寶石就該閃爍
人都應該有夢　有夢就別怕痛
淋雨一直走　是道陽光就該暖和
人都應該有夢　有夢就別怕痛

里易和小閻羅幾近虛脫的躺在草地上，以沫坐在一旁輕輕的哼著歌，陪著他們兩個。

「傅里易，依照約定，你得以回到陽世，繼續你的這一世旅途。」地藏不知何時出現在三人的中間。

里易和小閻王連忙撐起身子來。

「關於你的老師，他的下一個孩子，轉輪王已經選定好了，是個種子意識中孝順成份非常足夠的魂魄。」地藏接著說。

「至於你，立了大功，孟婆大人她特准你能去陪媽媽三天。」地藏眨了眨眼說。

「真的嗎？」以沫開心得說不出話來。

「雍心聽令。」地藏的聲音忽然變得嚴肅。

「在……嗯……在……」小閻羅一聽到地藏叫自己的本名，急急忙忙的站起身來，腦袋一片空白，完全找不到回應的話語。

「奉玉帝之令，命你為地府新創制霸凌地獄總執行長。」地藏端坐著說。

「領旨。」小閻羅跪拜。

「好啦，我要去應酬了，玉帝他們已經先赴宴了。」地藏說完，揮手招來座蓮。

小閻羅彎腰敬禮，恭送地藏帶著心眼石離去。

「恭喜你了！」里易笑著和小閻羅擊掌。

「恭喜你了！」以沫也和小閻羅擊掌。

「我……好擔心啊，覺得我來做還太早。」小閻羅苦著一張臉。

有時掉進黑洞　有時候爬上彩虹
在下一秒鐘　命運如何轉動　沒有人會曉得噢～
我說希望無窮　你猜美夢成空

相信和懷疑　總要決鬥

以沫終於鬆了一口氣，她成功了，她完成了一件大事。

從來到地府開始，接連的發生了一連串如夢似幻的事件，忽然被賦予重大責任時，她好慌好慌。幸好，在眾人的幫助及協助下，她終於完成了。

她覺得自己完成的這件大事，不只是贏了一場地獄足球的比賽而已，而是幫助整個地獄的成員們都更完整的思考了一個議題。

相信她的隊友們也都是這樣覺得。

淋雨一直走　是一顆寶石就該閃爍
人都應該有夢　有夢就別怕痛
淋雨一直走　是道陽光就該暖和
人都應該有夢　有夢就別怕痛

透過這次的比賽，以沫覺得自己好像更清楚自己是怎麼樣的一個人。更了解自己的弱點與優點，更了解自己做得到些什麼、做不到些什麼，更了解那些在心裡支持著自己的是什麼。

淋雨一直走　是一顆寶石就該閃爍
人都應該有夢　有夢就別怕痛
淋雨一直走　是道陽光就該暖和

人都應該有夢　有夢就別怕痛

「走囉！聚餐囉！」馬面興奮的奔跑經過以沫三人的身邊。

「晚到的要罰酒。」牛頭也努力的跟在馬面後頭跑著。

「你們兩個再跑就只能喝我的湯！」孟婆用力的將拐杖往地上一拄，地面立刻傳來一陣地陷般的轟隆巨響。

牛馬二人立刻改為端正的步行姿態，連手都擺得直直的。

場邊眾人大笑不停。

38 新科閻王

「雖然有地藏王菩薩的妙藥，但是你們的靈魂離開身體太久，會有什麼影響誰也說不準。」小閻羅有點依依不捨的說。

「嗯，一個月的相處下來，真心覺得你是個好朋友，雖然大我們很多歲。」里易故作輕鬆的說。

「是啊。」以沫的眼眶紅紅的。

「不過，這次特別優待你，我親自送你。」小閻王說完，從背包裡拿出了一個髮箍來。

小閻羅將髮箍往頭上一戴，說來神奇，小閻羅的容貌和形態立刻產生改變。大約三分鐘的時間，小閻羅已然成為一個白髮蒼蒼，體態龍鍾的老者。老者從褲子的口袋中拿出一顆透明的球體。

「還記得你被送進來時乘坐的竹籃嗎？如果那個是公共汽車的話，那這就是私人飛機了。」小閻羅笑著說。

里易也笑了。回想起一個月前，里易因為發生車禍，魂魄被送進地獄的時候，好像才是一個月之前的事，卻又好像過了很久很久。

「對啊，那時的你好難抓，應該是這一百年來，我遇過最會躲藏的逃魂了。」牛頭笑著說。

牛頭和馬面，那時真的是被里易弄得疲於奔命。里易一邊逃跑，一邊利用鬼差遺失的手機，往以沫的手機裡傳送臉書的訊息。

三人現在回想起來，原來這一切的一切都是地藏的安排，想來真是覺得好笑。如果，當初里易和以沫沒有做出相對應的反應，在任何一個環節上放棄的話，不曉得事情會變成怎麼樣？他們是不是就無法完成這項大事了？新的霸凌地獄是否依然會使用以刑罰為主的管理方式呢？還是地藏早就準備好別的備胎，在他們沒有順利進行計劃時，會遞補上來呢？還是，他們三人才是別人的備胎，之前的計劃沒成功，才由他們三人接棒呢？

「這是孟婆的……呃……」小閻羅手上拿著一小瓶粉紅色的液體。

「喝下這個，我就會忘了所有在這裡發生的事情？」里易有些失落的問。

「嗯，除非……」小閻羅賣了個關子。

「除非什麼？」里易和以沫同時驚呼。

「除非你們肯簽下合約書，為地獄的存在進行官方的宣傳。」小閻羅說。

「宣傳？」里易疑惑。

「嗯，在現今的科技化的社會裡，大家越來越不相信地獄的存在了，地獄儼然成了嚇小孩的故事，越來越多人不信因果報應，總要在下地獄之後才開始後悔，所以，原本在地獄中，小小的宣傳部門，如今已經擴大了十部，但效果依然有限。」小閻羅搖搖頭說。

「所以？」

「所以，地獄現在會尋求適合的人選，在陽間進行宣傳，如一些有慧根的法師和牧師之類的。」小閻羅解釋說。

「那我們能做什麼呢？」以沫問。

「據地藏的說法，里易和以沫兩人未來的工作性質，極為適合成為新的宣傳員。」小閻羅說。

「什麼職業？」里易問。

「地藏故意不告訴我，我也不知道，我猜，他會不會是故意通融你們，想法外開恩，讓你們保有這段特殊卻又光榮的回憶。」小閻羅低聲說。

「咳咳……」馬面在一頭，故意發出很大的咳嗽聲，提醒小閻羅要再低聲一點。

「但是，據之前簽過約的人們表示，確實知道有地獄存在的陽世人，在那一世的生活中，會活得有點辛苦。怎麼說呢？嗯……就好比參與遊戲程式碼創作的程式設計師，回過頭來玩自己設計的遊戲一樣，怎麼說呢？反正，就是有點怪就是了。你們可以接受嗎？」小閻羅問。

「當然可以。」兩人異口同聲的說。

「太好了，這樣我就可以常常去找你們玩了。」小閻羅開心呼喊。

「咳嗯……咳嗯……」這次，牛頭和馬面都大聲的咳嗽。

三人開心的相擁。

小閻羅拿出了一份燙著暗金色字體的牛皮，里易和以沫簡易的閱讀之後，在上面蓋了指印。

「好了，我先送里易回去吧。以沫，你跟著這一對寶去找孟婆吧！」小閻羅指著牛頭和馬面。

「回頭見。」以沫對著里易說。

「嗯，回頭見。」

小閻羅舉起手中的小顆水晶球，水晶球開始發光，里易的魂魄慢慢的淡去，最後，水晶球的光芒褪去後，以沫見到里易的魂魄已經被安置在小小的水晶球之中。

以沫對著里易揮了揮手，目送著化身為老者的小閻羅用符紙變化成的把手，拉開了岩壁上的暗門，那道暗門通往陽世間以沫家附近土地公廟的神桌下。一個月前，以沫就是跟蹤鬼差化身的廟祝，從那個通道闖進地獄來的。

「我們去找孟婆吧！」看著門上的紫色光芒消褪後，牛頭說。

39 三生石前

奈何橋邊，山崖上，刻著兩行字。

為人容易做人難；再要為人恐更難。
欲生福地無難處；口與心同卻不難。

來到了奈何橋邊，從各殿來的罪魂漸漸的由各路線匯聚在一起，排成了一列長長的隊伍。飲下孟婆湯後，過得橋去，罪魂將躍入轉生池中，有的再次轉世為人，有的則化為牲畜，有的則化為卵生或溼生的魚蟲之物。

以沫由牛馬二將護送，前往孟婆亭。

一路上，牛頭馬面滿臉春風，開心的說說笑笑。以沫旁敲側擊之下，才從牛頭嘴裡套出話來。原來，陪以沫到孟婆亭來算是一份美差使，因為，孟婆亭裡員工個個都是絕世美女。

靠近奈何橋，罪魂們的臉上神情各自不同，有著漫不在乎，有的神色自若，有的悠閒無慮，有的焦急難耐。

再前行不久，來到一條極為寬廣的河旁。

「這是忘川。」牛頭說。

「這是什麼花啊？好鮮艷的紅色。」以沫指著一塊大石頭旁的一片紅花問。

「那些花是依傍著這塊大石而長的。」牛頭回答。
「那塊石頭是？」以沫問。
「那是三生石，罪魂經過三生石的時候，會照見自己的前世、今生、來世，然後，將在地獄得到的反省寫進自己的種子意識中，進到孟婆亭裡，喝完湯水後，就會將這『三生』全給忘了。」馬面說。
「所以，人在轉世之前，都知道自己未來的這一世會發生什麼事？」以沫驚訝的問。
「嗯，所以，有時候，人說的『冥冥之中自有天意』，其實是人在三生石前所讀到的來世，還殘留著一點點感覺。」馬面說。
「請幫我們通報，小牛小馬送以沫來了。」牛頭對著旁邊的一位「赤髮」說。
赤髮應了聲「好的」，轉身向石後走去。
「三生石旁的這些花，叫做彼岸花。」馬面回答。
「彼岸花？很有禪意的名字！」以沫說。
「其實是很悲情的名字。」馬面說。
「悲情？」以沫問。
「你看到那邊的一群罪魂了嗎？」馬面指向三生石後，忘川河岸邊的一大片彼岸花花叢邊。
「嗯，怎麼了嗎？他們怎麼不排隊進行轉生呢？」以沫問。
「他們啊，是不能忘情的人，不願喝下孟婆調製的湯藥的人。」馬面回答。
「咦？他們不進行轉世嗎？為什麼不進行轉世呢？這樣也是可以的嗎？」以沫心中冒出了一大堆疑問。
「當然不行啊，所以鬼差每天會來進行驅趕，有時，『赤髮』們一天得來驅趕他們三次以上，為了躲避驅趕，這些三生石旁的情種們往往得避進忘川之中，罪魂們沾到忘川之水，是會感到異常痛苦，渾身煎熬。」馬面打起了寒顫。

「情種們？」以沫問。

「他們是難以忘情的罪魂，就等在這裡，再看一眼心愛之人，畢竟，所有人都必須經過三生石，等在這裡，一定會等到你所要等的人的。」牛頭的口氣有點悲傷。

「那麼，等到之後呢？」

「忘川水雖然令人感到痛苦，久了，痛苦慢慢的麻痺了思念，很多情種還熬不到見一眼心愛的人，就乖乖的排隊轉生了。大部份的情種，在見了自己愛戀的人後，都會乖乖的排隊轉生。」牛頭嘆息。

「對啊，常常有這樣的事。自己受了那麼久的苦，為了見一眼前世的情人，而那個情人，竟然連脫離隊伍來說上一句話也不肯。你等了愛人二十或三十年，好不容易等到他了，他卻避開你殷切期盼的眼神，喝下忘情水轉生去了。」馬面有點語帶哽咽的說。

以沫看著眼前的兩人，忽然有一種感覺，覺得這對平常愛鬥嘴的難兄難弟，竟然在此時展現出了一種互相扶持的精神來，說不定，他們在成為陰差之前，也是忘川邊不肯排隊轉世的罪魂之一。

「是啊，你猜得沒錯。」牛頭和馬面忽然抬起頭來，異口同聲的回答。

「咦？我沒說話啊！該不會，你們又聽見我心裡的聲音了吧？」以沫吃驚的問。

「嗯，應該是，難怪你在地獄足球賽上的說服力那麼大，說不定就是你這特有的能力所產生的。」馬面猜測的說。

「說不定那就是地藏選上你的原因。」牛頭接著說。

其實，他們兩人早就有這樣的猜測，只是，比賽前，為了讓以沫專心，他們一直不敢提出來。

「嗯……說不定是。」以沫一邊思考，一邊喃喃著。

「別跑……過來……快去排隊轉世……」遠處傳來一陣叫鬧聲。

原來是一群赤髮，拿著各種刑具，鞭笞著罪魂們。有些逃得比較慢的罪魂們，紛紛被赤髮打倒在地，受到抓捕。有些在快要被捉捕的罪魂，拼了命的跳進了忘川之中，只見赤髮看見罪魂跳入忘川之中，就連一眼也不多看，立刻轉頭追捕下一個罪魂。

「好痛苦喔！最久的罪魂堅持了多久啊？」以沫轉頭看見牛頭和馬面眼神中淡淡的感傷，小心翼翼的問。

「堅持久的，一次又一次看著自己愛人轉生的，都成了那些。」牛頭指著三生石後的那一片彼岸花。

以沫又是驚訝又是感動，說不出話來。

有人竟然能那麼執著，愛著一個人愛那麼的久。但是，以沫卻又為那些人感到擔心，無法再次進入輪迴，等於是被困住了。情感和智慧，究竟要如何取捨呢？

「孟婆有空囉，以沫小妹跟我來吧。」一位中年美婦，從奈何橋上走了下來，引起排隊罪魂們的一小陣騷動。

有些較為緊張的罪魂，情緒稍為緩和下來，也許，這就是孟婆總是挑美女成為自己員工的原因之一吧！

「快走吧！」馬面開心的說。

「兩位在這就必須止步囉！」中年美婦說。

「什麼？」常馬二人露出極為失望的神情。

「這是孟婆的意思。」中年美婦笑看失望的牛馬二人。

「是的。」牛頭本來想再說些什麼，但是馬面搶在前頭回應了，因為，他不想再品嚐孟婆的喝叱聲。

就在中年美婦偷偷的表示下次員工聚餐時，會破例特別邀請二人後，牛頭和馬面歡天喜地的離開了。

「跟我來吧！」

40 孟婆亭

忘川很寬，河水很急。

想要不經過橋而到對岸去，對於罪魂來說，幾乎是不可能的事。

忘川上有一座木造的拱橋，奇特的是，那座拱橋完全沒有橋墩或是鋼纜一類的支撐。整座橋身的結構，就像是一把彎彎的鞋拔，被隨意的放在水桶的上方。感覺整座橋隨時都會搖晃墮落。橋的中段時常有雲霧繚繞，更增添一股神祕詭譎的氛圍。

橋不寬，約能通行一輛普通的家用汽車。

「應該是為了方便管理吧！」以沫心想。

走上微舊的木板橋，竟然意外的沒有發出任何聲音。

超越了許多排隊的罪魂，以沫跟著中年美婦來到了橋的中段。那些雲霧像是一堵牆，以沫穿越霧牆之後，眼前忽然清晰了起來。

原來，橋的中央還有一座驚人的建築，剛才從遠處看來，被雲霧給擋了個隱隱約約，以沫一直沒有注意到。

木橋由此分叉出很多條小徑，這些小徑或高或低，或左或右，在遠處又匯聚回主要幹道的橋面。硬要比喻的話，這奈何橋的中段就像是一枝被橫放的鋼製打蛋器。

正中央，主要幹道的橋面上有一座典雅樸素的屋子，方正格局，小屋並不高，約莫是尋常的一樓小屋，上面再附帶一個小閣樓的高度。

那就是孟婆亭。
其他小徑，全都在空中分散開來，輕輕巧巧的繞開了孟婆亭，就這麼無依無靠的懸浮在空中。每條小徑上，也都架著一棟小巧精緻約莫小磨坊大小的木屋，比起孟婆亭來得小一些。
由以沫這個方向看去，覺得這些分散開來，懸浮在空中的小徑真的很像被橫放的鋼製打蛋器。你如果見到，你一定會想，這麼薄的木板，怎麼可能架得起這樣的小徑，撐起這樣的木屋！
「扣扣」中年美婦敲了兩下門。
「我把人帶來了喔！」
中年美甫開門，門裡就竄出一股藥材味。
一進門，以沫嚇了一跳。
從外觀看來小小的孟婆亭，屋內的空間竟然非常的大，大約有一個足球場的寬廣，屋頂也被挑高，屋頂中央有個小小的排風口，煮藥的蒸氣氤氳升起，都被導向排風口去。
以沫覺得很驚訝，卻又好像開始有點適應了地獄的房舍，當初剛進地獄時，她和里易進到第一殿的「交簿所」，也大大的吃了一驚。從外看來像是一般尋常星巴克大小的房舍，裡面的空間竟然比台北的小巨蛋還要大。
只見孟婆亭內兩條生產動線，左邊那條負責撿選藥材、研磨藥材，而右邊那條則負責熬煮湯藥、調配湯藥。
兩條動線的成品都必須送到中間一個圓形的工作亭裡，供負責品管的人檢查。
以沫看到了，孟婆正在工作亭中，陪在一旁還有幾個看起來像是主管的中年婦女，其中一個是以沫的媽媽。
「好了，今天就到這裡，散會。」孟婆見到了以沫，快快將事情交待完畢。

孟婆招手，示意以沫走過去。

「孟婆大人，你好。」

「小女孩兒你表現得很好。」孟婆指的自然是地獄足球賽了。

「謝謝誇獎，如果沒有大家的幫忙，我也做不到。」以沫賣乖。

「好啦，別跟我客套，就是虎母無犬女。」孟婆說完看了以沫的媽媽一眼。

「孟婆……」以沫的媽媽欲言又止。

「她已經簽下了『官方宣傳合約』了。」孟婆淡淡的說。

「啊……以沫你……」以沫的媽媽低聲驚叫。

「她長這麼大了，你就放心的相信她的選擇吧！她這麼聰明，再加上她以後的職業，應該會讓她今世走得順利一點。」孟婆拍拍以沫媽媽的背。

以沫看到孟婆也有這樣溫柔和藹的一面，感到有點不適應，之前看到孟婆時，她總是異常的嚴厲，那時，大概是因為地獄足球賽將近的壓力，迫使輩份最高的她，不得不扮演著隊中黑臉的角色吧？

「你媽媽是擔心你知道的越多，喝下『忘情水』之後，就會越痛苦，因為要忘掉的事越多，『忘情水』的副作用就會越大。所以，在陽世什麼瑣事都放不下，斤斤計較、仇恨滿肩的人，喝下『忘情水』後，都會痛苦好一陣子。」孟婆對著以沫說。

以沫點點頭。

「因為你已經簽下宣傳合約，所以我想稍微向你介紹一下這個亭子的主要功用，希望你能在適合的時候好好的宣傳一番。」孟婆環顧了四周之後接著說。

「這裡好大。」以沫讚嘆。

「嗯，因為調製湯藥這件事，比大家想像中複雜的多。首先，我們要找來陽間相應合的藥材，這些藥材必須很精密的調和了甘、苦、辛、酸、咸五味，然後，再加上陽世間的人們因為喜、悲、痛、恨、愁、愛等情緒而落下的眼淚，仔細又平衡的調和而成。」孟婆說。

「人的眼淚，怎麼收集呢？」以沫問。

「陽世間，因為這些情緒而流下的眼淚，如果來不及被手帕、紙巾、衣物給擦掉而落在地面的話，這些眼淚就會在地下慢慢匯聚，最後從地獄正中央的大焦石山山腳下一處名為情泉的地方冒出來。」以沫的媽媽補充道。

「而你的媽媽，自願留在這裡幫忙，發揮她多世以來藥劑師的才能，試圖調整『忘情水』裡的配方，好讓罪魂們在喝下湯藥後，能更多清洗掉『種子意識』裡的恐懼感，來世能更相信別人，更能順利修行正道，前往西方。」孟婆得意的說。

「可是，這是一條很漫長的路，一來，人性有很多不同的面向，再者，『種子意識』很難改易，所以，到目前為止，成效還是非常有限。」以沫媽媽說。

「所以，當以沫你在地獄足球上提出『恐懼』這個詞時，我心裡想，你們母女還真是像。都能清楚恐懼的力道，都能面對恐懼，對抗恐懼。」孟婆開心的笑了。

「謝謝孟婆提拔我，給我這個機會。」以沫媽媽鞠了一個九十度的躬，以沫也趕忙跟著鞠躬。

「哈哈，看看你們這對母女，連頭頂都長得好像。以沫有三天特別假對吧！又折騰了這半天，只剩下兩天半了。我准你媽媽兩天半的假，讓她這兩天半能好好的陪陪你。」孟婆摸了摸以沫的頭。

「我清出了一間湯藥小屋，這兩天半供你們母女使用。」孟婆轉頭對著以沫媽媽說。

最靠近孟婆亭的一間湯藥小屋門口。

「忘川好寬廣喔！」以沫稍微站近了懸空的木棧道邊，低頭向下看。

「以沫，小心點，不小心失足的話，可是會吃不少苦頭的。」媽媽伸手搭住以沫的肩膀，將她往後帶了一步。

以沫感覺到媽媽的手暖暖的。

這些湯藥亭之間，都沒有互相相連的道路，所以，剛才以沫母女倆得順著進到孟婆亭的原路走出來到分岔路口，然後再走進這間湯藥小屋轉屬的木棧道。

這一路上，兩人心中都有很多話想跟對方說，但是，兩人都好像在等些什麼，都在找適當的機會，結果，兩人這一路上竟然什麼也沒說。

以沫媽媽打開湯藥小屋的門，領著以沫走了進去。

「哇，好有家的感覺。」以沫微笑著說。

每間湯藥小屋的風格都不一樣，有的是小吃店風格，有的是夜店風格，有的是教室風格，有的是戶外廊簷下風格，端看罪魂適合怎麼樣的風格。

這間湯藥小屋，像是一間三口之家的小小公寓，有兩房一衛，客廳連接著餐廳和廚房，形成一個長方形的空間。長方形空間的正中央，有著一個吧台式的餐桌，餐桌兩旁各有著一張高腳椅。

「平常，孟婆的員工一定就是在這張桌子上讓罪魂們喝下湯藥的吧！」以沫心裡想著。

「餓了嗎？」以沫媽媽問。

「嗯，餓了。」以沫點頭說。

「我好久好久沒有煮東西了，多包含喔！」以沫媽媽打開冰箱，拿出食材來。

一鍋熱騰騰的泡麵湯上桌，兩人你一筷我一勺的吃著，話匣子不知不覺就打了開來。

她們聊了學校、聊了爸爸、聊了同學、聊了孟婆亭、聊了地獄……

尾聲

靈魂剛回到身體裡的感覺竟然這麼痛苦。

一開始彷彿是大地震的天搖地動一般，暈眩異常。

接著，你似乎能聽見一連串的管線或是電線接通的聲音，或者說是感覺到那種震動。然後，那些一個一個接上的點會開始痳痳的，進而加強成刺刺的，最後會變成針扎一般的感覺，身上就好像有千萬根針在刺一般。

想叫，又叫不出聲音來，想動，身體卻一動也不能動。

以沫痛到失去了意識，感覺像是昏了過去。

醒來時，不知道過了多久，渾身酸痛，就像是跑了一場漫長的馬拉松一般，好倦，好累。

「你回來了啊？很痛苦吧！」

以沫聽見有點模糊的聲音，連忙張開眼看，沒想到，眼前所見的東西也都朦朦朧朧的。

「也看不太清楚對吧？我是里易啦！這種情況再過一下下就會好多了喔！」里易坐在以沫的病床邊說。

「嗚……」以沫連聲都無法順利發出。

里易遞過一杯插有吸管的水，讓以沫輕啜了一口。

「你還好吧？」過了好一會兒，以沫終於能勉強擠出聲音了。

「嗯，我被車子撞傷的部份回復得差不多了，雖然距離能盡情的踢足球還要一段時間。」里易說。

「你怎麼會在這裡？」以沫又問。

「我在等你啊，其實，剛才醫生幫我做完檢查，雖然骨折尚未痊癒，但我已經可以出院了，等會兒我媽媽下班後，就會來接我出院。」里易說。

「這樣啊！」

「對了，我昨天來看你時，有遇到你的爸爸，他今天下班後也會過來，我有答應他，你醒過來的話，要打電話給他。」里易拿出手機來。

「唔，你靈魂回到身體時，也這樣痛苦嗎？」以沫問。

「噓，小聲一點。」里易指了指隔壁病床的病人。

以沫住在雙人病房中，另外一個病床上有個中年婦女正在滑著手機。

「回來了，感覺好不真實喔！」里易低聲的說。

「嗯，感覺好像有很多事要做，卻又好像沒有事可做。」以沫覺得情緒複雜，不久前，她還和媽媽開心的吃飯談天著。

「是啊，走這麼一遭，我覺得自己好像長大不少。」里易笑了。

「對了，我媽提醒我，要我叫你記得去向你的導師道歉。」以沫說。

在她要離開地獄之前，媽媽嘮嘮叨叨的提醒了以沫不少事情，果然，媽媽就是媽媽。

「嗯，我已經打電話向老師道歉過了，出院後會正式前往拜訪。」說到這件事，里易還是有點緊張。

「另外，小閻羅說他近期會來找我們一次。」以沫想起了臨別時小閻羅的話。

「真假？」里易驚呼出聲，惹得隔壁床的中年婦人好奇的轉過頭來看了他一眼。

「嗯，說是要到陽間來考察，可以順道找我們一下。」以沫也笑了。

「對了，還有這個，我大概知道小閻羅為什麼會和你簽宣傳合約了。」里易轉身，從病床邊的桌上拿下一紙大大的牛皮紙信封，湊到以沫的眼前。

「全國中學生文學獎國中組……」以沫用著剛回復的視力勉強的讀著。

「恭喜你得了首獎，你的小說會和第二名、第三名的作品合集出版喔，你要出書了欸，恭喜啊，作家小姐。」里易打趣的說。

「作家……宣傳……」以沫還在推敲中。

「我想，你是不是該把這一次的事情，寫成遊記式的小說啊？」里易低聲的說。

「這樣宣傳地獄？用小說的形式？這樣反而會讓人不相信地獄吧？」以沫疑惑。

「午安，醫生你又來巡房了，你好細心，又那麼漂亮，有沒有男朋友了？」隔壁床的中年婦人用一副「你的姻緣包在我身上」的口氣說。

「我死會囉，我來看看醒來的妹妹。」醫生說完，往以沫這床走來。

以沫感到有點緊張，她不太知道該怎麼和醫生應對，因為，她並不是真的病了。

「信者恆信囉！況且，精采的小說能帶領人思考，那怕讀者不相信地獄，但能多多思考，也是有好處的。」醫生竟然也低聲的對著以沫說。

等等，這聲音好熟悉喔！

醫生拉下口罩。

「甄甄姐。」以沫和里易同時叫了出來。

「好啦，兩人今天就都可以出院了，以後遇到什麼特別的事，都可以打這支電話找我。」甄甄從醫師白掛的口袋中掏出了兩張名片。

「名片上的電話隨時打得通嗎？」以沫問。

「打不通時，就代表我在下面，那種時候，就用臉書傳訊息給我吧！你們不是曾經傳過嗎？」甄甄俏皮的說。

無視於一旁一頭霧水的中年婦人，以沫、里易和甄甄三人同時放聲大笑。

後記

因為有太多太多的外務，所以這個故事寫了很久。

為了寫地獄，我開始研究地獄相關資料。有好一陣子，我的生活充滿著地獄。

「這個人以後要下地獄。」

別人聽到這句詛咒的話，可能聽過就算了，而我卻會開始研究他應該要到哪幾個地獄去報到。

進到廟裡祭神，我最後的祝禱詞總是：「請保佑我的故事順利完成，為了劇情需要，如果得罪了眾神明，請原諒弟子的不才。」

我寫作的時間大多在晚上，妻子睡了，孩子睡了。在長條狀的家中一樓空間裡，前方的客廳是暗的，後方的廚房是暗的，只有一顆低垂的ＬＥＤ燈炮散發著黃光。我隻身一人，坐在餐桌上，佐著啤酒或宵夜。

寫前兩本小說時，很舒服，我有小小的天地，那麼的闃靜。

寫這本小說時，就沒那麼開心了。

因為，有個念頭會很頻繁的闖進我的腦袋：

會不會，等一下突然有人從背後重重拍打我的肩膀，然後跟我說：「欸！溫大仔叫你不好黑白寫。」

那個「大仔」說不定是閻羅王之類的。

那陣子，我常常寫到一半就突然回頭，不自覺得，膽顫心驚的。

現在回想起來，覺得那是很難得的一種經驗。

一種貼近書中氛圍的經驗。

草稿初成，一份給了我的脂硯齋，四份給了我的文友，其中一份初稿回到我手上時，稿上竟然有了一個油鍋地獄的鉛筆手繪插圖。

欣喜若狂。因為，圖上所繪和我心裡架構出來的場景是那麼那麼的相近。

再一次，我又被文字的魅力懾服。

一段文字，一個意象，一陣驚喜，一次神交。

這個故事，希望你能喜歡。

也希望大家能擺脫霸凌漩渦，長久航行在壯麗的大海上。

釀冒險31　PG2103

來自地獄的臉書訊息

作　　者	曾依達
責任編輯	洪仕翰
圖文排版	周妤靜
封面設計	王嵩賀

出版策劃	釀出版
製作發行	秀威資訊科技股份有限公司
	114 台北市內湖區瑞光路76巷65號1樓
	電話：+886-2-2796-3638　傳真：+886-2-2796-1377
	服務信箱：service@showwe.com.tw
	http://www.showwe.com.tw
郵政劃撥	19563868　戶名：秀威資訊科技股份有限公司
展售門市	國家書店【松江門市】
	104 台北市中山區松江路209號1樓
	電話：+886-2-2518-0207　傳真：+886-2-2518-0778
網路訂購	秀威網路書店：https://store.showwe.tw
	國家網路書店：https://www.govbooks.com.tw
法律顧問	毛國樑　律師
總 經 銷	聯合發行股份有限公司
	231新北市新店區寶橋路235巷6弄6號4F
	電話：+886-2-2917-8022　傳真：+886-2-2915-6275

出版日期	2019年1月　BOD一版
定　　價	450元

國家圖書館出版品預行編目

來自地獄的臉書訊息 / 曾依達著. -- 一版. -- 臺
北市 : 釀出版, 2019.01
面 ;　公分
BOD版
ISBN 978-986-445-293-4(平裝)

857.7　　107017980

讀者回函卡

感謝您購買本書，為提升服務品質，請填妥以下資料，將讀者回函卡直接寄回或傳真本公司，收到您的寶貴意見後，我們會收藏記錄及檢討，謝謝！
如您需要了解本公司最新出版書目、購書優惠或企劃活動，歡迎您上網查詢或下載相關資料：http:// www.showwe.com.tw

您購買的書名：____________________

出生日期：________年________月________日

學歷：□高中（含）以下　□大專　□研究所（含）以上

職業：□製造業　□金融業　□資訊業　□軍警　□傳播業　□自由業
□服務業　□公務員　□教職　□學生　□家管　□其它_____

購書地點：□網路書店　□實體書店　□書展　□郵購　□贈閱　□其他

您從何得知本書的消息？
□網路書店　□實體書店　□網路搜尋　□電子報　□書訊　□雜誌
□傳播媒體　□親友推薦　□網站推薦　□部落格　□其他__________

您對本書的評價：（請填代號　1.非常滿意　2.滿意　3.尚可　4.再改進）
封面設計____　版面編排____　內容____　文／譯筆____　價格____

讀完書後您覺得：
□很有收穫　□有收穫　□收穫不多　□沒收穫

對我們的建議：____________________

____

____

____

請貼
郵票

11466
台北市內湖區瑞光路 76 巷 65 號 1 樓
秀威資訊科技股份有限公司 收
BOD 數位出版事業部

（請沿線對折寄回，謝謝！）

姓　名：________________ 年齡：________ 性別：□女 □男

郵遞區號：□□□□□

地　址：________________________________

聯絡電話：(日) ________________ (夜) ________________

E-mail：________________________________